光文社文庫

お誕生会クロニクル

古内一絵

光　文　社

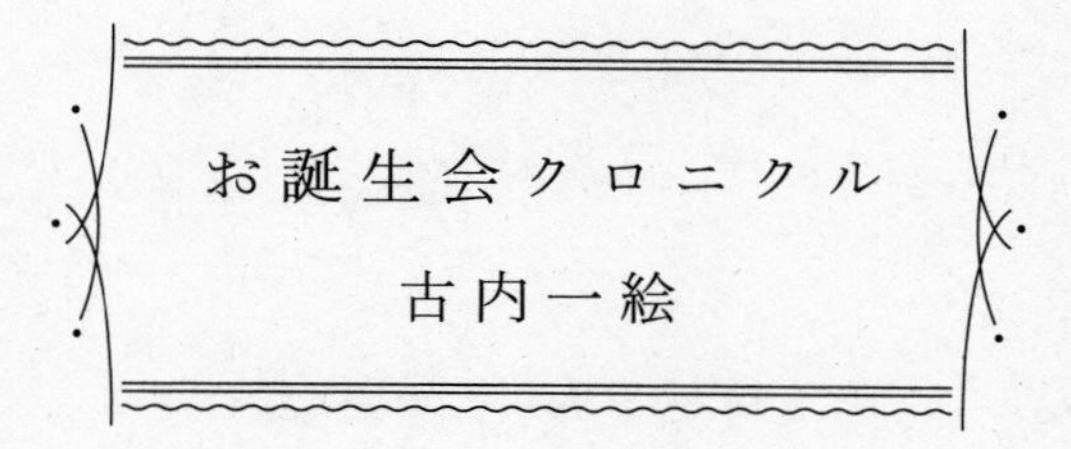

お誕生会クロニクル

古内一絵

目次

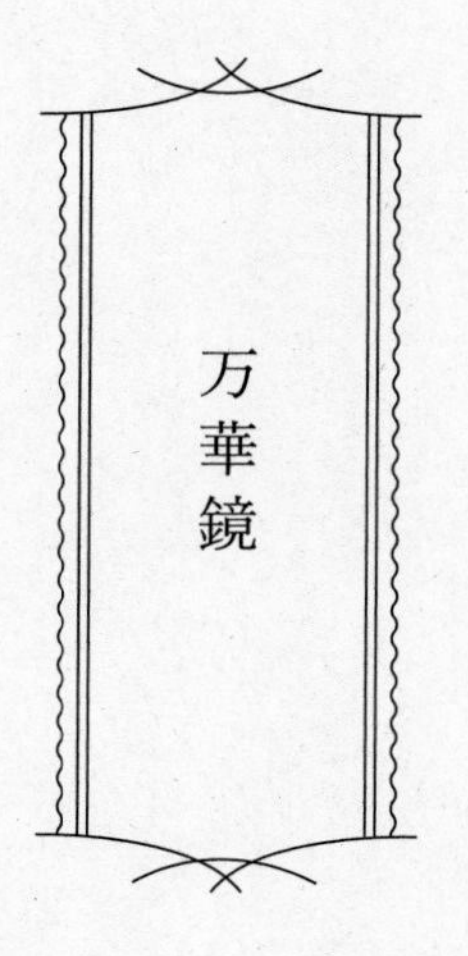

万華鏡

ブラインドの隙間から漏れた西日が、職員会議室の白い壁に縞模様を作っている。

各学年主任からの報告を、岡野尚子はぼんやりと聞いていた。昨年、校舎の増築に伴い新設されたばかりの会議室は、染み一つない真っ白な壁が眼に痛い。若い女性教員の中には、塗装に使われた揮発油の臭いに嫌悪感を示す人もいるようだが、校内唯一の図工専科の教員である尚子はたいして気にもならなかった。図工準備室の中に入れば、ベンジンやテレビン油の臭いからは逃れようもない。

それより、西日が差し込む部屋にこもる暑さに閉口した。

今年は雨が多く冷夏だといわれたが、長い梅雨が明けてからは、例年通りのうだるような暑さがやってきた。九月に入ってからも、依然、残暑が猛威を振るっている。新校舎には空調が備えつけられているものの、温度制限が厳しく、あまり功を奏しているとは思えなかった。ワイシャツ姿の男性教員たちは、団扇でバタバタと自らを扇いでいる。

コの字形に並べられた長テーブルの隅に座り、尚子はそっと周囲を見回した。

ほとんどの教員が、ぐったりした表情を浮かべている。夏休み明けに弛緩するのは、児童ばかりではなさそうだ。

前方の席では、四年生の学年主任の西原文乃が、夏休み前から問題になっていた「お誕生会」にまつわるトラブルについて報告をしていた。

尚子が都内の小学校の図工専科の教員になって、既に六年が経つ。

通常は三年以上六年未満で転勤があるという話だったが、今のところ、尚子にそういった辞令は出ていない。

美術大学の大学院で美術科教員免許を取得したとき、尚子は中学校の美術科教員になるつもりでいた。大学院を卒業し、二十四歳で小学校に勤務するようになったのは、ほかに採用先がなかったからだ。

しかし、今となっては、むしろよかったのではないかと尚子は考えている。

もし中学校に採用されていたら、美術科教員とはいえ、担任としてクラスを受け持つ可能性があった。人づき合いが得意でない尚子に、その責務はあまりに重い。

各学年の担任から寄せられた問題を学年主任たちが職員会議で報告するのを聞くたび、そうした思いは年々強くなる。

果たしてそれは学校に持ち込まれるべき課題なのか、学校が解決すべき問題なのか、首をひねりたくなる案件が後を絶たない。共働きが当たり前になり、家庭の眼が行き届かないということもあるのだろうが、教師たちに寄せられる期待値は、度が過ぎるほどに大きい。

波風立てずに捌いていくには、経験以上に、人間力が問われる気がする。

人間力――。

自分には、そうしたものは備わっていない。多分。

もうすぐ、三十になるっていうのにね……。

尚子は微かに自嘲的な笑みを浮かべた。

曲がりなりにも六年間教員を務めながら、尚子は未だに児童をどう扱ってよいのか分からないことが多かった。

特に、西原文乃が主任を務める中学年の扱いは難しい。低学年は、初めての学校生活にどう馴染み、どう溶け込んでいくかで、保護者や児童たち自身も必死なところがある。この時期は、保護者も本人も、教師の指導に比較的同調してくれやすい。

高学年になれば、今やクラスの半数近い子どもたちが中学受験を目指すので、保護者や児童たちの眼は、良くも悪くも学校から外に向けられる。

一番厄介なのは、その間に挟まれた中学年だ。四年生ともなれば、児童は十歳。子どもなりに、勘定高さを発揮する。しかも未熟であればあるほど、それは露骨なものになる。

保護者ぐるみで行われる児童間の「お誕生会」に関しては、前々からトラブルが絶えなかったと、文乃は繰り返した。

誰が呼ばれた、誰が呼ばれない、なにをもらった、なにがもらえなかった――。

批判の声を受けて何度か指導に当たっても、そのたびに新たな問題が湧き起こるのだそうだ。

「そこで……」

プリントから眼を上げ、文乃が会議室の面々を見回す。

「今後、児童間の『お誕生会』を、しばらく控える方向で指導をしていきたいと思います」

教師歴三十年のベテラン学年主任からの提案に、校長や副校長を含め、誰からも反対意見は出なかった。

プリントに視線を落としたまま、尚子はやはり自分は図工専科の教員でよかったと密(ひそ)かに思う。図工専科は校内に一人きりなので、全学年を見なければならない大変さはあるが、その分、こうした指導には直接かかわらなくて済む。

しかも、「お誕生会」だなんて——。

一瞬、尚子の心に暗い影が差す。

長かった職員会議がお開きになり、会議室の外に出ると、尚子は深呼吸をしたい気分になった。早く旧校舎に戻って、図工準備室に逃げ込みたい。

新校舎は壁も照明も明るすぎて、なんとなく落ち着かなかった。

「岡野先生」

そそくさと廊下を歩き始めると、背後から声をかけられた。振り向けば、ファイルを抱えた西原文乃が立っている。

「旧校舎まで、一緒に戻りましょう」

生活主任も兼ねている文乃は、これから旧校舎に残っている児童たちを追い出してやるのだと笑った。

「もう、下校時刻もとっくに過ぎてるからね」

五十代とは思えないほど若々しい文乃には、ベテラン教師にありがちな圧がない。尚子は肩の力を抜いて、文乃と並んで歩き始めた。

「ねえ、岡野先生が小学生の頃、お友達を招く誕生会とかやった？」

何気なく尋ねられ、尚子は思わず息を呑んだ。

一瞬差した黒い影が、甦りそうになる。

「……私自身は、そういうことはなかったです」

不審に思われないように、できるだけ冷静に答えた。

「そうか。岡野先生くらいの年代は、家族でやるのが主流だったのかもしれないね」

文乃は勝手に納得してくれる。

「私が子どもの頃は全盛期でね、小学校時代はどこの家でも近所のクラスメイトを招いて、誕生会をやったものなの。ほら、我々アラフィフの親は、一億総中流の世代だから。今ほど、格差とかも問題になっていなかったしね」

尚子の沈黙を意に介した様子もなく、文乃が屈託なく続けた。

「よそのおうちのお母さんの得意料理を食べられたりするのが、楽しかった。誕生会にかこつけて、意中の男子を家に呼んだりするのも」

文乃が溜め息をつく。

「うまく機能すれば、いい思い出になることは分かってるの。それを、なんでもかんでも控えさせてしまうのが、正しい指導法だと思ってるわけではないんだけどね……」

尚子は文乃の横顔を見た。

ショートカットにパンツスーツ姿の文乃は、動作も言動も常にきびきびとしている。明るく前向きで、誰にでも平等に接する文乃は、ベテラン教師の中でも特に人望があった。

最近、同居している母親が認知症を発症したという話を本人の口から聞いたことがあるけれど、そうしたことを話していてさえ、文乃は快活だった。

その文乃が、少しだけ憂鬱そうな表情を浮かべている。先ほどの自分の提案に、心底納得しているわけではない様子がうかがえた。

「問題が起こる以上、仕方がないんじゃないでしょうか」

気休めだけで言ったわけではない。文乃の立場であれば、そうせざるを得ないと思う。

傷つく子どもがいると保護者に声高に抗議されれば、教師はそれを収めないわけにはいかない。静観は大抵の場合、無責任な放置と見做されてしまう。

「お誕生日は、誰にとっても嬉しいものなのにね」

文乃の呟きに、尚子は自分のつま先を見つめた。

十月生まれの尚子は、もうすぐ三十回目の誕生日を迎える。だが、尚子自身は、誕生日を嬉しいと思ったことなど久しくない。

「でも誕生日って、実は、日本ではかなり最近の概念なんだよね」

ふいに文乃が声の調子を変えた。

「私の祖父母の時代は、年が明けると『数え』で一斉に歳を取るから、個人の誕生日を祝う風習なんてなかったそうだし」

言われてみれば――。

節分のとき、自分の年齢より一つ多く豆を食べるように、亡くなった祖母からよく言われた。あれはきっと、「数え」からくる考え方だったのだろう。

「その代わりに、子どもの成長を祝う、七五三や端午の節句やひな祭りがあったわけ。実は、明治時代にも満年齢の導入の動きがあったんだけれど、それはまったく普及しなかったの。日本で満年齢が定着したのは、昭和二十五年に、年齢のとなえ方に関する法律が施行された後なんだよね」

流暢な説明を聞きながら、文乃の専門が日本史であったことを、尚子はぼんやり思い返した。

要するに、日本で個人の誕生日が認識されるようになったのは、戦後しばらく経ってからということなのか。

「だから、七五三や端午の節句やひな祭りの歌はあっても、誕生日を祝う日本の童謡ってないでしょう」

確かに日本ではどの世代でも、「ハッピーバースデートゥーユー」と英語の歌をうたう。

「同じ西洋文化でも、戦前にしっかり根づいていたクリスマスに比べると、『お誕生会』の歴史なんてまだまだ浅いってこと」

「そうなんですね……」

文乃の説明に、尚子は感嘆の声を漏らした。

尚子自身は誕生会になどまったく関心がなかったが、文乃の話は雑学として面白かった。

今では当たり前のようになっている「お誕生日」という概念は意外に新しく、ましてやそれを皆で祝う「お誕生会」がこれほど浸透してきたのは、日本の長い歴史の中で見れば、ほんの最近ということになるのだろう。

「『お誕生会』に於(お)けるガイダンスも、この先もっと成熟していけるといいんでしょうけどね」

自分自身に言い訳するように、文乃は少しだけ舌を出してみせた。こういうちょっとした愛嬌(あいきょう)が、この人の〝人間力〟なのではないかと尚子は感じた。

渡り廊下を通り、旧校舎に入ったところで、児童の指導に向かう文乃と別れた。

文乃のことは決して苦手ではなかったが、図工準備室の中に入るとやはりほっとした。狭い上にベンジンやテレビン油の臭いが染みついているけれど、ここは尚子の城だ。

準備室は音楽室や理科室などの特別教室にのみついている、授業に必要な資料や材料などを置いておくための部屋だ。もちろん、授業の準備が使用目的ではあるが、この部屋を自由に使っていいと言われたとき、尚子は心底嬉しくなった。

どうにかこうにか教員が務まっているのは、校内にいても、この部屋に入れば一人きりになれるからではないかと思う。職員室と教室の往復だけでは、どこかで息が詰まってしまっていたかもしれない。

一人でいるのが一番気楽だ。

もう誰のことも傷つけたくないし、傷つけられたくもないから——。

「暑いや」

声に出して呟き、尚子は窓をあけにいった。旧校舎には扇風機しかついていないが、窓をあけると、意外によい風が入る。窓の外に大きな楠（くすのき）があり、一年中緑が見えるのも好きだった。

楠の向こうの空が赤く染まっていくのを眺めていると、ふと、ちらりと舌を出してみせた文乃のそぶりを思い出した。

ああいう愛嬌が自然と様（さま）になるのは、それを誰からも否定されたことのない健（すこ）やかな環境で育ってきた証拠だ。だから、いくつになっても〝可愛い人〟でいられる。

無論、文乃には愛嬌だけではなく、実績も手腕も充分に備わっている。よって、それが〝人間力〟に成り得るのだ。

私とは違う。

いつの間にか唇を嚙んでいる自分に気づき、尚子はハッとした。

「お誕生会」のせいだろうか。今日はやたらと暗い思いに囚われる。

慌てて口元の力を抜き、尚子は材料を並べた棚に向かった。明日は文乃が学年主任を務める四年生の授業がある。尚子は、毎年四年生の授業にペットボトルを使った万華鏡の工作を取り入れていた。

図工の授業の内容は、基本的に図工専科の教員が自分で考える。もちろん学習指導要領に基づくが、この学校の一年生から六年生までの図画工作の題材を考えるのは、尚子一人だ。難しすぎたり簡単すぎたり、あるいは材料費がかかりすぎたりすれば、たちまち非難の対象になる。

幸い、尚子が授業に取り入れたペットボトルの万華鏡は、扱いが難しい四年生相手でも毎年好評だった。ペットボトルという誰の家にでもある材料を使うのが、児童以上に保護者に受けたようだ。

幸い――なのかな。

資材棚に向かいながら、尚子は小さく自問する。

好評だったが故に、やめられなくなっている可能性だってある。本当に授業で万華鏡を作りたいのか、尚子自身はよく分からなかった。


一人暮らしのアパートに帰り、尚子は店で温めてもらったコンビニ弁当と、ビールの缶をテーブルの上に置いた。すぐにテレビのスイッチを入れ、バラエティー番組を見るともなしに眺める。

職員会議の後、授業計画表の作成や、今週の授業の準備をしているうちに、退勤は夜の八時半を過ぎていた。図工準備室にこもっていると、いつの間にか校内で一人きりになってしまうことも多い。

それほど、熱心な先生じゃないんだけどな……。

よく冷えた缶のタブをあけ、尚子はビールを喉に流し込んだ。爽やかな苦みが喉元を走り抜ける。夜になっても一向に衰(おとろ)えない残暑が、この瞬間だけ消え失せた気がした。

発泡酒ではなく、ビール。それは、尚子のささやかな贅沢だった。

しばしビールの余韻を堪能した後、黙々とコンビニ弁当を口に運ぶ。電子レンジで温められた弁当は、ご飯も鮭フライもポテトサラダも不必要なほど熱くなっていた。ポテトサラダの下に敷かれたレタスはくたくただ。つけ合わせの煮物は、ゴボウを食べてもニンジンを食べてもすべて同じ調味料の味がする。

祖母が生きていた頃は、郷里の三重(みえ)から毎月のように米や野菜が届いた。米はありがたかったけれど、当時から尚子は料理を作らなかった。調理をしなければ食べられない野菜は、いつも段ボール箱の中で小さく萎(しな)びていった。

晩年の祖母のように……。

骨粗鬆症(こつそしょうしょう)を患い、最後は病院で寝たきりになった祖母の痩せた身体(からだ)を思い出し、尚子は箸(はし)をとめる。

バラエティー番組のスタッフの〝かぶせ笑い〟に我に返り、もう一度ビールをあおった。汗をかき始めた缶ビールには、一口目ほどの感動は既(すで)にない。

美味(おい)しいのは最初だけ。それは何事に対しても言えることかもしれない。

美術科教員免許を取得したときも、採用試験をパスしたときも、最初のうちは本当に嬉しかった。けれど時間が経つと、本当にこれが自分のやりたかったことなのかという自問がどこから湧き起こる。

子どもの頃から手先が器用で、工作が好きだった。

美術大学にいったのは、その特性を生かせるのではないかと考えたからだ。だがすぐに、それだけでは生きていけないと自覚した。

芸術家になんて、なれるわけがない。自分には、安定した職業が必要だ。

なぜなら、この先もきっと、私は一人きりで生きていくのだろうから――。

胃袋を満たすだけの食事を終え、すっかりぬるくなったビールを飲み干す。

尚子はテレビを消し、隣の部屋へ向かった。二間の間取りを確保するために、駅から十五分以上かかるこのアパートを選んだのだ。

四畳半の小さな部屋は、尚子の工房だ。学校で働く以外のすべての時間を、尚子はここで万華鏡を作ることに費やしていた。

万華鏡作りは授業の題材だけではなく、尚子自身の専門でもあった。高度な技法を用いる万華鏡は玩具(がんぐ)と区別するために、アート万華鏡と呼ばれる。美術大学時代、尚子はずっとアート万華鏡の制作に取り組んでいた。無論、アート万華鏡作家への道はとうにあきらめている。だからこれは、現在の尚子の唯一の趣味と呼べるものかもしれない。

万華鏡には、小部屋(セル)、棒(ワンド)、車輪(ホイール)、景色(テレイド)等いくつかの種類があるが、尚子が専(もっぱ)ら作っているのは、セルスコープと呼ばれる形式の万華鏡だった。セルスコープとは、覗(のぞ)き穴の先端に映像のもととなるビーズや切り紙等の素材(オブジェクト)を入れた容器を取りつけた仕組みの総称で、円筒状のものは、万華鏡と聞けば誰もが真っ先に思い浮かべるタイプのものだ。先端につける容器を「小部屋」に見立てて、セルスコープという呼び名がつけられている。

尚子は昨日完成させたばかりの万華鏡を、机の上の台に据えつけて覗き込んだ。

眼の前に、一気に別世界が現れる。

アラベスクのような紋様が、無限に反復してどこまでも広がっていく。今回は光を通すプラスチック製のビーズをオブジェクトに選んだため、特に華やかで美しい。サファイア、ルビー、翡翠（ひすい）、トパーズ、ガーネット……。ただのプラスチックビーズが、万華鏡の中では本物の宝石のように輝いている。

光の粒をまとって整然と並ぶ虹色の結晶に、尚子は思わず見入った。

この無限の夢のような映像に、実像はたった一つしかない。その実像がどれであるかは、万華鏡作りを専門的に勉強した人間にしか分からないだろう。

万華鏡の原理は、二枚以上の鏡を組み合わせて作る多面鏡にある。その鏡の枚数や組み方によって、様々な幻影が生まれる。

最も一般的なのは、三枚の鏡を組み合わせるスリーミラーシステムだ。この場合も、正三角形に組む場合と、二等辺三角形に組む場合では、出現する紋様がまったく異なる。

尚子が一番好きなのは、スリーミラーシステムの中でもオーソドックスな正三角形だ。正三角形のスリーミラーシステムが作り出す映像は、実像が三つの辺に対して均等に反射するため、規則正しい紋様が無限大に整然と広がる。単純なようでいて、正確に鏡を組まないと紋様にずれが生じる難しさがあり、そのごまかしの利かないところが、尚子の心を擽（くすぐ）るのだった。

万華鏡を覗いていると、尚子は現実を忘れてしまう。

ほんの少し動かしただけで、紋様は一気に変化する。先ほどまで気がつかなかった色彩が花開き、新たな結晶がきらめく。最大限の美しさが、一転してグロテスクになることもある。最も美しいシンメトリーが現れた瞬間に、尚子は万華鏡を固定した。覗き穴にスマートフォンのレンズを押し当て、映像を撮影する。

万華鏡に現れるのは、一瞬の映像だ。

同一のオブジェクトを使った万華鏡でも、まったく同じ紋様は二度と出現しない。それはまさしく、一期一会の幻だ。

だがこうして撮影をすることで、刹那(せつな)の幻影をデータとして残すことができる。

尚子はノートパソコンを起動し、インスタグラムのアカウントを開いた。そこには、これまでに作ってきた万華鏡から生まれた奇跡のように美しい瞬間が、宝石のように並んでいる。孔雀(くじゃく)の羽根、蝶(ちょう)の鱗粉(りんぷん)、花火の閃光(せんこう)、銀河に広がる星雲……。どう表現しても足りない、神秘的な光と色彩の饗宴が続く。

万華鏡の原語でもあるカレイドスコープという言葉は、ギリシャ語のＫＡＬＯＳ(美しい)とＥＩＤＯＳ(かたち)に英語のスコープを組み合わせた造語だ。

つまり、〝美しいものを見る装置〟という意味になる。

アップしたばかりの画像に、瞬(またた)く間に「いいね！」が集まってくる。

万華鏡の映像を集めた尚子のアカウントには、いつの間にかたくさんのフォロワーがついていた。

インスタグラムに移行する前、尚子は一時、「ナオの万華鏡の部屋」というタイトルでホームページを開設していた。そこでは、作品の映像をアップするだけではなく、万華鏡の作り方を紹介することもあった。小学校の授業よりは少し複雑になるが、意外に身近なものばかりで万華鏡は作ることができる。土産物店でよく売っている、円筒のセルスコープの作り方を紹介したときは、随分と反響があった。

尚子の紹介した作り方を参考にして、手製の万華鏡を完成させた人たちが、コメント欄にフォルムや映像をいくつも送ってくることもあった。誰もがとても喜んでくれていた。

そういう反応を見るのは尚子も嬉しかったけれど、だからといって、心にあいた穴がふさがるわけではない。

なぜなら、一番喜んでほしかった人に、〝美しいもの〟は届かなかったから。

増えていく「いいね！」の数字を、尚子は寂しく見つめる。

〝お誕生日は、誰にとっても嬉しいものなのにね〟

文乃の言葉が甦り、尚子はそっと目蓋を閉じた。

こんなの……。

戸惑いが混じったような母の呟きが、耳の奥底に木霊する。

尚子の母は、尚子が十歳のときに出奔した。その理由を考えるとき、尚子はどうしても、自分の誕生日に行き当たってしまう。

そんなはずはない。

今思えば、祖母や父と母の関係は、そのずっと前からいびつだった。

冷静にそう判じる自分もいるが、そのいびつさを当たり前として育ってきた己が、母が家を出た引き金になったのではないかという疑念を未だにぬぐい去ることができない。

尚子の家は、両親に祖母を加えた四人家族だった。祖父は、尚子が生まれてすぐに病死している。母方の祖父母は、もっとずっと前に他界していた。

決して裕福ではなかったが、とりわけ貧乏というわけでもなかった。押し並べて、一般的な家庭だったと思う。

ただ一点を除いては――。

尚子の家では、母だけが常に〝割を食う〟役を一身に引き受けていた。

ケーキでも果物でも、急にお客が増えて不足が出たりした場合、なぜか母は頭数に入らない。それが、母が買ってきたものであってもだ。

荷物の多い大雨の日、全員がタクシーに乗れなければ、母だけがバスで帰る。

幼い尚子は父か祖母と一緒に一番風呂に入るが、母は必ず最後に湯を使う。

物心ついたときから、ずっとそうだった。祖母と父はもちろん、母自身までがそれが当たり前のように振る舞っていた。

〝いいの？〟

母の前にだけ置かれないケーキを食べるとき、幼いながらに理不尽を感じて何度か囁いたことがある。

〝いいのよ〟

そのたび母は、静かな眼差しで頷いた。唇に微かな笑みさえ浮かべて。

だからいつの間にか、尚子もそれを当たり前だと思うようになっていった。

でも――。

あのときだけは違っていたのだ。

閉じた目蓋の裏に、珍しく興奮していた母の様子が浮かぶ。

〝お母さん、外国なんていったことないし、これからいくこともないと思うから、尚ちゃんと一緒にいくのが本当に楽しみ〟

あれは、自分の十歳の誕生日。

近くにできたスペインの街並みを忠実に再現したテーマパークに、家族全員で出かけることが決まっていた。三重にはそれまで大きなテーマパークはなかったので、尚子がたってのおねだりをしたのだ。

〝お母さんも前から一度いってみたかったの〟

普段、ほとんど自己主張をしない母が随分と乗り気になったので、尚子はますます嬉しくなった。

　自分の誕生日を、母にも一緒に楽しんでもらいたい。

　それは、尚子の特別な日の願い事でもあった。

　ところが当日、突然状況が変わった。

　十歳の頃の記憶だから定かではないが、父と共同事業をしていた高橋さんという人が、急ぎの書類を取りにくるとかで、誰かが家に残らなければならなくなった。

　今考えれば、なにかほかに方法がなかったのかと思う。

　テーマパークにいく前に高橋さんのところへ寄るとか、そもそも状況を説明して書類の受け渡しを別日にしてもらうとか、いくらでもやりようはあったはずだ。

　それなのに、母が家に残ると言い出した。

　あのとき、どうして大人たちに反論しなかったのだろう。

　そう考え始めると、まるで昨日のことのように尚子の胸は痛む。

　だって、父も祖母も、それが当然のように振る舞っていたから。

　家に残ることになった母が、やっぱりいつものように平然とした表情をしていたから。

　嘘。

　尚子は首を横に振る。

　どうしても、自分がテーマパークにいきたかったからだ。

反論して、「それじゃあ、いくのをやめよう」と、おねだりを取り下げられるのが怖かった。いつも家族の犠牲になる母に一緒に楽しんでもらうことも、誕生日の願い事であったはずなのに。

十歳にもなれば、子どもは勘定高さを発揮する。しかも未熟であればあるほど、それは露骨なものになる——。

文乃の報告を聞いたときに頭に浮かんだ思いが甦り、尚子は苦しくなる。

結局、尚子たちは母を置いて出発した。

〝尚ちゃんと一緒にいくのが本当に楽しみ〟

嬉しそうに頬を上気(じょうき)させていた母の様子を思い返すとさすがに心に痛みが走ったが、テーマパークに着いた途端、そうした思いは跡形もなく消えてしまった。

緻密(ちみつ)に再現された、スペインの街並みは素晴らしかった。

アラベスク模様のタイル。咲き乱れる原色の花々。陽気な音楽。石畳の街角で突然始まる情熱的なフラメンコ——。

ジェットコースターのようなアトラクションも面白かったけれど、それ以上に、初めて眼にする異国を模(も)した風物に、尚子は夢中になった。

お母さんも、きたかっただろうな……。

ようやく思いが至ったのは、祖母がくたびれたと言って、ベンチから動けなくなったときだ。明らかに自分につき合っているだけの父や祖母と違い、母と一緒なら、きっともっと楽しめたに違いない。半ば自分本位な考えではあったが、尚子は改めて母に悪いことをした気分になった。

数日後、尚子は後ろめたさを埋め合わせたくて、母に手製のプレゼントを贈ることにした。覗いた先に、色とりどりのセロファンが見える、万華鏡もどきの工作だ。テーマパークで見たステンドグラスを模したつもりだった。

〝ほら、万華鏡みたいでしょ〟

尚子は覗き穴を眼に当てて、筒をくるくると回してみせた。

〝光に透かして見ると、とっても綺麗なんだよ〟

自分なりに、母の心を慰めるつもりでいた。

〝こんなの……〟

しかし、聞き取れないほど小さな声だったが、確かに母はそう呟いたのだ。母はそれを冷蔵庫の上に置いて、買い物に出かけていった。

翌日も、翌々日も、尚子の工作は冷蔵庫の上に置かれたままになっていた。一週間を過ぎたとき、尚子は自分でそれをごみ箱に捨てた。己の心の一部も、一緒に捨ててしまった気がした。

母が突然家を出ていったのは、その年の暮れのことだ。

恐ろしいことに、母が出奔しても岡野家はたいして変わらなかった。祖母が騒いだのは、母が何冊かの預金通帳を持ち出したことに対してだけだ。それだって、母名義のものであったはずだ。捜索願は出したのだろうが、父もまたあくまで淡々としていた。

母の出奔後、父はうまくいっていたはずの共同事業をやめて、町役場に再就職した。尚子は祖母になにくれとなく世話を焼かれて成長したが、高校に入った時期から自分の家のいびつさに耐えられなくなった。東京の美術大学に進学したのは、家を出る口実でもあったのだ。

以来、尚子は正月ですら、実家に寄りつこうとしなくなった。しぶしぶ郷里に足を向けたのは、祖母がいよいよ危なくなってからだった。

目蓋をあけ、尚子は深い息を吐く。

もしあのとき、「お母さんがいかないなら、私もいかない」と言えていたら、母が家を出ていくことはなかったのだろうか。

まさかと思いつつ、その疑念をぬぐうことができないのは、母が割を食うことに半ば慣れてしまっていたことを、尚子自身が自覚していたせいだ。

母に万華鏡もどきを贈ろうと思いついたのは、後ろめたさを隠すためだった。

その態度を、母は醜悪に感じたのだろうか。

尚子の愛嬌は、受け入れてもらえなかった。

でも、あのとき、母に綺麗なものを見せてあげたいと思ったのもまた、真実なのだ。

もう、届かなかったけれど。

母が家を出たのは、自分の誕生日のせいだ。

その思いが、どうしても頭から離れない。生まれてきて良かったとも、歳を取るのが嬉しいとも思えない。

それなのに、どうして自分は万華鏡を作り続けているのだろう。

一体誰に、「美しいもの」を見せるつもりでいるのだろう。

寄る辺なくパソコンの画面を見つめれば、インスタグラムに寄せられる「いいね！」の数がまた一つ増えた。


「ミラーを切るときは、定規でしっかり押さえて、真っ直ぐに切ってください」

翌日、尚子は四年生の児童たちに、塩化ビニル製のミラーをカッターナイフで切る指導をしていた。

本格的な万華鏡作りではガラス製の鏡を使うが、授業で使うのは、普通のカッターで切ることのできる〇・五ミリの薄いビニール製ミラーだ。但し、少しでも鮮明な映像を作るために、光を屈折させない表面鏡を使う。

この塩化ビニル製のミラーは、毎年、尚子が教材費で用意していた。

児童たちはわいわいと騒ぎながら、ミラーにカッターを押し当てている。尚子は各テーブルを回り、児童たちの作業の進捗（しんちょく）を見守った。

図工の授業で一番難しいのは、規定時間内に、児童全員の作業をある程度まで完成させることだ。器用な児童もいれば、そうでない児童もいる。一つの工程であっても、必要とされる時間は様々だ。授業では、一人一人のそれを待つことができない。

人より倍の時間がかかってしまう児童がいる場合、自然と尚子が手を貸すことになる。それを敏感に察し、「ひいき」と言い立てる子どももいる。

本当は、児童同士が助け合ってくれればいいと思うのだが、現実はそれほど甘くなかった。特に最近は、自分に与えられた作業以外のことにはまったく眼を向けない子どもが、男子女子にかかわらず増えてきていると感じる。

大人だってそうなのだから……。

自分自身にもその傾向があると自覚し、尚子は薄く自嘲する。

工作に入る前、尚子は万華鏡の歴史について簡単に説明した。黒板に、デイヴィッド・ブリュースターという名前を大きく板書する。

万華鏡は、一八一六年にスコットランドで誕生した。灯台の光をより遠くまで反射させることを研究していた物理学者のブリュースターが、二枚の鏡の中に、無数に反射し合う光の映像を偶然発見したのがきっかけだった。美しいものを見る装置（カレイドスコープ）という造語を生み出したのも、ブリュースターだ。

その夢幻のような美しさは人々の心を魅了し、カレイドスコープはあっという間にヨーロッパ中に広がった。三年後の一八一九年には極東の日本にまで伝わっているのだから、当時の熱狂ぶりがうかがえる。

江戸時代、「百色(ひゃくいろ)眼鏡」や「更紗(さらさ)眼鏡」と呼ばれたカレイドスコープは、後に中国の「万華筒(ワンファトン)」の影響を経て、「万華鏡」と呼称されるようになった。

今でもブリュースターは「万華鏡の父」と呼ばれ、ブリュースター・カレイドスコープソサエティにより、世界中で万華鏡大会が開催されている。

児童たちがこうした歴史にどれだけ興味を持ってくれたかは定かではないが、ブリュースターがわずか十二歳でエディンバラ大学に入学するほどの大天才であったというところでは、あちこちから感嘆の声があがった。

「切ったミラーは、補強用の下敷きに貼って正三角形に組みます」

塩化ビニル製のミラーを切り終えたら、次はそれを正三角形に組み立てる。正確な正三角形に組まないと、映像の一部にずれが生じるが、学校の授業ではそこまで気にする必要はない。土産物店で売られているものの中にさえ、映像にわずかなひずみのある万華鏡は存在する。

ミラーが組めた段階で、万華鏡の仕組みはある程度完成だ。ペットボトルの底に、それぞれが持参した素材(オブジェクト)を入れ、ミラーを挿入し、覗き穴をあけたキャップを装着する。二時限目の半ばになると、早くも覗き穴に眼を当てて、歓声をあげる児童たちが現れた。

一方、未だにミラーのカットが終わっていない児童もいる。ブリュースターのような大天才は別格だとしても、昔から世の中は決して平等にはできていない。

著しく遅れている何人かを集め、尚子は本格的に手助けを始める。このままでは、放課後も作業をしなければならなくなりそうだ。

面倒だな——。

「じゃあ、ちょっと、先生と一緒にやってみようか」

ちらりと脳裏をよぎった本音を振り払うように、尚子は児童の面々を見回した。

あれ？

いつも特別な支援を要する数人に、この日は佐藤結奈が交じっていることに気づき、尚子は少し意外に思う。結奈はもともと、工作が得意な子だ。それなのに、なぜか今日は作業の半分も終わっていなかった。

「どんなオブジェクトを用意したの？」

進まぬ作業に気後れぎみの児童たちを励まそうと、尚子は一人一人に声をかける。

万華鏡作りの楽しさは、なんといっても映像のもととなる素材選びだ。むやみに高い素材を用意する必要はない。セロファンの切れ端だけでも、万華鏡は充分に美しい映像を結ぶ。

たとえそれが、一つ一つはいびつなものであったとしても。

そう考えた瞬間、なぜか尚子の心の奥底をすっと冷たい風が吹いた。

「先生、これ」

一人の女子が差し出したシャーレには、ガラス製のおはじきが入っていた。場面緘黙症と診断され、ほとんど口を利かない男子は無言で数個のボタンを見せる。

「私のはこれ」

結奈のシャーレに入っているのは、きらきら光る小さなシールだった。どの素材も、間違いなく美しい映像になる。

既に万華鏡を完成させたグループからは、きゃあきゃあとはしゃぎ声があがっていた。途中から、それがあまりにひどくなったので、尚子は指導を中断して注意にいった。

このままでは、隣の教室から苦情が入りかねない。

「なにをそんなに騒いでるの」

大騒ぎしている男子から覗き穴を押しつけられ、尚子はひっと息を吞む。普段から悪ふざけの過ぎる男子が、万華鏡の底に蜂の死骸を入れたのだ。

視界一杯に広がる干からびた羽のグロテスクな映像に、尚子は本気で声を放つ。

その悲鳴の大きさに、騒いでいた教室が一瞬しんとした。

放課後の図工室に、結奈の姿がある。

図工準備室の扉の陰から、尚子はその様子をそっと眺めた。結奈はこの日も熱心にペットボトルの万華鏡を作っている。

放課後に居残りをして授業中に間に合わなかった万華鏡を完成させて以来、結奈は昼休みや放課後、毎日のように図工室に通ってくるようになった。

最初は、よほど万華鏡作りが気に入ったのかと思った。本来工作が得意な結奈が作った万華鏡の生み出した紋様は、本当に美しかった。きらきらと光るシールが咲き乱れる薔薇(ばら)のように広がり、居残っていたもう一人の女子も「結奈ちゃんの万華鏡すてき」と、覗いた瞬間にうっとりと溜め息をついた。

だが、それだけが理由ではないことに、今では尚子も気づいている。

文乃が職員会議で報告した「お誕生会トラブル」の直接的な原因を作ったのが、結奈の家で行われた「お誕生会」だったと、職員室で聞かされたのだ。

結奈の母のことは、尚子も保護者会で何回か見かけたことがある。担任のクラスを持たない尚子自身が保護者会を開くことはないが、時折、図工専科の教員として意見を述べなければならない場合があった。特に、学校をあげて行われる「図工展」の前には、そうした機会が多くなる。

結奈の母は、とても若かった。高齢出産者の多い保護者会の中で、茶色いロングヘアを肩に流し、派手な目鼻立ちをしたグラビアアイドルのような姿はよく目立った。

その若い母親が、「お誕生会」に無理やりクラスメイトの女子を集め、学校での結奈の様子をしつこく聞き出そうとしたことが、トラブルの発端となったらしい。

規制はトラブルの抑制のために行われるものだが、それがまた、新たな抑圧を生むことは想像に難くない。自分の「お誕生会」を開くことを心待ちにしていた児童もいたのだろう。その中には、「お誕生会」禁止令への不満を水面下で結奈に向ける動きもあったのかもしれない。

指導が徹底されている現在、どのクラスでもあからさまないじめはないものの、集団生活につきものであるそうした澱が完全に払拭されたとは、教師だって本気で考えてはいなかった。

教室内の無言の圧力に耐えられず、結奈は昼休みや放課後に、図工室に逃げてきているようだ。

専科の特別教室や保健室が児童のシェルターとなることはよくある。学年主任の文乃にだけはそれとなく報告を入れたが、尚子は基本、結奈の様子を静観していた。

だがこの日は、結奈のほうから、完成したペットボトル万華鏡を手に準備室へやってきた。

「先生、こんなのできた」

「どれ、見せて」

尚子はペットボトルを斜め下に傾けて覗き込んだ。

「わあ！　すてきだねぇ」

内側に光の粒を抱えた澄んだ緑の六角形が、規則正しくどこまでも広がっていく。もともと器用な結奈はオブジェクト選びのセンスもよく、回を重ねるごとに洗練された万華鏡を作るようになっていた。尚子の称賛に、結奈が満足げな笑みを浮かべる。

「じゃあさ、これも見てみる？」

試作品として作ったテレイドスコープを、尚子は結奈に差し出した。テレイドスコープは、通常のオブジェクトを使わず、先端に透明のアクリルボールを取りつけた万華鏡だ。アクリルボールに映る外の景色がなんであっても、増幅された万華鏡の映像に変わってしまう。

覗き穴に眼を当て、テレイドスコープを窓の外に向けた結奈が驚きの声をあげる。今、結奈の眼には、窓の向こうの楠が、華麗な紋様に早変わりしているはずだ。

本来ならこのテレイドスコープが授業としては一番面白いのではないかと思ったのだが、アクリルボールを人数分用意するのに費用がかかりすぎて、試作段階で断念した。

「ねえ、先生」

テレイドスコープを覗いたまま、結奈が呟くように言う。

「人間も全部、万華鏡で見られればいいのにね」

「なんで」

問いかけながら、尚子はなぜだか胸の奥がざわりとした。

「だって、全部、綺麗な主役になれるから」

テレイドスコープを眼から外し、結奈がうつむく。

「お誕生会では、お誕生日の人が主役にならなきゃいけないんだって」

結奈の母が、そう言い聞かせたらしい。それで、普段は交流のないクラスの中心的な女子まで全員呼ぶことになったのだそうだ。

結奈の母親は華やかで美しい顔立ちをしているが、結奈自身はどちらかというとクラスで目立たない児童だ。

誰某さんとか、何某さんとか、と呟く結奈の声に、尚子は児童の顔を思い浮かべる。そのほとんどが、大人しい結奈とは無縁そうな派手めの女子ばかりだった。

「あんな人たちの前で、主役とか絶対無理だから」

結奈の声がか細く震える。

「お母さんの理想になんかなれないよ。私、お母さんみたいに美人じゃないし、別に主役になれなくても、友達が少なくてもいいんだもん……」

最後のほうは泣き声に近かった。

お母さんの理想――。

慰めなければならない立場なのに、尚子自身がその言葉に囚われてしまう。

こんなの……。

差し出した工作に戸惑ったような声をあげた母が、自分になにを望んでいたのか分からない。

事実、母は娘の自分のことをどう思っていたのだろう。

考えても、考えても分からない。

母は物静かで、いつも優しかった。怒られた記憶もあまりない。毎日美味しいご飯やおやつを用意してくれた。

けれど、そこに心はあったのだろうか。

家の中で、母はいつも一人きりだった。父と祖母と尚子の三人と、母。その三対一の構造のいびつさに本当に気づいたのは、十歳の誕生日。

それは、母を失うきっかけとなった日だ。

どちらが傷つけ、どちらが傷つけられたのかもよく分からない。

自分が生まれた日を嬉しく思えないのは、不幸なことなのだろうか。

ついに泣き出してしまった結奈の前で、尚子は言葉を探すことができずにいた。


その晩、いつものように一人のアパートの食卓でコンビニ弁当を食べているとき、尚子は久しぶりに父から電話をもらった。

「え?」

スマートフォンを耳に当てたまま、尚子は身体を硬直させる。テレビのバラエティー番組の笑い声が急に大きくなった気がした。震える手でリモコンを探し、スイッチを切る。それでも、耳から入ってくる父の言葉がよく理解できなかった。

通話を終えると、尚子はふらふらと立ち上がった。隣の部屋に入り、工作用の机の前に身を投げ出すようにして座る。しばらくそのまま椅子にもたれてじっとしていた。

ずっと行方不明だった母が、亡くなったそうだ。

北九州の工場の住み込み寮の部屋で。たった一人で。

尚子はなにも考えることができなかった。

もともとあった心の虚が、さらにぽっかりと大きくなって、もうなにも映してはくれなかった。

なにか、なにか見なくちゃ……。

無意識のうちに、机の上の万華鏡を覗く。二等辺三角形に組んだスリーミラーシステムは中央に星の形を生む。その星が渦を巻くように回転しながらどこまでも広がっていく。

じっと見つめていると、だんだん眩暈がしてきた。

〝人間も全部、万華鏡で見られればいいのにね〟

ふいに昼間の結奈の言葉が甦る。

そうか。

尚子はぼんやりと考えた。

自分がスリーミラーシステムの万華鏡を好きなのは、絶え間のない反復が、隙間を埋め尽くしてくれているせいだったのかも分からない。どんなに元の素材がいびつでも、三角形の辺に反復される映像は、どこまでも整然と並んで隔絶を覆い隠す。

でも、すべては単なる虚像だ。

実像は、もうこの世のどこにも存在しない。


十月に入ると、急に日が短くなった。午後六時を過ぎたばかりなのに、窓の外はもう真っ暗だ。

尚子は駅前の喫茶店で、上京してきた父と向き合っていた。

「休みの日に、悪かったな」

父と会うのは、祖母の葬儀以来だ。また一段と、髪が白くなったように見える。

「……お父さんこそ、わざわざ大変だったね」

虚ろな思いを悟られまいと、尚子はできるだけ穏やかに答えた。この町で、父と会うのは初めてのことだ。それなのに、なんのもてなしもできない自分を微かに後ろめたく思う。

個人経営の古い喫茶店は、土曜日だというのにほとんど人気がなかった。半個室の奥まった席に、荷物を抱えた父は小さく座っている。

「これ、お母さんが暮らしていた部屋の抽斗に入っててな」

父がテーブルの上に一枚の封筒を置いた。北九州まで母の遺骨を引き取りにいった父は、母の遺品を少しだけ持ち帰ってきたという。

「尚子の名義になってるから」

封筒には母の字で、父の住所と名前が書かれていた。

「お前、明日誕生日だろう。早いところ解約してきたほうがいい。郵便局の積立預金は、確か満期から二十年以上が経つと、権利が消失してしまうはずだから」

父に促され、尚子は封筒をあけてみる。中には尚子の名義の通帳が入っていた。開いてみると、尚子が生まれたときから十年間、毎月、地道な積み立てがされている。

最後のページに、ある程度のまとまった金額が記載されていた。

「これだけは、お母さんも手をつけられなかったんだろうなぁ……。でも、二十年経つことに気づいて、慌ててお父さんのところに送ろうとしたんだろうな」

コーヒーをすすりながら、父が眼元にしわを寄せて笑う。

それでも投函できずにしまい込んでいたらしい封筒の住所から、父のところへ連絡がきたのだそうだ。

母の死因は、くも膜下出血だった。突発的な死だったという。

「長患いだとか、苦しんだとかはなかったみたいだから、それだけはよかったよ」

尚子は、父のように割り切ることができなかった。気づくと、通帳を押し返していた。

「こんなの……」

呟いてしまってから、息を呑む。

自分の声が、あの日の母とまったく同じように響いたからだ。

こんなの……。

その言葉の後に続くのは、一体どんな思いだったのだろう。

「尚子」

父が改まったように、尚子を見る。

「本当は、もっと早く話さなければいけなかったんだろうけどな……」

喫茶店の古いソファに座り、尚子は父の長い話を聞いた。なにもかも、初めて聞く事柄ばかりだった。

母は長い間ずっと、父の事業の共同経営者だった高橋さんと不義(ふぎ)の関係にあったのだそうだ。

その事実を、父も祖母も黙認していたという。

それでは——。

尚子の十歳の誕生日に一人で家に残ったのは、母自身の意向であったのか。

母は尚子ではなくて、もう一人の人を選んでいたのだ。

「お母さんは、きっと、もっと早く家を出ていきたかったんだと思うよ」

嘆息交じりに父が呟いた。

けれど、それをしなかったのは、恐らく娘の自分のためだったのだろう。

尚子が足枷（あしかせ）となって、自分で自分を罰しなければならなかった家に、母を長らく縛りつけていた。

虚像でごまかし続けてきた隙間に埋もれていた真実の重さに、尚子は瞑目（めいもく）する。

母が出奔しても、高橋さんは自分の家庭を捨てなかった。父は共同事業を解消して再就職を果たし、母は縁もゆかりもない北九州の町で、たった一人で死んだ。

「おばあちゃんが生きている間は、なかなか口にできなくてね」

申し訳なさそうに告げる父に、尚子は静かに首を横に振る。

「……遺骨、どうするの」

「おばあちゃんと一緒の墓に入れるわけにはいかないから、お母さんの両親のお墓まで持っていくよ」

それがどこにあるのかも、尚子は知らなかった。

母はたまに、父にだけは電話を入れていたようだ。

「居場所は、決して教えてくれなかったけどな」

父の眼元のしわが深くなる。

「そういえば、尚子が東京で図工の先生になったと伝えたら、とても喜んでいたよ」

尚子は無言で下を向いた。

「お母さんの気持ちだ。受け取ってやってほしい」

父はテーブルの上の通帳をもう一度尚子のほうに押す。

この二十年間、母が尚子に連絡をくれたことは一度もない。今更、どんな気持ちでそれを受け取れというのだろう。

ああ、そうだったのか。

尚子は頭の片隅でようやく思い当たる。

こんなの……、受け取れない。

二十年前の母も、先ほどの自分も、きっと、そう続けようとしたのに違いない。

尚子がどうしても手に取れずにいる通帳を、父は紙袋の中に入れた。

「これな、ほんの少しだけど、お母さんの形見の品だ」

袋ごと差し出されると、今度は受け取らないわけにはいかなかった。ほとんど口をつけていないコーヒーが、すっかり冷たくなっている。

「……お父さんは、私のために我慢していたの」

そろそろ駅へ向かうと言う父に、尚子は言わずもがなのことを尋ねた。

「違うよ」

父が即座に首を横に振る。

「お父さんが、お母さんと別れたくなかったんだ」

疑わしく見返す尚子に、父はなんでもないことのように告げた。

「それにお父さんとお母さんは、今も離婚していないよ」

「え？」

尚子は自分の耳を疑う。

「だって、普通は相手が長年行方不明だったら……」

「離婚が成立するのは、家裁に失踪宣告の申立てをした場合だよ。お父さんは、そういう手続きをしてないから」

尚子は唖然（あぜん）として、父を見つめることしかできなかった。


東京駅まで父を送ってから、尚子は一人のアパートに戻ってきた。居間のテーブルの上に紙袋を置き、魂が抜けたように座り込む。

思えば、父のことも母のことも、自分はなにも知らなかったのだ。

テレビをつける気にも、隣の小部屋にいく気にもなれなかった。

母の出奔を、自分のせいだと思っていたなんて……。

幼稚な思い込みに、虚（むな）しさが込み上げる。

母はそれほどの心も、娘の自分には残していなかった。

そんな母親からのお金なんて、欲しくない。

急に憤りが込み上げて、テーブルの上の紙袋を払い落とす。そのとき、袋の中からなにかが転がり出てきた。

ころころと部屋の隅まで転がっていく丸い筒に、尚子の胸がどきりと波打つ。

追いかけて手に取ると、それはやっぱり万華鏡だった。一つではない。二つ、三つ。四つ。

しかも、間違いなく手作りだ。

そのうちの一本に、尚子の眼が釘づけになる。

円筒に赤い星を貼りつけたそれは、尚子が以前、「ナオの万華鏡の部屋」で作り方を紹介したときにアップした見本と同じものだ。

単なる偶然だろうか。

けれど、覗き穴の部分を製本テープでくるむやり方は、尚子のオリジナルのはずだ。

円筒を握る手が微かに震え出す。

ホームページのプロフィールには、ナオコとしか書いていない。ただ、都内で図工の教員をしていると載せた覚えはある。

それだけの情報を頼りに、母は自分のホームページにたどり着いていたのだろうか。

〝ほら、万華鏡みたいでしょ〟

母の前で筒をくるくると回してみせた、二十年前の自分が甦る。

〝光に透かして見ると、とっても綺麗なんだよ〟

尚子は思わず、母が作った万華鏡の覗き穴に眼を当てた。

「ああ……」

喉から低い声が漏れる。

透明なセロファンが形作る赤や緑や青の華麗な紋様が視界一杯に広がっていく。

それは、自分が母に見せたかったのと同じ、ヨーロッパのステンドグラスを思わせる気品あふれる色彩だった。

四つの万華鏡を次々に覗き込む。

どれも、これも、柔らかく美しい色合いだった。

山鳩（やまばと）の胸のようなグレーがかった青の中に、薄桃色の桜の花びらが無数に散った紋様を眺めるうちに、突然視界がゆがんだ。

オブジェクトが動いたためではない。

母が死んだと聞いたときから一滴も流れなかった涙が、心の奥底から込み上げてくる。

もとになる一つ一つのものは、いびつなガラクタなのかもしれない。けれど鏡によって、幻の世界が見える。しかもその瞬間は唯一無二。

それは、まるで人の心ではないか。

私たちは皆、心の鏡に映る一瞬の幻を、現実と信じて生きているのかもしれない。親と子であっても、互いの幻影から逃れることはできない。

それでも、幻影の中に、一かけらの実像はあったのだ。

しかもその色彩は、こんなにも柔らかく、美しい。

一度あふれてしまった涙はどうしようもなく込み上げて、万華鏡を覗くことができなくなった。

〝尚ちゃんと一緒にいくのが本当に楽しみ〟

嬉しそうに頬を染めていた母の心もまた、その一瞬は真実であったのだろう。

尚子は万華鏡を膝の上に置いて、両手で顔を覆って嗚咽(おえつ)した。

母が覗いていた世界は、自分が見たものとまったく同じではない。

けれど万華鏡を通し、母と自分は確かにつながっていた。

万華鏡(カレイドスコープ)とは、「美しいものを見る装置」という造語。

しかし自分は本当は「美しい幻影」を見たかったのではなく、そこに潜(ひそ)む一片の実像をこんなにも長い間探し続けていたのだろう。

母に届かなかった贈り物と一緒に捨ててしまった心の一部を、尚子はようやく取り戻しかけていた。

ふと気づくと、時計の針が午前零時を過ぎている。

母と別れてから二十年のときが経ち、尚子は三十歳になった。

「ちゃんと届いたよ」

十歳の自分に、尚子はそっと声をかける。

お誕生日、おめでとう――。

どこかで誰かの懐かしい声が響いた。

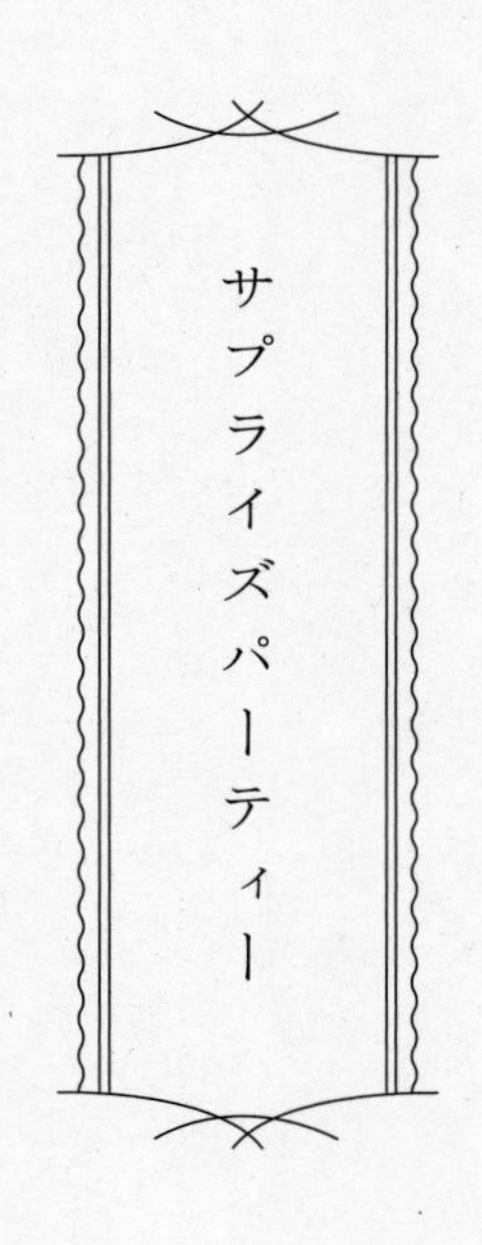

サプライズパーティー

社内のデザイナーのテンションの低さには、ほとほとあきれる。

「だからさ、とりあえず、数パターンのデザイン案は出してほしいんだよ」

宇津木湊（うつぎみなと）は、不服そうにこちらを見返している同世代のデザイナーに仕様書を差し出した。

「納期は来月だから、まだ時間は充分にあるんだし」

十月に入っても夏を思わせるような気温の高い日が続いているが、日の入りだけはめっきり早くなった。午後五時を過ぎると、窓の外は既に夕闇の気配が漂っている。

「でも、これってダイレクトメールですよね」

縁（ふち）なし眼鏡をかけた神経質そうなデザイナーが、あらぬ方向を見やる。

せっかく営業の湊が新規の顧客を獲得してきたというのに、仕様書よりも、定時退社までの時間のほうが気になるといった素振りだ。

「だからこそだよ」

舌打ちしたいのをこらえて、湊は語気を強める。

大きな取引とは言えないかもしれないけれど、新規のクライアントをリピーターにするチャンスではないか。

ここはぜひとも、広告代理店グループ印刷会社ならではのクリエイティビティの高さをアピールしていきたいと、湊は考えている。

中堅広告代理店テクニカコーポレーションに新卒入社をしてから四年目。今年のゴールデンウイーク明けに、湊はグループ系列のテクニカ印刷への出向を命じられた。

二十代のうちに、できるだけたくさんの現場を見てもらいたいというのが、上司からのお達しだ。

湊はそれを、「幹部候補生」としての段階だと受け取った。

出向して半年も経って(た)いないが、ぬるま湯のような雰囲気が漂う現職場に対する歯痒(はがゆ)さを、湊は既に隠し切れなくなっている。

「ほかのダイレクトメールとは一線を画した、印象的なデザインをあげてもらいたいんだ」

背後でマッキントッシュコンピューターに向かっている他のデザイナーたちにも聞こえるように、わざと声を張った。

「今や印刷もネット注文が主流の時代だろう? そこを、敢(あ)えてクライアントの顔を見ながら、注文をもらってるんだ。アプリとは違うっていう、差別化をしていかないと。専属デザイナーがいる印刷会社ならではの強さを見せていかなければ、この先、生き残れない」

差別化――。それは湊が大好きな言葉だ。

スマホやパソコンのアプリケーションが充実した昨今、デザインや印刷の分野においても、通り一遍のことは誰もが簡単にできてしまう時代に突入している。そこで専門性を発揮していくためには、なんといっても差別化が必要だ。

自分の意見は、正論以外のなにものでもない。

「クライアントをあっと言わせるようなデザインを頼みますよ」

湊は勢いよく仕様書を突き出した。

「はあ……」

いかにもしぶしぶと言った様子で、デザイナーがそれを受け取る。

湊が自分のデスクに戻ると、背後でデザイナーたちが一斉に溜め息をついた気がした。

なんのために、専属のお前らがいるんだよ――。

デスクのパソコンに向かいながら、湊は喉元まで出かかった言葉をなんとか呑み込む。

まあ、もともと自分は〝本社組〟だ。

ある程度現場経験を積んだら、必ずや本社に戻る。そのときには、こんな連中とも早々におさらばだ。

湊は鼻から息を吐いて、メールソフトを開く。

「ねえ、宇津木君」

メールチェックをしていると、ふいに声をかけられた。

向かいの席から、営業主任の山田加奈がこちらをじっと見ている。

「ダイレクトメールのデザイン案を数パターンって、それ、クライアントから言われてるの？」

加奈はテクニカ印刷の生え抜き社員だ。四十代、独身、地味。鼻眼鏡でこちらをうかがっている様子は、女としてのなにもかもをあきらめているように見える。

本社にいるバブル世代の五十代女性のほうが、まだいろいろな意味で旺盛だ。〝若見え〟にこだわり、髪や肌をぬかりなく整えている彼女たちを、湊たちは陰で〝綺麗なゴリラ〟と呼んでいる。

一見華やかに装ってはいるが、バブル女性たちの考え方や仕事の仕方は男性以上にマッチョだ。

「いや、そういうわけではないですけど」

デザイナーたちには聞こえないように、湊は声を落とした。

「だったら、社内デザイナーにあんまり無理させないほうがいいと思うよ。あの人たち全員契約だから、それで等級が上がるわけじゃないし」

綺麗なゴリラに比べると、無害なナマケモノみたいな風情で、加奈が淡々と告げてくる。

「でも、何案か出したほうが、クライアントだって喜ぶじゃないですか」

湊はひそひそ声で反論した。

先ほどの〝差別化〟の話は、加奈にだって届いたはずだ。そこが分からないようでは、営業主任を務める資格はない。

もっとも、湊がくるまでテクニカ印刷は既存顧客が中心のルート営業が主軸で、加奈のやっている仕事は営業というより制作管理に近かった。

「ま、宇津木君はここにきたばかりだし、張り切ってるのも分かるんだけどさ」

もごもごと言葉を濁しながら、加奈は自分の仕事に戻っていく。

綺麗なゴリラたちにはそこそこ受けが良かった湊の熱意は、無害なナマケモノには有難迷惑としか映らないようだ。

結局ここにいるのは、本社つながりのルート営業に甘んじている連中ばっかりなんだな……。

白けた気持ちで、湊はメールチェックを続ける。

汐留にある新社屋の本社に比べ、ここは錦糸町の古びた雑居ビルだ。天井は低いし、空調の音もうるさい。社員も加奈をはじめ、皆どことなく野暮ったい。

やがて定時になると、加奈が真っ先に立ち上がった。

「お先に」

脇目もふらずにタイムカードを押しにいく後ろ姿を、湊は半ばあきれながら見送る。本社では、定時に会社を出ることなんてあり得ないのに。

恋人どころか、友達もいそうにない独り者の中年女が、早く帰宅して一体なにをしているのだろう。

一瞬疑問に思った湊の脳裏に、加奈がトートバッグにいくつもつけている缶バッジが浮かんだ。全部、フィギュアスケーターのバッジだった。

そういえば、加奈が熱狂的なフィギュアスケートのファンで、日本国内だけではなく、韓国や台湾の大会にまで出かけていると聞いた覚えがある。有給休暇と給料のすべてを、フィギュア観戦につぎ込んでいるのだと。

仕事も遊びも多方面にわたって旺盛なバブル世代に対し、超氷河期の中で社会に出てきたロスジェネ世代は、男女にかかわらず個人的な趣味に埋没する傾向があるのかもしれない。本社の四十代男性にも、未婚のアニメオタクがちらほらいた。

独身の綺麗なゴリラたちは選り好みをしているうちに婚期を逃してしまった感があるが、無害なナマケモノはそもそも男女交際の土俵に立ったことがないようにも思われる。

ああなったら、終わりだな。

湊は小さく身震いする。〝推し〟に貢ぐことでしか私生活を彩れないなんて、恐ろしすぎる。そんなことになる前に、さっさと身を固めたい。

そのためにも、早く実績をあげて本社に戻らなくては。

自らに活を入れるように姿勢を正し、湊はパソコンに向き直った。

午後七時を過ぎるとデザイナーたちも帰ってしまい、いつの間にか湊はオフィスで一人きりになっていた。

なんだよ、誰も無理なんてしてないじゃないか。

湊はいささか啞然とした。

やっぱり本社におんぶに抱っこの印刷部門なんて、緩すぎる。自分は広告代理店の花形であるプランナーに返り咲きたい。

上司から「現場を見ろ」と言われたものの、見るべきものは全部見てしまった気がする。

本当に、緩い職場だな――。

気づくと、湊は手持ち無沙汰にネットサーフィンを始めていた。無論、ネットの情報に気を配ることも、プランナーとしては欠かせない仕事の一つだ。

デジタルネイティブ世代の湊自身、フェイスブックやツイッター等のＳＮＳは既に生活の一部になっている。社会人になってから始めたｎｏｔｅは、いくつか記事を書いただけで結局放置したままになっているが。

フェイスブックのページを開いた湊は、〝知り合いかも〟と表示されているアカウントに眼をとめた。このところ、何回も自分のページに上がってくるアカウントは、自らのプロフィールや投稿内容をオープンにしている。

杉浦亮太。小学校時代の同級生だ。

プロフィールを読み、湊は亮太が地元で弁護士になっていることを知り驚いた。

同じクラスだったのは、三年生と四年生の二年間、中学年のときだ。確かに、勉強だけはよくできた記憶がある。

算数の小テストなど、いつも一番に提出していたが、同時に亮太には周囲の空気をまったく読まないところがあった。そのため、亮太はクラスの中で常に浮いた存在だった。

湊も率先して近づいた覚えはない。

けれど、亮太が卒業アルバムに書いた「将来の夢」は、なぜか心に強く残っている。

〈誰からも〝かわいそう〟とか思われない存在になる〉――。

高学年のときには別々のクラスだったが、その一文を見たとき、眼が離せなくなった。

別段、それが好印象だったわけではない。

ただ、あいつらしいなと思ったのだ。

フェイスブックの新しい投稿で、亮太は貧困児童問題について熱く論じていた。斜め読みをしながら、小学校時代の遠い記憶に思いを馳せる。

亮太の家は母子家庭で、決して裕福とは言えなかった。

誰からも〝かわいそう〟とか思われない存在になる、か……。

だから、あのときもあいつは平然とした態度を貫いていたのだろうか。

湊の脳裏に、赤いキャップを被った円錐台の透明容器が浮かんだ。

液体糊だ。

どこの家庭にも必ず一本はあるであろう、なんの変哲もない液体糊。

音楽がとまった瞬間、それが自分の手の中に残っていたときのやるせなさ。

つい、意味のない回想にふけっている自分に気づき、湊は苦笑しながら画面を閉じる。

小学校時代の思い出なんて、今更どうでもいい。

「帰るか」

誰もいないオフィスで独り言ち、湊は立ち上がった。


水辺から、気持ちの良い風が吹いてくる。

十月半ばの週末。世田谷と川崎の境を流れる川を見下ろすレストランのテラスで、湊は姉夫婦や姪と共に母の還暦を祝っていた。

東京に食い込むような形で残っている川崎緑地近くの実家には、今は母が一人で暮らしている。現在、湊と姉の由香里は都内のマンション住まいだが、家族でなにかあるときは、緑や水辺のある実家周辺に集まることが多かった。特に姉夫婦は、一人娘の穂乃花を連れて、たびたび母のもとを訪れているようだ。

姉の由香里とは一回り近く違うため、湊は十五歳で〝叔父さん〟になった。今年で十歳になる穂乃花からは、歳の離れた兄のように思われている。

今回、湊たちが予約したのは、屋上のテラス席でゴージャスなバーベキューを楽しむことができるレストランだ。湊と由香里は、母のためにソファでゆったりとくつろげるプレミアムシートを奮発した。幸い天気にも恵まれ、西日に輝く川を背景に、母と穂乃花がはしゃいだ声をあげている。

鉄板の上では、肉や野菜がジュージューと音をたてていた。ラムチョップや粗挽きソーセージからは肉汁が滴り、肉厚のパプリカや大きなマッシュルームのシシカバブ風の串焼きも艶々といい色に焼けている。

母と穂乃花は皿の上で串を外した夏野菜を分け合い、姉夫婦は和やかにノンアルコールビールのコップを傾けていた。ソファにもたれ、川から吹いてくる風を感じながらラムチョップをかじっていると、湊の中にも幸福感が込み上げた。

もし、この場に父がいたら、どうなっていただろう。

ふと浮かんだ思いつきが、一点の黒い染みになる。

どんなにか、うっとうしかったに違いない。

肉を焼く順番、野菜を焼く順番、グリルの火加減、トングの使い方……。なにからなにまで、すべてを仕切ろうとしただろう。そして、少しでもうまくいかなくなれば、責任を全部周囲になすりつけて平然と放棄する――。

思い描いているだけで、湊の胸は重くなった。

今までどれだけ、団欒を打ち壊されてきたか分からない。

五年前、母が父と離婚したとき、正直なところ湊も姉もほっとした。母としては、遅くに生まれた湊の成人を目安にしていたのかもしれないが、湊たちからすれば我慢の限界だった。

子どもの頃から、父と食事をするのが苦痛だった。

母が作ったものでも、外食でも、父はいちいち文句をつけずにはいられない。自分は包丁を持ったこともないくせに、味つけや盛り方に事細かな注文を出す。手をあげることこそなかったが、気に入らないことがあれば、大声で怒鳴り散らす。

怖いという気持ちもあったけれど、それ以上に、父のことが恥ずかしかった。

〝誰のおかげで育ったと思ってるんだ〟〝一体、誰の金で生活ができてるんだ〟

少しでも不服そうな顔をすれば、すかさず罵声を浴びせられた。それが、湊が成人するまで続いた。

ところが、実際は、湊が大学に入った時点で、父は退職を強いられて無職になっていたのだ。湊が大学に通う費用は、母がパートで貯めた定期預金を取り崩して工面してくれていた。

〝誰の金だと思ってるんだ〟

にもかかわらず、父はいつもそう怒鳴り散らして湊たちを威圧した。

リストラの事実が姉や自分にばれていないと信じていたのは、当の父一人だけだ。

しかも、母から離婚を切り出されるまで、父は自分が家庭内でうまくやれていると本気で思い込んでいたようだった。

なんて、みっともないんだろう……。

虚勢ばかり張って、父親の権威にしがみついていた中身のない独善家。

今では父のことを、そんなふうにしか思えない。

ぽつりと胸に落ちた一点の染みがどんどん広がってしまい、湊は慌てて首を横に振る。

ようやく縁が切れて、自分たちは団欒を取り戻したのだ。

仕事でも、これから持つであろう自分の家庭でも、父を反面教師に進んでいけばいいだけだ。

焦げ始めた和牛の串焼きを鉄板から引き上げ、湊はテラスの手すりに寄りかかる。秋の日が暮れかけ、西の空に富士山の黒いシルエットが浮いてきた。昼下がりから始めた週末のバーベキューも、そろそろお開きの時間が近づいている。

現金なもので、あらかたの料理を食べ尽くすと、あれだけはしゃいでいた穂乃花が急につまらなそうな顔つきになってきた。

「お母さん。これ、私たちから」

店のスタッフが皿を下げ始めたところで、姉の由香里がおもむろにプレゼントの入った大きな紙袋を取り出した。

「なにかしら」

母が少女のように頬を紅潮させる。

紙袋から取り出し包装をほどくと、真っ赤なダウンジャケットが現れた。

「さすがに赤いちゃんちゃんこはないと思ったけど、これならお洒落でしょう？」

「これからの季節にちょうどいいんじゃないかなって」

姉と義兄が交互に述べる。

「まあ、ありがとう」

母は、一応感激しているようだ。

還暦祝いにブランド物の赤いダウンジャケットを贈ろうと発案したのは、姉夫婦だった。

ベタだよな――。

湊は少し離れた場所から、その様子を眺めていた。

定番すぎて面白くないと思ったが、由香里と義兄が妙に乗り気になっていたので口出しはしなかった。

もし自分一人で決めるなら、もっと創意工夫を凝らしたプレゼントを用意するのに。

なにせ、俺は本来プランナーだからな。

湊は内心胸を張る。

大学時代、つき合っていた彼女の誕生日にサプライズを仕掛けたことがあった。

SNSで協力者を募り、店全体で彼女を祝ったのだ。店のスタッフがバースデーケーキを持って現れた瞬間、それまで無関係だと思っていた周囲の客が、一斉に彼女のために「ハッピーバースデー」を歌い出すという趣向だった。

彼女は一瞬きょとんとしていたが、やがて肩を震わせて嬉し泣きしてくれた。

父が「金」のことばかりを強調する男だったから、自分は手間暇をかけて、「真心」で彼女を祝いたいと考えたのだ。

会社に入ってからはすれ違いが続き、結局その彼女とも別れてしまったけれど。

再び胸の底がどんよりと重くなりかけたが、湊はすぐに気を取り直した。

いずれまた、互いの誕生日を祝い合う相手は現れるだろう。

今はとりあえず、「幹部候補生」として本社に戻れる日を待つしかない。

夕映えを背に、一層くっきりとしてきた富士山の稜線(りょうせん)を眺めながら、湊はぬるくなったジンジャーエールを飲み干した。


「だからぁ、それじゃ嫌なのぉ」

レストランを出た後、家に戻る母をタクシーに乗せてから駐車場に戻ってくると、なにやら穂乃花が駄々をこねていた。

「だって、しょうがないでしょう」

ワンボックスカーの後部座席に荷物を入れながら、姉が面倒くさそうに言い聞かせている。

「学校の決まりなんだから、守るしかないじゃないの。穂乃花のときは、ママたちがちゃんとお祝いしてあげるから」

「それじゃあ、今日と変わらないじゃん」

穂乃花が頬をふくらませた。

「一体、どうしたんだよ」

「それがね……」

都内まで帰る姉夫婦の車に同乗させてもらいながら、湊は穂乃花の不機嫌の原因を聞くことになった。

穂乃花が通う小学校で「お誕生会」禁止令が出たという。そういえば、穂乃花は母と同じく十月の生まれだった。

「ほら、今って大変なのよ。誰が呼ばれたとか、呼ばれなかったとか、そういうのがすぐ問題になっちゃって。お返しとかも大変だしね」

運転する義兄の隣で、由香里は肩をすくめた。

「ほらぁ、ママだって、結局面倒がってるだけじゃん」

湊と一緒に後部座席に座った穂乃花が唇をとがらせる。

「それじゃ、今日は穂乃花のお祝いでもあったんだな」

湊が何気なく口にした途端、横からキッとにらみつけられた。

「違うもん！」

穂乃花が早口でまくし立てる。

「おばあちゃんまで、今日はほのちゃんも一緒にお祝いね、とか言ったんだよ。そんなの嫌に決まってるじゃん。お誕生日って特別な日だよ。同じ十月でも、一日でも違ったら、違うの！」

それで途中から急につまらなそうな顔をしていたのかと、湊は今更のように納得した。

「お誕生会の主役は一人だけなの」

要するに、穂乃花は楽しみにしていた自分の「お誕生会」が開けなくなったことが、どうしても納得できないらしい。

「だって、ずるいよ。夏休み前までは、皆、『お誕生会』普通にやってたのに。なんで秋生まれの子から、できなくなっちゃうの？　今年の私のお誕生日、せっかく日曜なのに」

「三組のクラスでなにか問題があったんだって」

「私は一組だもの。三組のことなんて知らないもの」

「担任の文乃(ふみの)先生から説明があったんだから、仕方がないでしょ」

「だって」

「だって、じゃないの。文乃先生のこと好きでしょう？」

「いつもは好きだけど、今回の文乃先生は嫌い」

「そんなこと言わないの」

穂乃花をたしなめつつ、姉は義兄の耳元で低く囁く。

「問題起こした三組の子の親、まだ二十代だって」

「へえ、いくつで子ども産んだの」

「十七らしいよ」

「まじかよ、ヤンキーかよ」

娘の穂乃花に対していたときとは違う調子で言葉を交わし、姉夫婦は暗く笑い合った。

「本当、ずるいよ……」

湊の隣では、「真理恵ちゃんだってやったのに、幸美ちゃんだってやったのに」と、まだ穂乃花がぶつぶつ呟いている。

そのふくれっ面を眺めるうちに、湊の胸に小さな思いつきがひらめいた。

「あのさ、その『お誕生会』って、要するに、クラスの特定の誰かを招待しないならいいんだろ？」

身を乗り出して尋ねると、姉が顔だけ振り向いた。

「まあ、そういうことでしょうね。家族でやる分には、学校だってとめようがないでしょうから」

「だから、家族だけなんて、つまらないんだってば」

またしても駄々をこね出した穂乃花に湊は向き直る。

「じゃあ、俺に任せてよ」

久々に、姪のために一肌脱いでやろう。

「湊お兄ちゃんに？」

不審そうに見返してくる穂乃花に向かって、湊は胸を叩いた。

「お兄ちゃんが、穂乃花の誕生日を最高に特別なものにしてやるよ」

「本当っ？」

穂乃花がすかさず眼を輝かせる。

「ちょっと、湊、そんなこと言っちゃって大丈夫なの？」

「悪いよ、湊君。穂乃花のわがままなんかにつき合ってもらっちゃ」

口々に声をかけてくる姉夫婦を湊は軽くいなした。

「大丈夫だよ。日曜なら、俺も休みだし」

「やったー！」

単純に機嫌を直した姪の隣で、湊は座席に深くもたれる。

大丈夫、大丈夫。大船に乗ったつもりでいてほしい。

今は将来を見据えて、関連会社に出向させられているけれど、それはあくまでも仮段階。

本来の自分は、優秀なプランナーなのだから——。

その晩、湊は帰宅するなり早速ノートパソコンを起動して、イベントに参加する人員を募るプラットフォームのページを開いた。

〝一緒に台湾のランタンフェスティバルにいきませんか〟

〝京都の古民家カフェで、読書会をしています。参加者大募集〟

〝横浜中華街で食べ歩きをする仲間を募集中です〟

〝保護犬との出会いカフェを企画中。求む！　ボランティアスタッフさん〟

ページには、「募集中」というタグのついた、たくさんの企画が並んでいる。最近では、SNSを通じて旅行やイベントの参加者を募り、出会いの場としても活用するこうしたプラットフォームの数が増えてきた。

シェアハウスやシェアカーといったものだけではなく、体験までを共有しようというのが、現代の気分なのだと湊は思う。〝友達〟は、リアルな生活よりも、ネットを通じてのほうが探しやすい時代になってきている。

アフィリエイト――インターネット広告手数料――というビジネスの仕組みが確立してから、少数精鋭のベンチャー企業が多種多様のプラットフォームを運営し、誰もがそこで手軽にイベントを立案できるようになった。

今のところ、一般ユーザーが立ち上げる企画は商業的なものではないが、こうした動きが進んでいけば、いずれ代理店の立場は危うくなるに違いない。

だから、差別化が必要なんだよ――。

内心で呟きながら、湊は久々にプラットフォームにログインした。

大学時代、湊はこのプラットフォームで実習生をしていたことがある。彼女のサプライズバースデーを仕掛けたのは、まさにその時期だ。

インターン期間中、湊は自主的にどんどんイベントや旅行を企画した。当時の経験が、広告代理店への新卒入社に有利に働いたことは言うまでもない。

けれど、実のところ、湊が立案した海外旅行のプランはそのほとんどが企画倒れに終わっていた。

内情をさらすと、参加者が多くなれば、ツアー化の段階で実習生は渡航費を免除してもらえるのだが、人数が少ない場合は、すべてが自腹になる。そうなってくると、幹事の煩雑さがまったく割に合わない。

プラットフォームの運営側は、「自分の企画したツアーで皆と感動を分かち合う」ことを醍醐味の一つとしてアピールしているものの、それ以上に面倒くささと費用対効果の悪さが先に立ち、渡航費の免除がないならと、湊は大抵のツアーの幹事を途中で放棄してしまっていたのだ。

もっとも、プラットフォーム上のプランが消滅するのは日常茶飯事なので、湊も運営側も、さほど気にしてはいなかった。

〝すみません！　人数が集まらないので、今回のイベントは中止です〟

〝急用が入りました。恐縮ですが、今回はキャンセルでお願いします〟

開いたページにも、「募集中」と同じくらい「企画中止」のタグが並んでいる。

これが商業的なツアーやイベントならプランナーは責任を問われるだろうが、プラットフォーム上の企画者は、言ってみれば「飲み会」の幹事と同じだ。しかも、参加者が現実社会でしがらみのない、SNSつながりの〝友達〟ならば、土壇場のキャンセルがあったとしても、後々身近で文句を言われる恐れもない。

誰もが比較的気楽にプランを立案し、それと同様の気安さでキャンセルをしていた。ネット上のつながりは、気楽であると同時に希薄だ。湊一人が咎を負う必要などどこにもない。

それに、今回は、小学生の姪の「お誕生会」だ。

海外旅行のように煩雑ではないし、SNSをさまよっている人の中には、見知らぬ誰かを喜ばせたいと考えている人が、想像以上に多い。きっと、うまくいくに違いない。

〝小学四年生の姪の「お誕生会」を一緒に盛り上げてくれるメンバーを募集します〟

少し考えた末、湊は概ねのテーマを姪の好きな魔法少女アニメのコスプレパーティーに決めた。これなら、普段から自慢のコスプレを披露する機会を探している所謂〝レイヤー〟たちの参加も見込めるかもしれない。本格的なコスプレに、穂乃花も大喜びするだろう。

参加人数がまとまったところで、手頃なパーティースペースのあるレストランやカフェを予約すればいい。

還暦祝いに赤いダウンジャケットを贈るなんていうのより、よっぽど気が利いている。

自らのアイディアに満足しながら、湊はブラウザを閉じた。

「お誕生会」、か――。

ふいに湊の脳裏に、再び液体糊の像がよぎる。

そうだ。あれも「お誕生会」の出来事だった。

湊は自分のフェイスブックを開いた。

〝知り合いかも〟

プロフィールの出身小学校名に反応し、今日もＡＩが杉浦亮太のアカウントを表示している。

湊は改めて、遠い記憶を思い起こす。

あれは、今の穂乃花と同じ、四年生のときだった。正直、あまりよく覚えていないが、自分たちの時代でも、各家庭が開く「お誕生会」に関するトラブルがなにかあったのかも分からない。

その対処策としてか、湊が通う小学校では春夏秋冬の四回に分けて、ホームルームの時間に誕生会をする習慣があった。同じ季節に生まれたクラスメイト同士でプレゼントを贈り合い、ほかの児童たちはそれぞれ役割を担って会を盛り上げるのだ。冬生まれの湊たちのために、春生まれと秋生まれの児童が教室の飾りつけを行い、夏生まれの児童が司会を務めた。

夏生まれの児童の進行で、湊たちは車座になり、音楽に合わせてプレゼントを隣の人に手渡していった。音楽がとまったところで手にしているのが、自分へのプレゼントになるという寸法だ。

ところが、誰もが手にした途端、投げ出すようにして次の人に渡すプレゼントが一つだけ交じっていた。

液体糊だ。

頭に赤いキャップを被り、細長い円錐台の容器に入ったなんの変哲もない液体糊。

二本の液体糊を紐でぐるぐる巻きにしただけのものを、平然とプレゼントにしたのが、亮太だった。

五百円以内という縛りはあったはずだが、皆、各々工夫して、それなりに見栄えの良いプレゼントを用意していたのに。湊自身は、自分の好きなアイドルグループの曲をＭＤディスクにオリジナル編集し、綺麗に包装して用意した。

いくら家が裕福でなくても、もう少しやりようがあったのではないかと、今になっても湊は思う。

男子も女子も全員露骨に嫌な顔をして、包装すらされていないそれを、隣の人に押しつけていた。

そして——。音楽が鳴り終わったとき、その〝ババ〟を手にしていたのは湊だった。

あのときのやるせなさ。

当の亮太が平然としているのに、湊のほうが恥ずかしくて顔を上げることができなかった。

なんだってこんなものをプレゼントに選ぶのかと、空気の読めない無神経な亮太を恨みもした。

思えば、子どもの頃は家族との誕生会にもろくな思い出がない。

父がいたせいだ。

普段から一緒に食卓を囲むのですら苦痛なのに、恩を着せられながら〝こだわりの食材〟とやらの買い出しに連れ回されるのが、うっとうしくて仕方がなかった。そのくせ調理はすべて母任せで、しかも一々手際に文句をつける父の態度に、誕生日の嬉しさもかき消えていった。

おまけに、自分は失職しているくせに、堂々と、将来の就職の心得を説いてきたりした。

本当に見栄っ張りで、みっともない。

父のようにだけはなるまいと、誕生会の間中、心で唱えていなければならなかった。

心から誕生日を楽しめるようになったのは、父が家族の中からいなくなった最近のことかもしれない。

まあ、いいさ。

湊はマウスを操作していた手を休めて軽く息をつく。

この先自分は、お仕着せの「お誕生会」でババを引くこともないし、父の支配下からも完全に解放された。もう、惨めな思いをすることは二度とない。

とりあえずは、可愛い姪っ子の「お誕生会」を成功させてやろう。

フェイスブックのページを閉じ、湊は椅子の上で伸びをした。

翌週、湊が新規に開拓してきたクライアントから、ダイレクトメールのデザインに関する返答がきた。

社内デザイナーにいくつか斬新な案を出してもらっていたが、クライアントが最終的に選んだのは、一番オーソドックスなパターンだった。

奇抜なデザインは、従来の封入機では封入、封緘が対応しづらいというのが主な要因だ。

〝さすがは、広告代理店グループの印刷会社さんですね〟

それでも、今回提案したデザインの多様さに、クライアントが喜んでくれたので、湊は満足した。これだけ好印象を与えれば、次はもっと大きな発注につなげられるかもしれない。

クライアントとの打ち合わせから戻った湊は、確定した仕様書をデスクの上に置いた。

アラビア糊加工。

ふと、仕様書の文字が眼にとまる。

小学校時代の「お誕生会」で湊がババとして引いた液体糊は、実はこのアラビア糊を参考にしたと言われている。戦前から昭和三十年代までは、液体糊と言えば、アラビアゴムの樹液を主成分にしたアラビア糊のことだった。緑色のガラス瓶に入ったアラビア糊は、瓶を逆さにすると海綿(かいめん)を通して液状の糊が染み出し、手を汚さずに使うことができるという、当時としては画期的なものだったそうだ。

この容器を参考にしたのが、現在日本で一番流通している、例の赤いキャップに円錐台の液体糊ということらしい。

以前、うんちく好きの印刷所のスタッフから聞かされた話だ。

こんなところでも液体糊かと、湊は苦笑する。

もっとも、現在文房具として流通している液体糊の主成分は、アラビアゴムではなく、合成樹脂のポリビニルアルコールだ。最近ではアラビア糊は、印刷加工でしか使われない。天然成分のアラビアゴムに比べると、安価なポリビニルアルコールではあるが、最近、思いもよらない効用が発見された。

それは、工作とも印刷加工ともまったく関係のない分野により探し当てられた可能性だ。

よくそこに、液体糊を使おうという発想になったよな……。

仕様書から視線を上げると、窓の外が暗くなっていることに気がついた。

まずい。

液体糊のことなど考えている場合ではないと、湊は慌てて席を立った。

定時になる前に、仕様書を営業管理に提出しなければならない。なにせこの会社は、定時になった瞬間、ほとんどの社員がそそくさと退社してしまうのだから。

まったく、緩いんだよ――。

内心で吐き捨てながら廊下を歩いていると、給湯室から聞き覚えのある声が響いてきた。

「……それで、結局一番単純な案に決まったんだよ」

「だったら、初めから無駄な仕事させせんなって話じゃん」

湊の足がぴたりととまる。

コーヒーメーカーの前で、デザイナーたちが立ち話をしていた。

「なにが、〝差別化〟だよなぁ」

まさか自分のことではないだろうと思ったのに、〝差別化〟という言葉に身体が硬くなる。

そうしたポジティブな言葉を口にするのは、ここでは湊だけだ。

「こっちはあいつがクライアントのご機嫌を取るために、仕事してんじゃないっての」

縁なし眼鏡のデザイナーが、ほかの二人を相手に肩をすくめてみせている。湊は思わず、相手の視界に入らないように壁の陰に隠れた。

「聞こえのいいことばっかり言うから、余計に厄介なんだよね」

「でも、クライアントが必要だったのは、結局、オーソドックスなダイレクトメールだったわけでしょう。要するに、ただの独りよがりじゃん」

普段は腑抜けのようなデザイナーたちが、意地悪く笑い合っている。

「あいつ、本社でもたためない風呂敷ばっかり広げて使えないから、ここに送られてきたって噂だし」

「なに、それ。すごい迷惑」

「仕様のフォーマットだって、使い回すからミスばっかりで、営業管理から文句がくるって山田さんが嘆いてたよ」

「うわあ、まじで使えねえ……」

飛び出していきたい衝動を、湊はなんとか抑え込んだ。

違う。

こんなのは、ただの嫉妬だ。

たかだか契約の負け犬デザイナーが、本社から出向してきた自分をやっかんでいるだけだ。

それが証拠に、湊がいつも口にしていることは絶対に正論だ。

付加価値をつけていかなければ、印刷会社など、今後生き残れるわけがない。

でも——。

無害なナマケモノの山田加奈からまで、そんなふうに嘆かれていたなんて。

一瞬、萎えそうになった気持ちを、湊は懸命に奮い立たせる。

自分は幹部候補生だ。

上司だって、そのために「二十代のうちに、いろいろな現場を見ろ」と言ったのではないか。独り身でフィギュアスケートオタクの中年女や、定時までの時間をつぶすためにコーヒーメーカーの前でたむろしているような、やる気のないデザイナーになにが分かる。

湊は素早く踵を返した。

営業管理に仕様書を提出してデスクに戻ってくると、加奈は既に定時退社した後だった。

あんな女が営業主任を務めている印刷会社なんて、本当にお先真っ暗だ。

給湯室から戻ってきたデザイナーたちが帰り支度を始めているのに背を向け、湊はパソコンに向かった。

やがていつも通り、オフィスに一人きりになってしまう。

本社の上司に、この状況を直訴してやろうか。

苦々しい気分に襲われつつ、湊はフェイスブックやツイッターをチェックする。あらかたのタイムラインに眼を通してから、今度はプラットフォームのページを開いた。

「お！」

姪の「お誕生会」企画に、早くも多くの参加希望メンバーが集まっている。湊の表情が自然とほころんだ。

ほら、見ろ。

俺の企画には、これだけの人が集まるんだ。

こんな芸当が、無害なナマケモノや、無能な契約デザイナーたちにできてたまるか。

湊は気を取り直し、会場となるレストランやカフェの検索を始めた。


大勢の人で混み合う原宿の竹下通りを、湊は必死の形相で進んでいた。

日曜の竹下通りはすさまじい人出で、走りたくても走れない。若い学生たちのほか、あちこちから中国語や韓国語が聞こえてくる。

なんとか隙間を見つけ、ときには人を押しのけながら、湊は懸命に足を運んだ。ようやく大通りに出ると、どっと汗が噴き出す。

信号が青になった瞬間、湊は全力で横断歩道を駆け出した。

姪のための「お誕生会コスプレパーティー」までは、まだ時間がある。

コスプレイヤーたちにはお馴染みの原宿のカフェを貸し切りにしたし、参加人数も充分に集まった。用意は万全と、湊はすっかり安心し切っていた。

ところが当日になって、とんでもない事態が起きてしまった。

姉からの着信に気づいたのは、今から二時間前だ。

前日夜更かしをしたせいで、湊は正午近くまで眠り込んでいた。ようやく眼を覚ましてスマートフォンを起動すると、姉からおびただしい数のメッセージが着信していた。

メッセージを読んだ瞬間、顔の筋肉が引きつるのを感じた。

穂乃花がクラスメイトと一緒に、テーマパークに出かけてしまったという。

クラスメイトの真理恵ちゃんの妹が急に発熱し、有効期限の迫ったテーマパークのチケットが一枚余ったらしい。そこで真理恵ちゃんが、今日が穂乃花の誕生日であることを思い出し、妹の代わりに一緒に行こうと誘ってきたのだそうだ。

なにを今更、そんなことを言ってるんだ。

二週間も前に、自分が穂乃花の「お誕生会」を開いてやると約束したではないか。

メッセージをたどるうちに、湊の指先が震え出した。

慌てて電話をすると、「ああ、やっとつながった」と、姉の不機嫌そうな声が響いた。

嵐のように問いただす湊に、姉は平然と言い返してきた。

「だって、仕方ないじゃないの。あれから、湊、場所を知らせてきただけで、それっきりなんにも連絡寄こさないんだもの。どんな内容か分からなければ、穂乃花だって不安だったはずだよ。今日だって、何度メッセージ送っても、全然連絡取れないし……」

先に内容を知らせてしまったら、サプライズにならないじゃないか。

「サプライズ？　だって、こっちはそんなこと知らないもの」

どれだけ湊が説明しても、姉は困惑した声をあげるばかりだった。

とにかく、こんなことをされるわけにはいかないのだ。さすがに当日のキャンセルはできない。プラットフォームの湊の企画は、既に決行のページに移行してしまっているはずだ。

だが懇願しても、姉が相手では埒があかなかった。

やがて当の穂乃花からメッセージが入り、〝知らない人に祝ってもらっても嬉しくない〟という一言で、とどめを刺された。

もう、クラスメイトとのテーマパーク行きに、すっかり心を奪われているのだろう。

あんな気紛れなわがまま娘のために、一肌脱ごうと思ったなんて、バカみたいだ。

湊は憤慨しながら、カフェの前までやってきた。

しかし、集まった人たちに、一体全体どう説明をすればいいだろう。

当の主役にドタキャンされました……。

気合十分のコスプレイヤーたちの前で釈明しなければならないことを思うと、新たに冷たい汗が湧いてくる。

それでもなんとか己を奮い立たせ、湊は店の中に入った。まだ時間が早いせいか、誰もきていない。とりあえず息をついたが、刑の執行を待つ囚人のような気持ちに変わりはなかった。

まずは店のスタッフに説明をしようか。

でも、集まってくれる人たちのために、料理は必要だ。せめて美味しい料理を食べてもらうだけで良しとするべきか――。

　このカフェの料理の口コミが星二つだったことを思い出し、また嫌な汗が流れる。

　ここまできたら、もう覚悟を決めるしかない。

　ビュッフェの用意を始めたスタッフたちの前で、湊は引きつった笑みを浮かべた。

　俎板（まないた）の鯉（こい）のような状態で待つこと三十分。しかし、そろそろ開場の時間になっても、主役の穂乃花はもちろん、参加者たちも一向に現れる気配がなかった。

　これは、少しおかしいのではないか。

　湊はさすがに不安になり始める。プラットフォームのページ上では、三十人近い参加者が集まっていたはずだ。今となっては、その全員にこられても困るのだが、そもそも誰も現れないというのは、一体どういうことなのだろう。

　じりじりと待つうちに、ついに「お誕生会」開始の時刻となってしまった。

　貸し切りのカフェの中で、湊は一人茫然（ぼうぜん）と立ち尽くした。

　店のスタッフたちも異変を感じたのだろう。オーナーが湊に声をかけてこようとした瞬間、扉があいた。数人の男女が、店内に入ってくる。

「いらっしゃいませ」

　オーナーは素早く笑みを浮かべて、店の奥へ戻っていった。

　きてもらっても、きてもらわなくても困る参加者を前に、湊はなんとか口を開いた。

「ど……、どうも……」

その後の言葉が出てこない。自分でも、どんどん血の気が引いていくのが分かる。湊は幽霊でも見るような気分で、眼の前の彼らを眺めた。

自分と同世代と思われる男女は、ただ黙って湊を見返す。ラフな格好の彼らは、コスプレも、その用意もしていないようだった。

初対面の彼らと、湊は長い間見つめ合った。

「……やっぱり、誰もきてないんですね」

やがて不自然な沈黙を破るように、一人の男性が口を開いた。

「え？」

聞き返した湊に、男性が気の毒そうな表情を浮かべる。

「今日、多分、この後も僕ら以外、誰もこないと思いますよ」

男性の背後では、二人の女性が視線を交わして頷(うなず)き合っていた。

「ど、どういうことでしょうか」

とりあえず彼らに座ってもらい、湊は改めて問いかけた。

そこで聞かされたのは、湊自身、思ってもみなかった顛末(てんまつ)だった。

今回、湊の企画に参加希望を出した人たちは、端(はな)からここへくるつもりなどなかったという。

男性が見せてくれたメッセージアプリの内容から、湊は自分がプラットフォームユーザーから、〝危険人物〟と見なされていたことを初めて知った。

今回、参加希望を申し込んできたメンバーは全員、湊がインターン時代に、乱立させては土壇場でキャンセルを繰り返していた海外旅行企画に翻弄(ほんろう)されたユーザーだった。

彼らは皆、かつての湊による〝被害者〟だったのだ。

ドタキャン返し――。

それが、今回久々にプラットフォームに現れた〝危険人物〟である湊の企画に参加表明していたメンバーの本当の意向だった。

でも……。そんなの日常茶飯事だったじゃないか。

別に自分だけがやっていたわけじゃない。今だって、キャンセルのタグはどんどん増えているじゃないか。

言い返したかったけれど、湊にその気力はなかった。

〝サプライズ？　だって、こっちはそんなこと知らないもの〟

〝要するに、ただの独りよがりじゃん〟

代わりに、姉や社内デザイナーの声がどこかで木霊(こだま)した。

完全に言葉を失って椅子にもたれた湊を、数人の男女が同情の眼差(まなざ)しで見つめている。

「……あの……」

冷めていくビュッフェの料理を前に、湊はかろうじて声を押し出した。

「それじゃ、どうして、皆さんは今日、ここへきてくれたんでしょうか」

恐る恐る問いかければ、普段着の彼らは、顔を見合わせて笑みを浮かべる。

「実は……」

一人の女性が、これまで説明をしてくれていた男性を指さした。

以前湊が土壇場で放棄した海外旅行の企画を、どうしても参加したかったユーザー同士が改めて幹事を立てて成立させたという。そのときに幹事役を引き継いだのが、その男性だったのだそうだ。

「私たちは、やっぱりいってみたかったから」

それは、タイの水かけ祭りに乱入するという企画だった。

タイの旧暦の正月は四月で、その時期になるとタイ全土で水かけ祭りが始まる。水をかけるのは敬意のしるし。そのときばかりは無礼講で、老若男女が町中で水鉄砲を撃ち合うと聞き、興味をそそられた。

ある段階までは、湊自身、熱心にプランを練ったことを覚えている。

「いってみたら、本当にとっても面白かったんです」

「メンバーもよかったしね」

仲睦(むつ)まじく微笑(ほほえ)み合う彼らは、もともとは湊が企画したツアーで知り合った人たちだった。

「企画の内容自体はよかったんですよ。事前にかなり調べてもらっていたから、引き継ぎも楽でしたし」

男性が曇りのない眼差しを湊に向ける。

「僕らはとても楽しい経験ができたから、それはそれで感謝してるんです」

湊はなにも言えず、ただ彼らの笑顔を見返した。

家に帰ったのは深夜近くになってからだった。

ベランダに続く窓をあけ、湊はふくれた腹をさする。さすがに食べすぎだ。

無料で夕食が食べられるという触れ込みで、彼らにできる限り友人知人を集めてもらったけれど、三十人分のビュッフェはなかなか減らなかった。

それでも、皆、随分と食べてくれた。確かに、料理は星二つのクオリティーだった気もするが、途中からビールの飲み放題もつけたので、評判はそれほど悪くなかった。

当の主役にまで「ドタキャン」されたことを大笑いされたのは、いささかきまりが悪かったけれど。

本当に、とんだ「お誕生会」になってしまった。

雲の多い夜空を眺め、湊は大きく息を吐いた。

すべての費用を湊が負担することになったので、来月の給料日までが思いやられる。

でも……。

久々に仕事のしがらみのない同世代たちと、思い切り食べたり、飲んだり、話したり、笑ったりしたのは、楽しかった。ネットのつながりは希薄でも、その先には一人一人の人間がいるのだと、湊は改めて悟らされた。

ふと心のどこかに、社内のデザイナーたちともこうした交流を持てた可能性はあったのではないかという思いがよぎった。

姪に肩透かしを食わされ、結果、会場費から飲食代まですべてを一人で負担することになったのが痛くないと言ったら嘘になる。

けれどそれ以上に、湊には得るものがあった。

湊はジーンズのポケットからスマートフォンを取り出し、かなり前の写真を検索した。ひたすら不愉快だったから、削除してもいいと思っていた写真はかろうじて何枚か残っていた。

これは多分、姉の由香里の誕生日。

微妙な表情の家族の中で、誰よりも嬉しそうな顔をして写っている父。少し前なら嫌悪感しか抱けなかったその笑顔を、湊は複雑な思いで見つめる。

親父(おやじ)……。

もしかしたら俺は、あんたを笑えないのかもしれないよ。

絶対にああはなりたくない。ずっとずっとそう思い続けていたのに。

反面教師でしかなかった父親と同じ独善的な一面を、湊は知らず知らずのうちに抱えていたのかもしれなかった。

〝あいつ、本社でもたためない風呂敷ばっかり広げて使えないから、ここに送られてきたって噂だし〟

〝なに、それ。すごい迷惑〟

〝仕様のフォーマットだって、使い回すからミスばっかりで、営業管理から文句がくるって山田さんが嘆いてたよ〟

デザイナーたちの声が耳の奥に甦り、湊は口元を引き締める。

ひょっとすると自分は、ひたすらに先走って、出向先をひっかき回していただけなのかも分からない。

湊は出向してからずっと、ベテランの山田加奈や専任のデザイナーたちの意見に、耳を傾けようとしなかった。端から彼らを侮って、自分の意向を押しつけることしかしなかった。

それは恐らく、父が自分たち家族にしていたことと同じだ。

考えてみたら昔から、無責任に大きなことを打ち上げて、その反応に浸るのが好きだった。

海外旅行のプランもそうだし、彼女へのサプライズもそうだった。

〝湊のサプライズって、結局は自分のためのものでしょう？〟

最初のサプライズでは嬉し泣きをしてくれた彼女も、最終的には冷めた眼差しでそう告げて、湊の前から去っていった。

日本ではサプライズは大抵良い意味で使われているけれど、英語のサプライズには「不意打ち」の意味がある。それは、相手にとって、決して好意的に受け入れられるものばかりではない。

自分のサプライズもまた、ただの「不意打ち」だったのかもしれない。

中身のない独善家。

自分の中に見つけた父の片鱗（へんりん）に、湊は小さく唇を嚙（か）む。

でも、親父。

今日、俺は、あんたが絶対にできなかったことを、一つだけしたんだ。

〝僕らはとても楽しい経験ができたから、それはそれで感謝してるんです〟

そう言ってくれた彼らに対し、湊は長く沈黙していたが、やがて思い切って口を開いた。

本当に、すみませんでした——。

深々と頭を下げ、心の底から謝罪した。

それは、父が自分たちに一度もしたことのないことだ。

たったそれだけのことだったけれど、湊は今度こそ本当に、父の呪縛から解き放たれた気がした。

湊は無言で、父の得意げな笑顔の写真のデータを閉じる。

それからスマートフォンをサイドテーブルに置いて、冷蔵庫のミネラルウォーターを取りにいった。

窓辺で暗い夜空を眺めながら冷たいミネラルウォーターを飲んでいると、ふいに湊の心に、赤いキャップの液体糊が浮かんだ。

小学校の「お誕生会」のレクリエーションで、あんなにも皆から避けられていた液体糊。そのババを引かされた自分が最終的にそれをどうしたのか。

その顛末が、急に胸に迫ってきた。

使ったんだ。二本とも。

湊は昨日のことのように思い起こす。最後まで、なにかと便利に使い切った。

それに反して、自分がプレゼントに用意したMDは、「うちにMDプレイヤーないから」と、当たった友人から突き返されたのだった。

そんなこと、今の今まですっかり忘れていた。

見栄もへったくれもない、質実のみのただの糊だったけれど、それは確実に役に立った。

プレゼントとしては、あまりに飾り気がなかったけどね……。

苦笑しつつ、湊はテーブルのノートパソコンを立ち上げる。

〝知り合いかも〟

フェイスブックには、今日も亮太のアカウントが表示されていた。

誰からも〝かわいそう〟とか思われない存在になる――。

卒業アルバムの「将来の夢」に、そう記していた亮太は、相変わらず児童の貧困問題について熱く論じている。その様は、やっぱり剝き出しで、質実剛健だ。

俺はまだまだ上辺にこだわっているし、お前ほど強くは生きられそうにないけどね。

それでも、頭を下げることができた自分は、ここからは父とは違う道を歩けるはずだ。

人は自分が受けたダメージには敏感な割に、誰かに与えたダメージには案外無頓着だったりする。

父もまた、それに気づけない人だったのだろう。けれど己の咎に無頓着であればあるほど、報いは唐突にやってくる。まさに「サプライズ」だ。

カフェの貸し切り代や飲食代くらいで済んだ自分は、可愛いものだ。

結果的に家族を失い、今は後悔を抱えているかもしれない父の心情に思いを寄せる日が、あるいはくるのかもしれないが、それはまだ、ずっと遠い将来の話になるだろう。

まずは、父とは違うその先を、しっかり歩いていかなければならない。

猛勉強の末、弁護士の資格を取得したかつてのクラスメイトのアカウントを、湊はじっと見つめた。

そういえば、亮太。

液体糊に、最近すごい発見があったのを知ってるか。

ふと思いつき、湊はブックマークしていたページを開く。

そこには、液体糊の主成分であるポリビニルアルコールが白血病等の治療の救世主になる可能性があるという研究結果が表示されていた。なんでも高価な培養液でも増やすことが難しい造血幹細胞を、ポリビニルアルコールで培養したところ、数百倍に増殖させることに成功したのだそうだ。

これにより、白血病等の血液疾患の治療コストの軽減に大きな期待ができるという。

すごいじゃないか、液体糊。

これも大きなサプライズだよ。

湊の胸に改めて興奮が湧く。

思わずこの結果を知らせようと友達申請のボタンをクリックしそうになったが、それこそ独りよがりな行動だろうと、湊はマウスを動かす手をとめた。

でも、いつか。

この先歩いていく道で二人が自然に交わることがあったなら、そのときは必ずや伝えよう。

お前からもらった誕生日プレゼントは、すぐに役に立ったし、ずっと後にもじわじわ効いてきたのだと。

亮太自身は覚えていないかもしれないが、自分はずっと忘れることはないだろう。

サイドテーブルの上のスマートフォンがメッセージ着信のアイコンを光らせている。

手に取ると、姉の由香里からだった。

少しはこちらの状況を気にかけていたようだ。

〝大丈夫、問題なし〟

手短に返信すると、今度は姪の写真が送られてきた。

テーマパークで、穂乃花はクラスメイトと最高に楽しい一日を送った様子だった。

真理恵ちゃんと手をつなぎ、穂乃花は満面の笑みを浮かべている。

見知らぬコスプレイヤーたちに囲まれながら過ごすより、このほうが何倍も素晴らしいお誕生日に違いない。

それに。

もしかしたら、今日のサプライズな日だったよ。

良くも悪くも、サプライズな日だったよ。

湊は軽い笑みを漏らし、写真を眺める。

明日からは、また新しい一週間が始まる。

本社に戻るのを焦らず、まずは足元を見ながら加奈やデザイナーたちと向き合ってみよう。

大丈夫、問題なし。

心に唱え、湊は姪の笑顔の写真を閉じた。

月の石

ずっと、お姫様になりたかった。

女の子なら誰だって、一度はそんな夢を見ると思う。

だけど、この現実はなに？

お姫様のドレスとは程遠い野暮ったいエプロンをかけて、佐藤美優（さとうみゆ）は日がな一日レジの前に立ち続けている。

「そういえば、前にこれもらったんだった」

またしても小計を打ち終えた後に、割引クーポン券を差し出された。面倒な取り消し操作をしながら、美優は内心溜（た）め息をつく。

〝ポイントカードや割引クーポン券は、必ず事前にご提示ください〟

レジ前には大きなＰＯＰが揺れているのに、誰もそれを眼に入れようとしない。後から思い出したように、カードやクーポン券を出してくる。皆、自分の基準でしか動こうとしない。

今はまだそれほど混雑する時間ではないが、これをタイムサービスの始まるタイミングでやられると本当に厄介だ。自分の列にだけどんどん人が溜まっていく恐怖は、レジ係をやったことのない人間であっても容易に想像がつくだろう。

美優がパートで勤めている家族経営の地域密着型スーパーでは、毎日午後八時を過ぎると、惣菜が一斉に割引になる。このタイムサービスを見計らい、地元の常連客が惣菜売り場に押し寄せてくる。

残業帰りと思われる三十代、四十代のワーキングマザー。二十代後半の自分と同世代らしいOL。彼女たちの装いは、スーパーのバンダナとエプロンよりは幾分ましだが、無論、お姫様のそれではない。それに、全員、ひどく疲れた表情をしている。

くたびれている彼女たちを待たせると、ろくなことにならない。

彼女たちがよく買う、個別売りのコロッケや天婦羅等、自分でフードパックに詰める形式の惣菜にはバーコードがついていない。美優たちレジ係は、瞬時に割引価格を計算しなくてはならない。

ただでさえ、美優は子どもの頃から数字が嫌いだ。レジには必ず電卓が用意されているものの、何割引とか言われると、ときどきどう計算すればよいのか分からなくなってしまう。

お釣りの端数をなくそうと、微妙な小銭を出してくるお客のことも苦手だ。たびたびまごつき、残業帰りの彼女たちから舌打ちされたり、パートのチーフからにらまれたりする。

私だけのせいじゃない。

大手スーパーでは、もっと高性能の自動釣銭機が導入されているのに。

それに、そういうときに限って、常連の老人たちが精算後にのろのろと種類の違うクーポン券を出してきたりするのだから。

現金トレイがあるのに、なぜかお金を違う場所に置く客もいる。ビニールシートの上に置かれると、お金がべたべたと張りついて取りづらい。

ワインや日本酒のような、重い瓶のバーコードに限ってなかなか読み取れない。角度を変えて何度もかざさなくてはならないので、しまいには腕が痛くなる。

美優の毎日には、お姫様の要素が一つもない。

ようやくシフト交代の時間がきて、美優はレジの現金収納部分（ドロア）を取り外し、遅番のレジ係と交代しようとした。現れたパートが娘の同級生の母親だと気づき、胸がどくりと嫌な具合に波打つ。

〝まったく、あのヤンママがさぁ……〟

ロッカールームの扉越しに聞こえてきた甲高（かんだか）い声が、耳の奥に響いた。

「お疲れ様です。レジ、交代しまぁす」

美優より二回り近く年上と思われる彼女が、明らかに愛想笑いと分かる笑みを浮かべて新しいドロアをレジスターに差し込む。わざとらしい作り笑いが癪（しゃく）に障り、美優は会釈（えしゃく）も返さず場所を代わった。

ドロアを抱えて事務所に向かいながら、また釣銭が違っていたら、副店長になにを言われるか分からないと憂鬱（ゆううつ）になる。

店長は、店で一番若い美優に甘いが、副店長――店長の奥さん――は辛辣（しんらつ）だ。

ゆとり。

釣銭間違いをするたびに、何度吐き捨てられたか分からない。

〝美優って、本当になんにもできないのね〟

そこへ、悲しそうに呟（つぶや）く母の声が重なる。

小学校時代、勉強も体育も図工も芳（かんば）しくない成績表を見ながら、母の雅子（まさこ）はよく溜め息をついていた。

〝なのに、そんな派手な格好ばかりしたがって〟

汚いものでも見るように、こちらを見つめる。

誕生日のお祝いに、父にねだって買ってもらったパフスリーブのローズピンクのワンピース。

試着したとき、父や店員さんはよく似合うと褒めてくれたのに。

〝お母さん、そういう俗っぽい服は嫌いなの〟

ぴしゃりと叩きつけられた言葉が甦（よみがえ）り、胸の奥がひりひりする。

皆で、人をバカにして。

なにが、ゆとりだ。なにが、ヤンママだ。なにが究極の駄目世代だ。

重たいドロアを持ち直し、美優は大きく息を吐いた。

ネット内には、「一九九二年生まれの悲劇」という話題(スレッド)がある。

ただでさえ評判が悪い〝ゆとり〟の中でも、輪をかけて悲惨なのが、今年で二十七歳になる美優たち一九九二年生まれの世代だというのだ。

前年に湾岸戦争が始まり、生まれてすぐにバブルは崩壊。長きにわたる平成大不況が始まる。

五歳のときに、消費税が三パーセントから五パーセントへ。併(あわ)せて飲食店をはじめとするファスト業界の値下げ競争が過熱し、デフレスパイラルの嵐が吹き荒れる。

小学校時代に〝ゆとり教育〟が実施され、学校は週五日制へ。一聴、聞こえはよいが、実際には〝ゆとり教育〟を疑問視する保護者が子どもを進学塾に通わせ、なにもしなかった美優たちと通塾者の間に大きな学力の差が生まれた。

小学生から学力格差に悩まされた美優たちは、中学に入ると国際学習到達度調査で日本の点数を大幅に引き下げ、ますます問題視される。

高校に入れば、新型インフルエンザの大流行で、ほとんどの学校で修学旅行が中止。

大学入学の年に東日本大震災が起き、多くの大学で入学式も中止。とどめを刺すように、二〇一三年の成人式では、東京で記録的な大雪が降った。

高卒の美優に、大学の入学式は関係ないが、成人式の大雪のことはよく覚えている。せっかく着物をレンタルしたのに、豪雪地帯のように積雪した街の中には、それを見てくれる余裕のある人は誰もいなかった。

降りしきる雪の中、信夫がのろのろと運転する車でなんとか公民館まで送ってもらったが、式にきている人たちも驚くほどまばらだった。

ゆとりの中でも、とことんつきに見放された駄目世代。それが自分たち。

でも、それだって、別に私のせいじゃない。

バブル崩壊も、デフレスパイラルも、当時の大人たちの責任だ。〝ゆとり教育〟とて、美優たちが頼んだわけではない。病気の蔓延も、天変地異も、全部、不可抗力だ。

誰よりも運が悪く、出来が悪い。そんなこと言われたって、どうにもできない。

だけど、起死回生のチャンスはあったはずなのだ。

お姫様になれば、全部解決できる。

綺麗なドレスを着て、舞踏会で王子様に見初められれば、継母と姉にいじめられていた灰かぶりの娘だって、お姫様になれるのだ。お姫様は楽だ。危機に陥ることがあっても、大抵は王子様の口づけ一つで解決する。

見初められるための大きな条件。それは、美しいこと。

学歴も生まれも関係ない。

もちろん、おとぎ話であることくらい、分かっている。でも女には、多少なりともそういうチャンスがあるはずだ。

私にだって――。

美優は、廊下のガラス窓に映る自分の姿を眺める。

癖のない栗色の長い髪。ほっそりとした長い手足。色白の小さな顔。くっきりとした二重瞼の大きな瞳。

店長が妙に優しいのも、副店長が必要以上に手厳しいのも、恐らくはこの容姿が関係している。

昔、母はよく友人たちから、幼い美優を抱いて銀座の老舗百貨店へいけと勧められたそうだ。当時はその百貨店で、子どももモデルのスカウトが行われているという噂があったらしい。美優ちゃんなら絶対スカウトされると、友人たちは真剣にアドバイスしてきたという。

〝でも、お母さん、そういう俗っぽいこと嫌いだから〟

母の雅子から苦笑交じりに告げられたとき、どうして素直に友人たちの助言に従ってくれなかったのかと、美優は本気で恨めしく思った。

もし、そのときにスカウトされていれば、今とはまったく違う未来が待っていただろう。

実をいうと、中学時代に、美優は雅子に内緒で何回か芸能事務所のオーディションを受けたことがある。ところがアイドル等の芸能界を目指すには、美優は歌もダンスも芝居も下手すぎた。

〝すごい見かけ倒し〟〝なにしにきたの〟〝オーディション、舐めんなよ〟

ライバルのオーディション参加者たちに耳元で囁かれ、美優は悔しさに震えた。

だけど、太刀打ちできないのも当たり前だ。

なぜなら彼女たちは、幼少期から母親たちの熱烈な応援のもとでバレエだのボーカルだののレッスンを受けてきたらしいのだ。なんの訓練も受けずに親の眼を盗んでオーディション会場にきている自分とは、端から条件が違う。

容姿だけなら、絶対にあんな子たちに負けないのに。

付帯条件なしの子ども時代にスカウトされて芸能界に入っていれば、今頃はいっぱしのタレントにでもなっていたかもしれない。

俗っぽくったっていいではないか。

せっかく自分は恵まれた容姿に生まれたのに。

どうしてそれを取り柄と思ってはもらえなかったのだろう。

母の勝手な価値観で、己の大きな可能性をつぶされた。

初めて雅子から「銀座の老舗百貨店」の話を聞かされたとき、美優は深く絶望した。

だから、焦って安易な道に逃げてしまった。

当時、一番手っ取り早いと思っていた別の道。それは、王子様に頼ることだ。王子様にさえ出会えれば、一足飛びにお姫様になれる。

〝なんにもできない〟〝見かけ倒し〟の自分であっても——。

美優の唇に、苦い笑みが浮かぶ。

だからって、あの信夫のことを王子様だと思い込んでいたなんて。

まったく子どもじみている。

美優は小さく嘆息した。

でも仕方がない。だって、実際、子どもだったんだもの。

十歳年上で、流通会社の営業職の信夫とは、大学生だと偽って参加した街コンで知り合った。積極的にアプローチしたのは、美優のほうだ。美優の容姿に舞い上がっていないところに、却って好感を抱いたのだ。

美優の実年齢を知った直後はさすがにうろたえていたが、妊娠が分かると、信夫はすぐに結婚に前向きになった。

早すぎる結婚は、意外なほどスムーズだった。

〝子どもは若いうちに産んだほうがいい。そのほうが自然だから〟

このときだけは、雅子が美優に賛同してくれたからだ。それは、今思えば母なりの理屈でしかなかったのだが。

父と父方の祖父母は随分心配していたものの、最終的には信夫の熱心な説得に折れた。

〝高校だけは卒業しなさい。赤ちゃんはお母さんが見てあげるから〟

雅子の全面的な援助のもと、美優はなんとか高校を卒業した。高校時代に子どもを出産したことは、学校ではほとんど問題視されなかった。それどころか、おおいに気遣われた。当時の校長が拓けた考え方を持った女性だったこともあり、暗黙のうちに、美優と美優の家族の考えを支持しようという空気が培われていたせいかもしれない。

美優は、自分が特別になったようでなんだか嬉しかった。

急に風当たりが強くなったのは、高校を卒業してからだ。

ヤンママ。

ゆとりに加え、美優に新たに貼られたレッテルだ。

若すぎる母親が好意的に受け入れられないことを、美優は高校卒業後、社会に出てから身に染みて知った。

むしろ高校での受け入れられ方が例外だったのだ。校長は、美優の在り方を社会勉強の一つとしてほかの生徒たちに認めさせた。校長が張り巡らせたガイドラインの中では、誰もが美優に寛容だった。

ところがそのガイドラインから一歩外に出た途端、十代の出産には一斉に好奇の眼差しが注がれた。好奇の中にもれなく混じっているのが、侮蔑めいた感情だ。

世は少子化で、出産は歓迎されるはずなのに、母親が若すぎるとそうはいかない。

だらしがない。ふしだら。

そんな、時代錯誤な陰口を叩かれたこともある。

高校生にもなれば、多くの級友たちが、彼氏と身体の関係を持っていた。彼氏ならばまだいい。今で言う〝パパ活〟で、そういうことをしている子だっていた。

ちゃんと結婚して出産したはずの自分だけが、〝ふしだら〟呼ばわりされる理由はなんだろう。

誰にも迷惑なんて、かけていないはずなのに――。

そう考えた瞬間、美優の足がとまった。

事務所の隣に、従業員のロッカールームに通じる扉がある。

〝まったく、あのヤンママがさぁ……〟

以前、このドアノブに指をかけたとき、中から甲高い声が聞こえてきた。先程交代でやってきた、娘と同級生の子どもを持つ遅番のレジ係の声だった。

〝クラスで問題起こしてくれちゃって、おかげでうちの子は大ブーイングだよ〟

〝あの子、随分若いけど、一体、いくつで子ども産んだの？〟

〝十七らしいよ〟

申し合わせたように、ひゃーっと喚声があがる。

うるせえんだよ、年増のくせに。

悔しさが甦り、美優はぎゅっと口元を引き締める。

あのとき、結局美優はロッカールームに入ることができず、しばらくトイレの個室で時間をつぶしたのだった。

ロッカールームの扉から眼をそらし、美優は事務所に入った。

運悪く、事務所には副店長しかいなかった。

「今日は釣銭間違いしてないよね」

ドロアをデスクに置いた途端、不機嫌そうな声が飛ぶ。

「どうですかね」

美優はわざと蓮っ葉に吐き捨てた。

「そんなに心配なら、自動釣銭機を導入したほうがいいんじゃないですか」

「ちょっと……！」

副店長が非難の眼差しを向けてきたが、かまわずに踵を返す。

これだから高卒のヤンママは——。

美優には言外の声が聞こえる。

皆が自分をバカにしている。どこへいっても敵だらけ。

でも、自分はなにも問題なんか起こしていない。

萎縮ばかりしている不甲斐ない娘のために、母親としてやれるだけのことをやっただけだ。それを問題視するなんて、学校側が悪いのだ。

美優は勢いをつけて、バタンと後ろ手に扉を閉めた。

スーパーの外に出ると、冷たい北風が吹きつけてきた。美優は首をすくめて、マフラーを顎まで引き上げる。

十一月の夕暮れは早い。まだ五時過ぎなのに、既に辺りは真っ暗だった。

見上げれば、東の空に大きな月が出ている。右寄りに見える月は満ちていく月。左寄りに見える月は欠けていく月。かつて、信夫から教わった知識が胸をかすめる。

今見えているのは右側にふくらんだ月だから、これから左側が満ちて完全な満月になるのだろう。西の空に光っているのは、金星だっけ、木星だっけ。信夫なら、夜空に浮かぶ大抵の星の名前を言い当てられる。

やたらと天体に詳しい人だった。

そういうところを尊敬していた時期もあったけれど。

大人になれば、そんな知識はどうでもいいと看破するようになる。憧れた分だけ、実体のつまらなさに興ざめする。

現在、美優は信夫と別居状態だ。美優が一方的に娘を連れて家を出た。近くのマンスリーマンションに入ったので、転校手続きをすることもなく、娘の生活環境はほぼ変わっていない。

別居のことは、町田（まちだ）の実家の両親にも告げていない。

ところが噂とは早いもので、近所ではパート先でも学校でも、あらゆる人たちが美優たち夫婦が別々に暮らしていることに気づき始めている。

ほらね。やっぱりね。これだから早すぎる結婚は……。

訳知り顔の眼差しには、常に好奇と侮蔑の色が見え隠れしている。

離婚手続きをしているわけでも、旧姓に戻したわけでもないのに、早くも自分は陰で〝バツイチのヤンママ〟と呼ばれているらしい。

なにもできなくって、見かけ倒しで、駄目世代で、おまけにバツイチって――。

なにそれ。本当に負け組じゃん。

美優は鼻から短く息を吐く。

信夫を大人だと信じていられた間はよかった。もともと信夫は、王子というには地味すぎる人だった。それでも美優が子どもの間は、大人だというだけで特別だったのだ。

ところが自分が大人になってみると、信夫はただの凡庸（ぼんよう）な男でしかなくなった。

〝美優ちゃんだったら、ほかにいくらでもいい男を探せたのに〟

高校時代は美優の決断を尊重してくれていた級友たちも、今では口さがなくそんなことを言う。

〝早まっちゃったよねぇ〟

彼女たちの冗談めかした本音は、ストレートに美優の心を貫いた。事実、大人というメッキのはがれた信夫は、美優の理想とはかけ離れていた。

落ち着いて見えたのは、ただ単に暗いだけ。誠実に思えたのは、選択肢に疎いだけ。寛大に思えたのは、気概がないだけ。

出会った当初、美優の美貌に舞い上がっていないように見えたのも、単純に表情が乏しいだけだった。

社会人になった美優は、今更信夫のどこに魅力を見つけてよいのかが分からない。

昨年の自分の誕生日に大喧嘩をしたのをきっかけに、美優は娘を連れて家を飛び出した。

もちろん、それだけが原因ではない。一人娘の結奈のことでも、ことごとく意見が合わなかった。

美優は結奈の可能性を伸ばしたいのに、信夫はいつもそれに非協力的で、話せば話すほど苛々が募った。習い事のことも、ちっとも親身に考えてくれようとしなかった。

本人が決めることだと信夫は言うが、要するに逃げているだけだ。所詮、男親に娘のことなど分かるはずがない。

積もりに積もった不満が、あのとき一気に爆発してしまったのだ。

〝この子を、私のような負け組にしたくない〟

そう言い捨てて、美優は結奈の手を引いて家を後にした。

このままいけば自分は本当に、バツイチになるのだろう。

自身が選んだことのはずなのに、美優はやっぱり落胆しそうになる。

やめた、やめた。

暗い思いを振り払うように、美優はわざと元気よく舗道を歩き始めた。

娘と二人で暮らしているマンスリーマンションは、スーパーから歩いて十五分ほどのところにある。マンションとは名ばかりの古い木造建てだが、なにより家賃が安いし、勤め先が近所なのはありがたい。娘の結奈はまだ十歳だ。夜は一人きりにしておきたくない。

車の多い幹線道路を避けて細い裏路地に入りかけて、美優は小さく顔をしかめた。

しまった。

夕飯用の惣菜をもらってくるのを忘れた。

まあ、仕方がない。店長がいれば、いつも余った惣菜を持たせてくれるのだが、今日は事務所には副店長しかいなかった。

〝今、一人なんだって？　若いのに、大変だねぇ〟

惣菜の入ったフードパックを手渡してくれるとき、店長の短い指が、美優の白い手の甲を這いそうになるときがある。

〝いつもすみませーん〟

美優は明るい声をあげて、それを上手に振り払うのだった。

所詮、今の私の美貌の使い道なんて、そんなもの。

微かに自嘲しながら、美優は再び大通りに戻る。幹線道路沿いのコンビニエンスストアで、おでんを買うことにした。

コンビニのおでんなんて買っちゃ駄目よ。ちゃんと蓋をしないから、店内の埃が入ってるし、味つけだって化学調味料だし……。

おでんを注文している間中、頭の中で母の雅子の声がわんわんと響いたが、美優はそれを無視した。

ピロリン酸が、安息香酸が、ソルビン酸が、pH調整剤が……。

無論、スーパーの惣菜だって、母に言わせれば食卓に上げてはいけないものになる。

出産時に援助してもらったことは感謝しているが、美優には今更実家に戻るつもりはなかった。

〝美優って、本当になんにもできないのね〟

あんなふうに言われながら、監視下に置かれるのはもうごめんだ。

自分がお姫様になるのはとっくにあきらめているけれど、美優にはまだ、捨て切れない夢がある。

外階段をのぼり、美優は部屋の扉の鍵をあけた。

「ただいま」

二間しかない狭い部屋は、玄関からすぐに居間が見渡せる。結奈が卓袱台の前にぺたんと座って、備えつけのテレビを見ていた。

「お帰りなさい」

結奈がこちらを振り向いて、ぎこちない笑みを見せた。やや線が細いが、小作りの顔は美優に似て整っている。それなのに、冴えないジャージ姿でいることに、美優は少々がっかりした。

また、なにか作っていたのだろう。卓袱台の上には、工作道具が散らばっている。

「すぐ夕飯にするから、テーブルの上、片づけて」

つっけんどんに言いつけると結奈は素直に片づけを始めた。狭い台所に入れば、炊飯ジャーのスイッチが入っている。いつものように、結奈が準備をしてくれたのだ。

〝なんにもできない〟〝見かけ倒し〟の〝駄目世代〟の娘とは思えないほど、結奈はよく気が利く。

あの子は私なんかよりよっぽど器用で優秀なんだから、後はもう少し自信を持ってくれさえすれば、きっと、本物の……。

「今日はなにしてたの？」

買ってきたおでんを鍋に移しながら、美優は声をかけた。

「千佳ちゃんと、手箱を作ってたの」

また、千佳ちゃんか。

美優の脳裏に、度の強い眼鏡をかけた地味な女の子の顔が浮かぶ。

「ほら、見て。綺麗でしょ。図工の岡野先生に教えてもらったの」

結奈が空き箱に千代紙を貼った手箱を見せにきた。あちこちに引き出しがついていて、かなり凝った作りだ。

「今度ね、岡野先生が工作クラブを作ってくれるんだって。私と千佳ちゃんも、一緒にクラブに入ることにしたんだ」

「ふーん……」

結奈は楽しそうだが、美優はいささか白けた気分になる。

だって、工作クラブなんて、随分とまた地味ではないか。

結奈は以前も、図工専科の岡野先生の指導で覚えたという、ペットボトルの万華鏡を何本も作っていた。岡野先生という女性も、どことなく暗い雰囲気が漂う人だった。

千佳ちゃんとか、岡野先生とか、ああいうタイプがどういうカテゴリーに属するかは、美優には簡単に見当がつく。オタクだ。

オタクなんて、お姫様から一番遠い人種ではないか。

娘を一緒にはしたくない。

「工作クラブなんかよりさ、結奈はもっと本格的な習い事をしたほうがいいんじゃないの？」

差し出された手箱を押しのけるようにして、美優は娘に向き直った。途端に、結奈の顔から笑みが掻き消える。

構わずに、美優は畳みかけた。

「バレエでも、ダンスでも、歌でも、なんでもいいって言ってるじゃん。お金のことなら心配しないでよ。結奈のために、お母さん、毎日お仕事頑張ってるんだから」

「……別に、そういう習い事、興味ないもの」

ぼそぼそと答える娘の姿に、美優はだんだん歯痒くなってくる。

「大体、いっつも千佳ちゃんと一緒で飽きないの？　毎日同じ友達と遊んでるだけじゃ、つまらないでしょ。結奈って、千佳ちゃんのほかに友達いないの？」

たとえばあの子とか、この子とか。

美優は頭の中で、「お誕生会」にやってきた、クラスの中心にいそうな女の子たちの顔を思い浮かべた。あの子たちはお洒落や雰囲気作りがうまいだけで、実際は結奈のほうが何倍も整った顔立ちをしている。

ちゃんとその気になって、自分の見せ方を研究すれば、結奈はクラスの女子の中でもトップクラスになれるはずだ。

それなのに、いっつも地味な友達とちまちま工作なんてやっているから、ちっとも垢抜けて見えないのだ。

「工作もいいけど、もう少しお洒落するとかさ」

「別にいいよ」

「どうして？　誕生日に買ってあげた服だって、なんで着ないの？」

せっかくドット模様の可愛いワンピースを買ったのに、あの日以来、結奈は袖を通そうともしない。

「すごくよく似合ってたのに」

あの日はヘアアイロンで髪も巻いて、最高に可愛く仕上げてあげた。

「皆だって、別人みたいだって、びっくりしてたじゃない」

押し黙っている結奈に、美優は焦れる。

「あのさぁ、結奈は本当は、すっごく可愛いんだよ」

「そんなことない」

「あるってば」

美優は結奈の肩をつかんだ。

「もっと、自分に自信を持ちなよ。そんなつまんないジャージ着て、暗い顔してるから、クラスでも目立たないんだよ」

「ジャージは工作するとき楽なんだもの。それに、私、目立ちたくなんかない」

「なんで」

「だって……」

結奈の表情がわずかにゆがむのを、美優は見逃さなかった。

「もしかして、いじめられてるの？」

思わず、娘の肩をつかむ手に力が入る。そんなことをするやつは、あの遅番のパートの娘に違いない。たいして可愛くもない生意気そうな小娘は、確か、真由子（まゆこ）とかいう名前だったか。

「そんなことする子がいるなら、お母さんが黙ってないから。結奈のことは、お母さんが全力で守ってあげる」

「もう、やめてよ。違うってば！」

ついに結奈が悲鳴のような声をあげて美優の手を振り払った。娘が泣きそうな顔をしていることに気づき、美優は肩で息をつく。

これでは、あのときと同じだ。夏休み前のあの日。

結奈のお誕生会――。

「分かった、分かった。もう言わない」

美優は結奈に背を向けて、夕飯の準備に戻った。準備といっても、結奈が用意してくれたご飯が炊けるのを待ち、コンビニのおでんを温め直すだけだ。後は、納豆とキムチがあればいいだろう。

冷蔵庫から納豆のパックを取り出しながら、美優はなんだか憂鬱になる。

結奈の幼少時代、母の雅子に面倒を見てもらったのは失敗だったのかもしれない。おかげで美優は無事に高校を卒業することができたが、その間、結奈は雅子の監視下で女の子らしい感情をねじ曲げられてしまったのではないだろうか。

かつての自分が、〝俗っぽい〟と嘲笑われたように。

私なら、女の子らしい憧れや装いを、絶対に貶めたりしない。

女の子が可愛いことは、恥ずかしいことでも、悪いことでもない。容姿がいいことだって大きな取り柄の一つであるはずだ。

結奈にだけは、自分のような負け組になってほしくない。

いつしか唇を噛みしめていることに気づき、美優は力を抜いた。ご飯が炊けたらしく、狭い台所に甘い匂いが漂い始めた。


その晩、結奈が風呂に入っている間に、美優は缶入り発泡酒のタブをあけた。

もう、やめてよ。違うってば――！

つまみの三角チーズを指でもてあそんでいると、結奈の悲鳴のような声が甦る。

なんで、分かってもらえないのかな……。

互いにできるだけ触れないようにしているが、夏休み前のあの日以来、美優と結奈はどこかぎくしゃくとしている。

夕食後、結奈は美優に隠れて信夫に電話をしていたようだ。二間の部屋では、隠そうにも隠し切れず、ひそひそ声がずっと漏れ聞こえていた。無論、娘が父親と話すことを邪魔しようとは思わない。

今でも毎週のように、週末になると娘は信夫を訪ねている。天体観測をするとかで、戻ってこない夜もある。美優が誕生日に買ってあげたドット模様のワンピースには袖を通そうともしないのに、信夫からプレゼントされた天体観測用の双眼鏡を、結奈は大事にしている。ペットボトルの万華鏡だとか、双眼鏡だとか、よっぽど覗(のぞ)くのが好きなのかと、なんだかあきれ気分になったものだ。

ともあれ、夫婦の縁なら簡単に切れるけれど、父親と娘の縁は切っても切れないのだから仕方がない。そう思いつつも、二人がなにをこそこそ話しているのかと考えると、正直いい気分はしなかった。

〝まったく、あのヤンママがさぁ……〟

ふいに、遅番のレジ係の甲高い声が耳の奥に響く。

〝クラスで問題起こしてくれちゃって、おかげでうちの子は大ブーイングだよ〟

問題？　どこがよ。

美優は小さく鼻を鳴らした。

それが問題になったのは、むしろあんたたちのせいじゃないか。私はただ、結奈に自分と同じ思いをさせたくなかっただけだ。

〝子どもは若いうちに産んだほうがいい。そのほうが自然だから〟

母の言葉が胸をよぎる。考えてみれば、母が自分を肯定してくれたのは、あのときだけだったかもしれない。

〝高齢になってから子どもを産むとね、いろいろと問題があるのよ〟

母の雅子は、いつだって、自分の考えを正解だと信じていた。それが、誰からも受け入れられなかったとしてもだ。

発泡酒の缶をあおり、美優は遠い日の、けれど忘れ得ない記憶に思いを馳せる。

美優の通う小学校では、中学年くらいまで、クラスの仲良したちを招いて「お誕生会」を開く習慣があった。けれど、美優はなかなか「お誕生会」に参加することを許してもらえなかった。「お誕生会」のほとんどが、フードコートやファストフード店で開かれていたからだ。

そんな添加物だらけのものを食べちゃ駄目――。

母の雅子は冷たく言い放った。

美優は指をくわえるような思いで、「お誕生会」の主役と、そこに「お招き」されるクラスメイトたちを見ていた。

毎日食卓に並ぶのは、地味な色合いのおかずばかり。茹(ゆ)でてオイルをかけただけの青菜や、ひじきの煮物。お茶碗に盛られるのは、茶色い玄米ご飯。

雅子曰(いわ)く、すべて「腸が喜ぶ」料理だという。

身体にはよいのかもしれないけれど、味気なくて仕方がなかった。時折、父と二人でこっそりフードコートに出かけ、アメリカンドッグやハンバーガー等濃い味つけのジャンクフードを心ゆくまで食べるのが、子ども時代の美優の密(ひそ)かな楽しみだった。

あるとき、料理研究家の母を持つ子の「お誕生会」に招かれることになり、珍しく母も参加を許してくれた。美優はそこで生まれて初めて、パエリアやガスパチョ等、本格的なスペイン料理をご馳走(ちそう)になった。

嬉しくてそれを報告した結果、意外なことに、母が美優の「お誕生会」を開くと言い出した。なにかの対抗意識だったのか、単に生真面目(きまじめ)な雅子が答礼をすべきだと考えた結果だったのかは、今でもよく分からない。だが、当時の美優は純粋に喜んだ。

ようやく自分にも、「お誕生会」の主役になれる日がやってきたのだ。しかもその日は十歳という、美優にとっても一つの区切りとなる年だった。

父にねだり、パフスリーブのローズピンクのワンピースを買ってもらった。まるでお姫様のドレスのようだと、ショーウィンドウに飾られているのを前々からうっとりと眺めていたのだ。

〝よく似合う〟〝小さなお姫様みたい〟

試着室から出てきた美優を、父も店員も手放しで褒めてくれた。

それなのに。

〝お母さん、そういう俗っぽい服は嫌いなの〟

意気揚々とワンピースを着てみせた美優に、母はぴしゃりとそう言った。本当に平手で頬を打たれたような気がした。

お誕生会の当日、美優は結局、母の選んだ紺色のブレザーを着せられた。

可愛らしく装ったクラスメイトたちに、母の料理が供された瞬間が、昨日のことのように眼に浮かぶ。

玉ねぎのソテー、蒸しピーマン、厚揚げの炒め物……。

子どもたちが好むハンバーグやオムライス等の所謂（いわゆる）「お誕生会メニュー」とは程遠い地味な色合いのおかずがテーブルに並ぶたび、クラスメイトたちの表情がだんだん妙な具合になっていった。

〝ねえ、これ、味ついてないよ〟〝エビフライとか、鶏の唐揚げとかないのかな〟

〝なんか、野菜ばっかじゃん〟〝私、ピーマン食べられないんだけど〟

母がキッチンに引っ込むたび、ひそひそと不満の声が漏れる。

ケーキの代わりに、まったく甘くないニンジンパンが出てきたとき、クラスメイトたちははっきりと不機嫌になっていた。

〝美優ちゃんちの「お誕生会」つまんない〟〝きて損しちゃった〟

帰り際、捨て台詞を吐かれたときの、悔しさ、恥ずかしさ。消えてなくなってしまいたかった。

苦い「お誕生会」の記憶は、今でも美優の胸の奥にしっかりと刻み込まれている。

誕生日は、誰にとっても最良の日であるべきなのに。

だって、そうじゃない。

発泡酒の缶をテーブルに置き、美優はマガジンラックから一冊の雑誌を抜き出した。高校時代から時折読んでいた大判の女性ファッション誌「メイリー」だ。

「メイリー」は、もともと〝愛され○○〟を大流行させた〝モテ系〟ファッションの指南書のような雑誌だが、最近ではワーキングマザー向けの特集がたびたび組まれるようになっている。

その号には、子どもの「お誕生会」を成功させるためのたくさんのメソッドが掲載されていた。ケータリングの美味しそうな料理、バルーンアーティストによるデコレーション、マジシャンによる余興……。華やかなパーティー例が、何ページにもわたって紹介されている。

最近では「お誕生会コーディネーター」なる職業も人気らしい。

母の雅子が見れば、「俗っぽい」の一言で切り捨てるかもしれないけれど、美優にはこちらのほうがよっぽど正解に思えた。

自分にとって最悪だった十歳の誕生日を、娘の結奈には最高の日として過ごしてほしい。

さすがにバルーンアーティストやマジシャンを呼ぶことまではできなかったが、美優は張り切って結奈の誕生会の準備を進めた。

なけなしの貯金をはたいてフードカフェを借り切り、クラスの女子全員を招き、お土産用の小物やカップケーキも用意した。

この日の主役はなんといっても結奈だ。誰よりも可愛いヒロインになってもらいたい。

美優は恥ずかしがる結奈にドット模様のワンピースを着せ、腕によりをかけてヘアアイロンで髪を巻き、本当にお姫様のように仕上げてみせた。

結奈が登場したとき、クラスメイトたちからは感嘆の声が起きたほどだ。驚く女の子たちの顔を見ながら、美優は溜飲(りゅういん)が下がる思いがした。

どうだ。これが私の娘の本当の姿なんだ。

結奈は、女の子のトップクラスにいるべき子なのだ。

ところが、肝心の結奈が始終もじもじしていて、ちっとも会が盛り上がらない。せっかく誰よりも華やかに可愛らしく装っているのに、隅のほうで野暮ったい千佳ちゃんとばかりくっついている。

だから、つい、ちょっとやりすぎてしまったのだ。

〝ねえ、ねえ、結奈って学校ではどうなの？〟

甘ったるいスパークリングワインを注いだグラスを片手に、美優はピザやケーキを食べている女子たちに声をかけた。

最初は、娘の学校での立ち位置が気になっただけだ。

クラスの中心にいそうな女の子たちの眼に結奈がどう映っているのかが知りたくて、学校での様子を聞き出そうとした。

〝どうって……。大人しい？〟

女子たちも初めのうちは言葉を選んでいた。

だが、しつこく尋ねていくうちに、幼い彼女たちは徐々に尻尾を出し始めた。

〝暗いよね。とろいし〟

いかにも気の強そうな真由子が囁いた途端、女子たちがくすくすと笑い出した。

なんだよ、こいつら――。

その瞬間、美優の頭に血がのぼった。

年増の母親たちにそっくりじゃないか。なにかと人をバカにして、へらへら笑いやがって。

クラスの大半を占める高齢出産の母親たちと美優の間には、常に埋まらない溝がある。きっとあの母親たちは、この娘たちの前でも、自分を〝ヤンママ〟呼ばわりしてバカにしているのだろう。

〝子どもは若いうちに産んだほうがいい〟

そんな錦の御旗を掲げていた母の雅子だって、本当はなんにも分かっていない。

高齢出産の子どもたちだってちっとも問題なんかないし、却って、若くして産んだ私の子どもを「暗い」だの「とろい」だのと侮っているんだ。

美優の中に、どろどろとしたものが込み上げる。

〝なに、笑ってんだよ〟

気づくと、恫喝するような声が出ていた。

途端に女子たちがしんとする。彼女たちの眼に、明らかな怯えの色が走る。

それでも美優は、自分をとめることができなかった。調子に乗って、安いスパークリングワインを飲みすぎたせいかもしれない。

〝結奈のポテンシャルは、あんたたちなんかよりずっと高いんだからね〟

美優は眼を据わらせて、真由子たちの前に身を乗り出した。

〝ちゃんと仲良くしなさいよ。もし結奈のことバカになんかしたら、承知しないからね〟

言い終わらぬうちに、どしんと背中に衝撃を感じた。

〝もう、やめてよ。お母さん！〟

結奈が必死の形相で、体当たりをしてきたのだ。眼尻に涙を滲ませたその顔は、先ほど手を振り払ってきたときとそっくりだった。

我に返った美優は〝冗談だから〟ととりなして、全員にフルーツポンチを振る舞った。色とりどりの星やハートの形のゼリーが入ったカラフルなフルーツポンチのおかげで、その場はとりあえず収まったものの、結局、「お誕生会」は、なんとなく後味の悪い感じで幕切れになった。

まさかそれが学校で問題視されて、「お誕生会」自体が禁止される事態にまで発展するとは、そのときは思ってもみなかった。

決して、一つの「お誕生会」だけが要因になったわけではない。

もうずっと以前から、様々な問題が積もりに積もっていたのだと、学年主任のベテラン女性教師が保護者会で繰り返し説明していたが、美優はその間中、周囲の冷たい視線を感じずにはいられなかった。

あれくらい、別にどうということもないではないか。ほとんどの子たちは楽しんでいたのだし。

どうせ、真由子たちの親が、おおげさに騒いだに違いない。

問題を大きくしたのは、自分ではなく、彼女たちだ。

美優はあくまでも開き直っていたが、以来、結奈との間がぎくしゃくしていることだけは否めない。

なんで、伝わらないいんだろう――。

私はただ、あんな子たちにバカにされないような自信を身につけてほしいだけなのに。

娘には、自分のできなかったことをさせてあげたい。そのためなら、どんなことでも犠牲にする。それが親心というものだ。

だって、あの子なら。

美優は「メイリー」をぱらぱらとめくる。

結奈なら、ここで紹介されているようなすてきな暮らしを手にできるかもしれないんだもの。

〝愛されママ〟たちが身につけているブランドの服、高級なバッグ、きらめく宝石……。なにもかもが、美優の現実とはまるで無縁だ。

忘れられない記念日(アニバーサリー)に、誕生石とダイヤモンドを。

爽やかな容貌の男性モデルが、〝愛されママ〟を演じるモデルの背後に回り、細い首にネックレスをつけている。女性モデルは、ペンダント部分に指を添えて幸せそうに微笑(ほほえ)んでいる。

そのページを見つめるうちに、美優の口元に苦い笑みがのぼった。

これが一般的に見た理想というものだろう。

なのに、昨年の誕生日に信夫が贈ってきたものときたら――。

激昂(げっこう)して一旦は投げ捨てたのに、結局捨て切れなかったのは、それが宝石に匹敵する値段だったらしいからだ。物好きなマニアにでも転売すれば、生活費の足しになるかもしれない。

そう考え直し、結局ここにまで持ってきてしまった。

美優は立ち上がり、収納ボックスの引き出しをあけた。ボックスの中を探ると、それはすぐに見つかった。

クレーターが浮かぶ大きな月がプリントされたケースの片隅に、ぽつんと収められた芥子(けし)粒(つぶ)のような黒い砂利。

月の石。

期待に胸を躍らせて包装を解いた瞬間、美優はあいた口がふさがらなかった。とっさに頭に浮かんだのは、歩いているといつの間にか靴の中に入り込む、不愉快な石くれだ。

ロンドンの隕石協会(メテオライトソサエティ)の御墨つきだと、信夫が得意げに告げてきたとき、美優は堪忍袋の緒が切れた。

こんなもののために、大枚をはたくなんて。

妻の誕生日に贈るものと言ったら、誕生石かダイヤモンドと相場は決まっているだろうが。

なんだ、この真っ黒な石くれは。

なぜこんなに価値観の合わない男と焦って結婚してしまったのかと、美優は本気で腹を立てた。

私は間違えてばっかりだ――。

〝美優って、本当になんにもできないのね〟

悲しそうに呟く母の声が甦り、耳をふさぎたくなる。

でも、私にはまだ結奈がいる。あの子なら、きっと、私にできなかったことができる。

月の石の入ったケースを握りしめていると、ふいにスマートフォンの呼び出し音が響いた。

卓袱台の上のそれを手に取り、美優は眉間にしわを寄せる。液晶画面には、実家の番号が表示されていた。正直、嫌な予感しかしなかった。

ひょっとして、信夫と別居していることが誰かからの口伝でばれたのだろうか。

己の信じる「正解」の御旗を掲げる母に、今度はなにを言われるだろう。

今しがたの幻聴が現実になりそうで、美優は身体を硬くする。

「もしもし」

嫌々ながら通話ボタンを押すと、しかし、聞こえてきたのは予想に反して父の声だった。

「え？」

父の言葉に、美優は小さく眼を見張った。

病室の窓の向こうに、丹沢山地の青い山並みが見える。ひときわ大きな山が、霊山としても知られる大山だ。この山が近すぎるせいで、町田からは富士山が見えない。

地元では〝富士隠し〟とも呼ばれる山だが、美優は子どもの頃から大山のなだらかな稜線が好きだった。

「ここ、眺めだけはいいのよ」

枕を背に身を起こし、母の雅子が呟くように言う。四人部屋と聞いていたけれど、ベッドにいるのは母だけだ。

「でも、無駄に広いから、夜が寒くて嫌になっちゃう」

ぶつぶつと愚痴を言う母のかたわらで、美優は買ってきた下着類をベッドの傍の棚に詰めた。

「美優、急に呼び出して悪かったなぁ。お父さん、女の人の用意はよく分からなくてさ」

丸椅子に座った父が、頭を掻いている。

「大丈夫だよ。パートは代わってもらったから」

母が緊急入院することになったという父からの連絡を受けた翌日、美優はパートを休み、長らく帰っていなかった町田の病院に駆けつけた。

〝母が入院することになって……〟

急な休みには絶対にいい顔をしない副店長が、このときだけは、親身にシフト変更をしてくれた。

〝こちらは大丈夫だから、佐藤さん、頑張ってね〟

電話口で激励までされて、美優はなんだかきまりが悪くなった。それほど重篤でないことは、この際、黙っていようと思った。

「入院って言っても、ただの検査と教育入院だもの。お父さんはおおげさなのよ」

「でも、二週間も入院するんだろ」

「そうだけど……」

両親のやり取りを聞きながら、美優は雅子が入院中に必要とするであろう生活用品の仕分けを続ける。

病名を聞いたときは、正直、耳を疑った。

あれだけ食事に気を遣っていた母が発症したのは、生活習慣病の一つ、糖尿病だった。

〝お父さんも、まさかと思ったんだ〟

昨日の電話で、父も愕然（がくぜん）としていた。

腸の喜ぶ食事。添加物や調味料を極力使わない自然食――。

己の健康法に絶対の自信を持っていた母は、年に一度の健康診断も受診していなかったらしい。発症を知らずに長年続けていた低カロリー食が低血糖を引き起こし、眩暈（めまい）を起こして倒れるに至り、ようやく病状が発覚したのだそうだ。

〝お母さんは、頑固だからねぇ……〟

父はあきれたように、溜め息をついていた。

入院準備になにが必要なのか分からないという父に代わり、美優は朝から大車輪で下着や基礎化粧品を買いそろえ、病院へやってきたのだった。

これから二週間、母は検査を受けながら、正しい食餌(しょくじ)療法や運動療法を学び、合併症を防ぐ方法を習得するのだという。

日用品の整理が一段落してから、美優も教育入院の概要をまとめた冊子を手に取ってみた。贅沢(ぜいたく)病ともいわれる糖尿病だが、過食や不摂生のほかにも遺伝や体質等いろいろな要因があるようだ。中でも意外だったのは、度が過ぎた低カロリー食もまた、糖尿病にはよくないという事実だった。

「なにが正解か、分からないものよねぇ……」

独り言のように、雅子がぽつりとこぼす。

「美優、ありがとうね。あなたがいてくれて、助かった」

しみじみと見つめられて、美優は言葉に詰まった。

なんにもできない。派手好き。俗っぽい――。絶対的な価値観の下で、欠点ばかりをあげつらわれてきた母から、こんなふうに礼を言われたことは一度もない。

高々と掲げていた御旗を降ろし、項垂(うなだ)れている母の小さな姿がそこにあった。

「お父さんじゃ、全然頼りにならないんだもの」

すぐにいつもの調子を取り戻し、雅子が鼻を鳴らす。

「それはないだろう。お父さんだって、いろいろやってるじゃないか」

病室のポットのお湯でお茶を淹(い)れながら、父が心外そうな顔をした。

「お父さんは一人で大丈夫なの？」

父から湯呑を受け取り、美優は念のために尋ねてみる。

「大丈夫だよ。お母さんがいない二週間は、夢のカップラーメン三昧だ」

「そんなことして、あなたまで糖尿病になったらどうするつもり？」

いたずらっぽく答えた父に、母が本気になって応酬した。

「カップラーメン食べてなくたって、糖尿病になる人はなるじゃないか」

「だからって、リスクを増やすような食生活はやめてちょうだい」

「二週間くらい、俺の好きにさせろよ」

いつまでも言い合う二人に、なんだかんだいって仲はいいのだと、美優は安堵しつつも、少々白けた気分になる。

でも。父がいてくれたおかげで、子ども時代の美優がどれだけ救われたか分からない。

母に内緒で、父と一緒にこっそり食べたアメリカンドッグやハンバーガーの味は、今でも忘れることができない。

ふと、美優の胸の奥を、信夫とこそこそ電話で話していた結奈の気配がよぎった。

もしかしたら母も、それを知った上で、黙認していたのではないだろうか。今まで考えたことのなかった可能性が心に浮かんだ。

「お正月は、帰ってくるんでしょう？」

雅子に声をかけられ、美優は我に返る。ここ数年、忙しさを理由に、正月すら実家に帰っていなかった。

雅子の影響で、正直に言えば、結奈を母に会わせるのが嫌だったのだ。

結奈がますます〝女の子らしさ〟から遠ざかるような気がして。

「久しぶりに、ユイちゃんの顔も見たいし」

縋(すが)るように続けられると、どう答えてよいのか分からなくなった。

「信夫君は実家に帰るのか。時間があるなら、たまには一緒に飲みたいな」

父からも尋ねられ、美優はますます戸惑う。

価値観が違う。

それはきっと、両親の間でも同じはずだ。

だが美優には、来年の正月、自分と信夫がどうなっているのか想像ができなかった。

結局美優は、自分と信夫が別居していることを両親に打ち明けられないまま、病室を後にした。

〝なにが正解か、分からないものよねぇ……〟

帰りのバスの中でも、電車の中でも、母の呟きがずっと頭から離れなかった。

最寄りの駅で電車を降り、ロータリーを渡る。

「佐藤さん！」

パート先のスーパーを通りかかったとき、背後から声をかけられた。

振り向くと、真由子の母がバンダナを外しながらやってくる。シフトを代わってくれたのが彼女だったらしいことに気づき、美優はひやりとする。

てっきり嫌みを言われるのだと身構えたが、真由子の母は今までにない真剣な表情で美優の眼を見つめた。

「お母さん、入院されたんでしょう？　大丈夫だった？」

その眼差しには、いつものような嘲りの色はない。本気で心配してくれていることが伝わってきた。

「大丈夫です。すみません、ご迷惑をおかけして」

素直に頭を下げると、大きく首を横に振られる。

「遠慮しなくていいからね。いつでもシフト代わるから、なにかあったら、ちゃんと言ってね」

ねぎらうようにぽんぽんと肩まで叩かれた。

去っていく後ろ姿を眺めながら、美優はなんだか茫然とする。レジの交代時に、美優の姿に気づき、わざわざ声をかけにきたらしい。

母の病。

その一言で、山よりも高いと思っていた彼女たちとの壁が、熱湯をかけられた砂糖菓子のように簡単に崩れていく。

それはきっと、高齢出産者であっても、ヤンママであっても、自分たちが母であり娘であることに、なんら違いはないからだろう。

だが、こんなのは一時（いっとき）だ。母の入院がそれほど重篤なものでないと知られれば、またすぐに互いの立場の違いを秤（はかり）にかけた序列確認（マウンティング）が始まる。

それでも、周囲があながち敵ばかりではないという発見は、たとえ一時であっても美優の心の頑（かたく）なな部分をわずかにやわらげてくれた。

頬を打つ北風が冷たい。空は既に真っ暗だ。夜空に大きな星が一つ瞬（またた）いている。

ねえ、信（のぶ）さん。あれはなんの星だっけ。

無意識のうちに夫に語りかけながら、美優は大通りを渡った。細い路地に入り、外階段をのぼる。

「ただいま」

扉をあけた瞬間、結奈が興奮した表情で飛び出してきた。

「お母さん！」

「どうしたの」

飛びつかれんばかりの勢いに、美優は仰天する。母の雅子の入院に大事がないことは、前もって説明しておいたはずだ。

「おばあちゃんなら、心配ないよ」

「そうじゃなくて！」

反射的に言ってしまってから、「それはよかったけど」と慌てて結奈が首を横に振る。

「でも、おばあちゃんのことじゃなくって」

高揚した結奈が手にしているものに気づき、美優はハッと眼を見張った。クレーターだらけの大きな月がプリントされた名刺大のケース。

月の石。

「お母さん、これすごいね！」

別居のきっかけとなった美優にとって史上最悪の誕生日プレゼントを手に、結奈が頬を真っ赤に染めてぴょんぴょんと飛び跳ねている。

「お母さんが、こんなすごいの持ってるなんて、全然、知らなかった」

ああ、そうか。昨夜、父から電話がかかってきたときに、どうやらそれを棚(ラック)の上に置き忘れていたらしい。

「お母さん、知ってる？　月の石ってね、月隕石(つきいんせき)のことなんだよ。月隕石ってね、月にぶつかって飛び散った隕石のかけらが、奇跡的に地球に落ちてきたものなんだって。つまり、これ、流れ星のかけらってことだよね」

こんなに嬉しそうに、生き生きと話す結奈を見るのは初めてだ。

普段は寡黙(かもく)なのに、自分の興味があることだと、急にスイッチが入ったように饒舌(じょうぜつ)になる。

信夫にも、そんなところがあった。

「これ、お月さまから降ってきたんだよ。すごいよね。感動するよね。ねえ、お母さん、すてきだよね。ロマンチックだよねぇ」

何度も同意を求められながら、美優は靴を脱ぐことも忘れ、ぼんやりと玄関先に立ち尽くしていた。

十二月半ばの夜は、凍えるほどに寒い。

ダウンジャケットの上からマフラーを巻いていても、身体が震え出しそうだ。なぜこんな寒いときに、わざわざ公園なんかにこなくてはならないのか。

やっぱり、くるんじゃなかった。

あまりの寒さに全身を縮こまらせながら、美優は早くも後悔していた。

「ちょっと、雲が多いなぁ」

不満顔の美優に構わず、信夫が呑気な声をあげる。信夫のかたわらでは、天体観測用の双眼鏡を手にした結奈と千佳ちゃんがくっつき合っていた。

三人そろって、ずっと上ばかり見ている。

週末ということもあるのだろうが、時刻は深夜に近づこうとしているのに、自分たち以外にも、結構な人たちが集まってきているのが驚きだ。芝生の上で、寝袋にくるまって横になっている人もいる。

「ペルセウスのときは、すぐ見えたのにねぇ」

顔を夜空に向けたままで、結奈が信夫に声をかけた。時折、信夫と結奈が深夜に二人で出かけることがあったが、こんなことをしているとは知らなかった。

今夜、夜空に星が降るという。ふたご座流星群とかいうらしい。

美優は気乗りしなかったが、結奈がどうしても千佳ちゃんと一緒に見にいきたいというので、仕方なく付き添うことにした。公園に着くと、少しきまりの悪そうな表情の信夫が待っていた。

そもそも三人で約束していたのだろうと悟ったが、美優は黙って結奈の後ろに控えた。

「月明かりもあるしなぁ」

信夫が見上げる空には、右側が少しだけ欠けた大きな月が出ている。月の上を薄い雲が滑り、時折白い光が陰った。

本当に、流星なんて見えるんだろうか。

美優は半信半疑で上を向く。

よく、流れ星が見えている間に三回願い事を唱えれば、その願いはかなうと聞く。だったら今日、本当に流れ星が見えるなら、自分はなにを願えばいいのだろう。

以前なら簡単だった。娘の幸せを願えばいい。

だけど、結奈にとってなにが一番幸せなのか、美優はよく分からなくなっていた。

今夜は、信夫の言葉通り雲が多い。大きな月以外は、ろくに星も見えていない。

美優は早くもあきらめ始めていたが、結奈と千佳ちゃんは辛抱強く夜空を見上げている。

寒さの中で身を寄せ合う二人は、なんだか微笑ましかった。

雲の切れ間から、大きく輝く星が覗いた。

「ねえ、あのギラギラした星、なんだっけ」

星を見上げたまま、信夫に声をかけてみる。

「シリウスだよ。その右斜め上の赤い星ベテルギウスと、横のプロキオンとで冬の大三角形だ」

信夫の指が星をたどる。雲の間に、かろうじて星が形作る三角が見えた。

「あの、オリオン座の肩のところのベテルギウスは、いつ爆発してもおかしくない状態なんだ。中から熱いガスを吹き上げて、あんなに赤くなっている。超新星爆発を起こしたら、昼間でも見えるくらい明るく輝くらしいよ」

「まじで?」

美優の声がひっくり返る。確かに肉眼で見ても、その星は赤かった。

「その、なんとか爆発っていつ起きるの?」

「今晩かもしれないし」

「えっ」

「百年後かもしれないし、千年後かもしれないし、一万年後かもしれない」

「なにそれ」

思わずムッとして信夫を見てしまう。眼が合うと、途端にきまりが悪くなった。必要最低限のことは、メールやメッセージでやり取りしていたものの、まともに顔を合わせるのは、随分と久しぶりだ。

「お義母さん、入院したんだってね」

信夫から尋ねられ、美優は頷く。

「検査入院だから、別に大事はないけど」

「でも、驚いたな。まさか、あの健康食第一のお義母さんが、糖尿病だなんて」

なにが正解か分からない――。母の呟きが、また胸の奥に甦る。

なんとなく会話が途切れ、二人とも黙り込んだ。

「結奈から聞いたんだけど……」

しばしの沈黙の後、信夫がもごもごと切り出す。

「まだ、持っててくれてたんだね。月の石」

美優は白い息を吐き、首を横に振った。

「転売してやろうと思っただけ。でも……」

〝ねえ、お母さん、すてきだよね。ロマンチックだよねぇ〟

頬を真っ赤に染めて興奮していた結奈の様子が脳裏に浮かび、美優は苦笑する。

「結奈があんなに大喜びするとは思ってもみなかった。あのとき、私、初めて思ったの。結奈は信さんの子でもあるんだなって」

「当たり前だろ。それまで誰の子だと思ってたんだ」

信夫の不満そうな顔に、美優はぷっと噴き出した。

「違うよ、そんな意味じゃなくて……」

大笑いしながら、美優は母と娘の不思議を思う。

ずっと、結奈には自分のできなかったことをしてほしいと願っていた。

でもそれは、美優の勝手な自己投影に過ぎなかった。

雅子とて、常に娘の幸せを願っていたに違いない。だからこそ、いろいろなことが不甲斐(ふがい)なかったのだろう。

知らず知らず、自分は母にされていたのと同じことを、結奈にしてしまっていた。

結奈は自分だけの娘ではない。信夫の娘でもあり、なによりも、一人の人間なのだ。

女の子は、誰もがお姫様になりたいわけではない。

無い物ねだりばかりして不満を溜め込んでいた自分と違い、結奈はちゃんと自分で友人を選び、ちゃんと自分のやりたいことをやっていた。

子離れどころか、親離れもできていなかったのは、母親である自分のほうだ。

「だから、ヤンママとか言われちゃうんだよね……」

笑いすぎて、眼のふちに涙が滲む。

「ごめんね、信さん。私はやっぱり、駄目なゆとりだよ」

「駄目じゃない」

何気なく口にしたのに、即座に打ち消された。

驚いて顔を上げると、信夫が穏やかな表情でこちらを見ている。

「美優は時折、自分のことを負け組だとか、究極の駄目世代だとか言って、すごく自暴自棄になるけど、そんなこと全然ないでしょう。確かに美優の実年齢を知ったときは驚いたけど、俺は美優の若さや外見だけを好きになったわけじゃないんだよ。美優はすごく頑張り屋じゃない」

「え……」

美優の唇から白い息が漏れた。

そんなことを言ってもらえたのは、生まれて初めてだ。

「まだ十代だったのに、子どもを産むって決めたのは、勇気がいったと思うよ。その後も、結奈を一生懸命育てて、仕事だって頑張ってるじゃない。それのどこが駄目なの。充分、ちゃんとしてるよ」

鼻の奥がつんとした。

新たな涙が湧きそうになって、美優は慌てて視線をそらす。

少し離れたところから、結奈と千佳ちゃんがこちらをうかがっているのが眼に入った。美優と信夫が言葉を交わしていることに、結奈は嬉しそうな顔をしている。

もしかして、お膳立てされてしまったのだろうか。

美優は急に照れくさくなって、信夫と少し距離を置く。

「ねえ、信さん。本当に、今夜、流星がくるの？」

視線をそらしたままで尋ねてみた。

「くるんじゃなくて、俺たちがいくんだよ」

信夫の言葉の意味が分からず、美優は一瞬きょとんとする。

「どういうこと」

首を傾げた美優に、信夫は流星が発生する仕組みを教えてくれた。

流星のもととなるのは、彗星が撒き散らした宇宙の塵だ。気まぐれに太陽系に近づいてくる彗星は、太陽の傍を通るとき、光と熱で温められて大量の塵を放出する。彗星が残した塵の帯は、ダスト・トレイルと呼ばれる。地球の軌道とこのダスト・トレイルが交わるとき、流星群が発生するのだという。

「だから、流星群は毎年同じ時期に見られる。ちなみに今回のふたご座流星群は、三大流星群の一つだよ。あとの二つは、夏のペルセウス座流星群、年明けすぐのしぶんぎ座流星群」

「そんなにあるんだ」

美優は、宇宙に漂う塵の中に果敢に突っ込んでいく地球の様子を想像した。

「じゃあ、月の石も、その宇宙の塵の一つなの？」

「月の石……月隕石は、小惑星が月に激突したときに飛び散ったかけらだよ。流星であることに変わりはないけどね」

「塵の中に突っ込んだり、激突したり、宇宙もなかなか大変なんだね」

「でも、そのぶつかり合いが、地上に美しい流星を降らせるんだよ」

信夫の言葉が、まさに流れ星のように美優の胸の奥に落ちる。

願わくは、人の心の衝突も、そんなふうであってほしい。

そう思った瞬間、雲の切れ間をきらりとなにかが走り抜けた。

「あっ！」

美優も信夫も、結奈も千佳ちゃんも、公園にいる全員が声をあげて指をさす。

白い閃光が、闇の中を駆け抜ける。

それは、一秒にも満たない輝きだった。刹那に強くきらめき、あっという間に消えていった。

「すごぉい、すごぉい」

結奈と千佳ちゃんは手を取り合ってはしゃいでいる。

あんなに短い間に、三回も願い事を唱えるなんて、到底無理だ。

でも。

もしかしたら、願いはもう、とうにかなっているのかもしれない。

だって私は、流星のかけらを持っているんだもの。

お姫様にはなれなかったけど。それだって、きっとすてきなことに違いない。

なにしろ流星は、宇宙の衝突の美しい戦利品なのだから。

人は、愛ゆえにぶつかり合うこともある。自分もまた、ダストの中に突入する地球の勇気に倣（なら）い、衝突だらけの日々を果敢に歩いていこう。

「さあ、流星も見たし、身体も冷えてきたからそろそろ帰ろうか」

信夫の呼びかけに「えー、もっと見たい」「もう一個見てから」と、結奈たちから抗議の声があがる。

美優は信夫と眼を見かわした。どちらからともなく、笑みがこぼれる。

自然に歩調を合わせ、美優と信夫は結奈たちを迎えにいった。

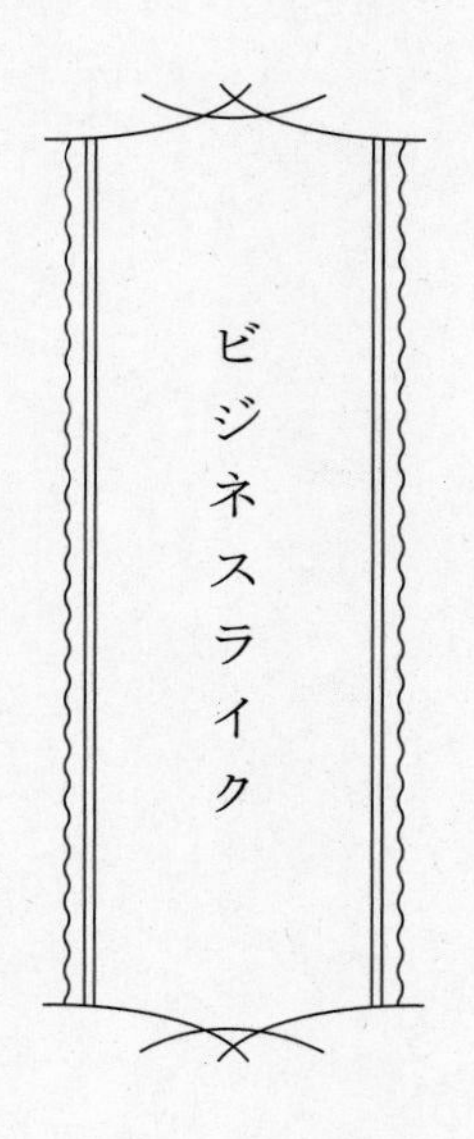

ビジネスライク

あちこちから、さえずるような甲高い声が聞こえる。

どうして女って、黙って仕事ができないのだろう。

広崎健吾は、眼鏡の奥の眼を眇めた。

電話も長い。どうでもいいことで、笑ったり、嘆いたりしている。

「そうですよねぇ」「本当、本当」「まさにそれですよねぇ……」

しかも電話口で発しているほとんどの言葉が、たいして意味のない相槌だ。

ひょっとすると女って、おおげさに共鳴し合っていないと相手を味方と認められないのだろうか。

先ほどから気が散って、なかなか校正作業に集中できない。

まだ定時を過ぎていなかったが、健吾はパソコンのメディアプレイヤーにつないだヘッドフォンを両耳に装着した。これで聞こえてくるのは、お気に入りのエレクトロニカだけになった。

いつもなら大半の編集部員は打ち合わせや取材で離席しているのだが、十二月に入ると様相が変わる。年末進行というやつだ。

正月は印刷所が休みに入ってしまうため、紙の本や雑誌を作っている編集部は、それを見越して一週間早めの入稿作業を行う。月刊誌であれば、通常四週間で作っている雑誌を、三週間で校了までもっていかなくてはならない。そのため、普段は外出がちの編集部員たちも、この月だけは朝から晩までデスクに座って校正作業に追われることになる。

中堅出版社に新卒入社して八年目。営業を経て、長く週刊誌の編集部に在籍していた健吾は、今回初めて年末進行を体験している。大抵の週刊誌は年末と年始号が合併号になるため、却って十二月は余裕があった。

今年に入ってから、健吾は月刊の女性ファッション誌「メイリー」編集部に異動になった。前編集長の原谷に半ば強引に引っ張ってこられたのだ。

〝女所帯には、お前みたいなシャレオツ眼鏡男子が必要なんだよ〟

なんなんだ、シャレオツ眼鏡男子って――。

バブル臭の漂うブランドスーツを着込んだ原谷は、自分ではまだまだ先端のつもりのようだが、健吾から見れば完全にオッサンで、完全にダサかった。スキームだとか、ソリューションだとか、必要もないのにやたらと英語を交えて、中身のない話を滔々と会議で披露するところも痛かった。

加えて「メイリー」のコンセプトは、七〇年代の創刊時から一貫して、健吾が一番苦手なコンサバだ。

モード系の女性ファッション誌だったら、まだよかったのに。

校正刷り(ゲラ)に赤ペンで訂正を入れながら、健吾は内心嘆息する。

どのページを開いても、男目線を意識した「愛され○○」「モテ○○」のオンパレード。

男はこういうのが好きだろう、男はこういうのに弱いだろうという主張が全ページから漂ってきてうっとうしい。最近は、これでワーキングマザーまでターゲットに入れているというのだから驚きだ。「愛されママ」という不気味なキャッチコピーを、赤く塗りつぶしたくなる。

健吾を引っ張ってきた原谷は、二か月前にシンガポール支社に出向になった。版権ビジネスを主体とする、現地法人と合弁の海外ブランチがアジアのあちこちに新設されてから、密(ひそ)かに転勤を希望していたらしい。

原谷が抜けた現在、健吾は「メイリー」編集部内で、唯一の男性社員となってしまった。

〝お前なら、うまくやれるって〟

気楽に言い放ち、原谷は意気揚々と去っていった。

まあ、いいさ。

健吾は淡々と、誤字や表記の不統一(ゆれ)を訂正していく。

仕事は仕事。割り切ってやればいい。

平成元年生まれの健吾は、東日本大震災が起こった直後に大学四年生になった。福島の原発事故の衝撃と、全国的な自粛ムードが蔓延する中で就職活動を強いられた自分たちの世代は、ゆとりではなく、〝さとり〟と呼ばれる。そうした世代論はともかく、就職の厳しさは誰よりも身に染みて知っているつもりだ。

氷河期の中でも超氷河期に、人気のマスコミに新卒入社できたのだから文句は言うまい。大学の同期の中には、正規入社がかなわず、就職浪人した人たちも多かった。同じ島で働く女性編集部員たちもまた、ほとんどが期間契約の契約社員だ。

仕事となれば、楽しいことばかりでないのは当たり前なのだから、正社員という安定した立場こそが重要だ。

それに、なんだかんだ言って「メイリー」は社を代表する雑誌だ。ネットに押されて日本での部数は落ちてきているが、簡体字版や繁体字版「美麗」のアジアでのシェアは確実に伸びている。日本風コンサバは、アジアの華僑たちにも受けがいいらしい。

ともかく自分は、やるべきことをやるだけだ。

〝健吾って、本当にビジネスライクだよね〟

ふと、半年前に別れた恋人、理沙の声がどこかで響く。

〝要するに、心がないんだよ〟

そう吐き捨て、理沙はぷいと顔をそむけた。

エレクトロニカの均一なリズムの中に、ポーンとメールの着信音が混じり、健吾はハッと我に返る。いつの間にか、赤字を入れる手がとまっていた。

すぐに、パソコンのブラウザをメールソフトに切り替える。

婚活プロを自称する、人気女性コラムニストからの着信が入っていた。待っていた連載原稿がようやくあがったのかと、健吾は勇んでメールを開く。

しかし、冒頭の数行を読み、マウスを握る手の力が抜けた。

既に締め切りを過ぎているのに、この上、まだ遅れるという連絡だった。

卓上カレンダーを手に取り、残りの日数を数えてみる。本当にぎりぎりの進行になりそうだ。肝心の原稿があがらないことには、挿絵のコンセプトも決まらない。イラストレーターだって、忙しい相手なのに。

健吾は少々乱暴にキーボードを叩き始めた。

挿画の準備があるので、とにかく「ネタ」だけでも週明けにもらえないだろうかと、打診メールを打ち、送信ボタンをクリックする。

年末休暇まで、あと何日か。

上旬発売の「メイリー」の年末進行はきつい。スケジュールの逆算ばかりしていると、頭が痛くなりそうだ。

黒縁の眼鏡を外し、ギュッと目頭を揉み込む。そのとき、背後から肩を叩かれた。

「広崎君、まだ通常業務時間なんだから、ヘッドフォン外して」

会議から戻ってきた編集長代理の三笠倫子が、厳しい顔をして立っている。

「おつかれさまでーす」

一斉に、女性編集部員たちから声があがった。

「すみません」

健吾が素直に謝ってヘッドフォンを外すと、倫子は軽く肩をすくめて自分の席に着いた。

原谷が異動後、副編集長から編集長代理になった倫子は、誌面と同じくコンサバファッションを実践している女性編集部員たちの中で、唯一、モード系のパンツスーツを着こなしている。髪にも肌にもしっかりと手をかけているが、バブル世代の年輪は隠せない。

倫子は原谷よりも「メイリー」編集部でのキャリアが長かった。十年前に産休を取ったことが原因で、後から編集部にきた原谷に等級を追い越されたらしい。

〝今だったら、問題になるっつーの〟

なにかの打ち上げでたまたま隣の席に座り、酔っぱらった倫子から散々くだを巻かれたことがある。

原谷が異動になって二か月経っても、未だに倫子の肩書から〝代理〟が取れないところに、この会社のコンサバぶりがよく表れていると健吾は思う。

「十一月号の第二特集、えらい評判悪かったわ」

会議で配られた読者アンケートの集計資料を、倫子がデスクに投げ出した。

「十一月号の第二特集って、なんでしたっけ」

倫子の近くの席の女性編集部員が、「メイリー」のバックナンバーの棚をあける。「メイリー」では、第一特集をアラサーの独身ＯＬ向けに、第二特集を同世代のワーキングマザー向けに組むことが多かった。婚活を経て結婚した読者を、逃さないようにするための工夫らしい。

「ああ、『お誕生会特集』ですね」

ページを開いた編集部員が声をあげる。健吾の席からも、バルーンやキャラクターグッズで飾られた華やかなパーティーシーンのページが見えた。

「子どもの誕生会なんてただでさえ面倒なのに、こんな特集してこれ以上ハードルを上げるなって意見がわんさかきてる。後でデータを送信しておくけど、皆も眼を通しておいてちょうだい」

倫子が差し出したアンケートの集計結果に、女性編集部員たちが群がる。

「うわあ……。満足度、ものすごく低い」

「マジシャンとかバルーンアーティストとか、一般家庭の誕生会で呼べるわけがない。雑誌を見た子どもにせがまれてつらかった、だって」

「まあ、普通に考えれば、そうかもね」

「でも、私たち、本当はこんな企画、やりたくなかったんですよね」

一人が言い出すと、「そうだよね」「そうだよね」とお得意の共鳴が始まった。

「お誕生会特集」は、前編集長の原谷が異動直前に持ち出した企画だった。普段は大抵の企画を副編集長の倫子に丸投げしていたくせに、この企画にだけは妙にこだわった。最後に「メイリー」に自分の〝爪痕〟を残そうとしたのかもしれないし、もっと単純な理由だったのかもしれない。

原谷自身が、無類の誕生会好きだったのだ。

原谷が編集長時代、「メイリー」編集部には、定例会の後、スタッフの誕生日には全員でケーキを食べるという、健吾からすればバカバカしい限りの習慣があった。

毎回、自腹でケーキを買ってくるのは原谷なので、女性編集部員たちは十二分に楽しんでいたはずだ。つき合わされる時間が苦痛で、健吾はいつも一気に口に押し込んで、さっさと会議室を後にした。その様子を、原谷から「よっぽど甘いものが好きなんだな」と評されたのには閉口した。

自分の誕生日がくる前に原谷が異動してくれたのは、僥倖(ぎょうこう)だったかもしれない。

「奥さんに隠れて不倫してるような男に、ワーママの気持ちなんて分かるわけないじゃん。シンガポールも単身赴任だし、今だってなにしてるか分かったもんじゃないよ」

倫子がさばけた調子で毒舌を吐く。

「本当ですよね。『メイリー』離れてもらってよかったですよ」

「今までだって、三笠さんが編集長だったようなもんだし」

「ですよねー」

次々におもねるような声があがった。

値段の張るケーキを食べながら、これとよく似た調子で原谷を持ち上げていた彼女たちを覚えている健吾は、白々とした気持ちで席を立つ。

女ばかりの島を離れて廊下に出ると、少しだけ解放された気がした。期間契約という彼女たちの不確かな立場を思えば、上長の覚えをよくしようと動くのも至極当然なのかもしれない。だが、コンサバに装った彼女たちが日々緩やかに発揮する存外な強かさに、健吾は時折胸やけを起こしそうになった。

編集部のフロアには、給湯室の隣に、菓子パン等の軽食も買える自動販売機が設置された休憩室がある。給湯室のコーヒーメーカーでコーヒーを淹れ、健吾は休憩室に入った。

もうすぐ定時になるせいか、休憩室には誰もいない。窓側の椅子を引き、健吾は腰を下ろす。麹町にある本社ビルの窓からは、以前なら赤坂の歓楽街の明かりが見えたのだが、今は眼の前に大きなオフィスビルが建ち、すっかり視界をふさいでいる。眼に入るのは、煌々と輝く窓明かりだけだ。なんの業者が入っているビルなのかは知らないが、ここの窓明かりも毎晩遅くまでついている。

健吾自身、今夜も終電までに帰れればいいほうだろう。

働き方改革なんて、ただの絵空事だよな——。

窓の向こうを眺めながら、健吾はぬるいコーヒーをすすった。

お誕生会、か。

ぼんやりした頭に、先ほどちらりと覗いた「メイリー」のページが浮かぶ。あの特集の撮影には、倫子と一緒に健吾も立ち会った。現場を取り仕切った〝お誕生会コーディネーター〟なる人物が、随分と胡散臭かった記憶がある。

今はこれが「スタンダード」なのだと、企画段階から様々な口出しをしてきた。私立の小学校では、誕生会を主催する家がホストになり、仲の良いクラスメイトを招いてヘリコプターで東京湾を一周するのが流行っているという案が出たときには、さすがに倫子が「読者層に合わない」と拒否したのだ。

倫子の横で話を聞きながら、健吾はそれが本当に子どもの「お誕生会」なのかと、いささか不快な気分になった。ヘリコプターで東京湾一周なんて、金満家の親たちが、互いの財力を誇示し合っているだけではないか。

そもそも健吾は、子どもの頃から「お誕生会」にあまり良い印象を持っていなかった。

健吾自身は、クリスマスの直前が誕生日のため、大抵、誕生日プレゼントはクリスマスと合同だった。ひどいときには、お年玉まで一緒に済まされたこともある。そのせいか、取り立てて自分の誕生日を特別視する気持ちは薄かった。

加えて、健吾の通っていた公立の小学校では、男子間の誕生会など皆無だった。そういう面倒な社交に精を出すのは、子どもの時分から女子だけだ。だが、小学校時代、健吾はたびたびクラスの女子の誕生会に招かれた。女子の誕生会に呼ばれる男子は、クラスでもごく少数だ。

女子が誕生会に招待したがる男子。それは要するに、特別な日にかこつけて、気を引きたい相手でもある。

自慢ではないけれど、その頃から健吾はそつがなく、勉強も体育もそれなりにできて、顔立ちも悪くなかった。

最初のうちは、招待されれば悪い気はしなかったが、誕生会の間中、自分を巡って女子たちが水面下で角突き合わせている様に、次第に辟易していった。

それでも、招かれると律義に出かけていくのが己の不思議なところだと、健吾は我知らず苦笑する。

〇〇ちゃんの誕生会にはいったのに、どうして私の誕生会にはこられないの――！

眼を三角にして迫ってこられると、断るほうが面倒だった。

恐らくあの頃から、自分は〝ビジネスライク〟だったのかも分からない。

暗い窓に浮かぶ理沙の面影から、健吾は眼をそらす。

もちろん、小学校時代は、自分よりも母親の判断が大きかった。

息子が女子の誕生会に招かれるたび、母は洒落た服を用意し、女の子が喜びそうなプレゼントを見繕い、得意げな笑顔で健吾を送り出した。

そう考えると、ヘリコプターで東京湾一周ではなくても、子どもの「お誕生会」はもともと保護者間の社交でもあったのだろう。

面倒くさい。

一年に一度、誰にも必ず巡ってくる誕生日を、わざわざ「会」にする意味はなんだろう。

「お誕生会」に集まっている女子たちも、全員が日頃から本当に仲が良いというわけではなかった。普段の教室では話もしないグループが、その日だけは同じテーブルを囲んでいた。

「お誕生会」当日のみに交わされる「おめでとう」の白々しさ。

でも、それって……。

もしかしたら、誕生会に限った話ではないのではないだろうか。

忘年会、新年会、歓送迎会、同窓会、「会」と名のつくものすべてに、白々しさがついて回る。仲良く振る舞いながらも、その実、そこで交わされる会話の大半は、互いへの牽制や、仲間内の噂や陰口だ。

とりとめもなく思いを巡らせているうちに、つまり自分は「会」と名のつくものすべてが嫌いなのかもしれない、と健吾は自覚する。

穿った見方をすれば、「会」なんて所詮は序列確認の温床だ。

ふと健吾は、遠い記憶の中のお誕生会の居心地の悪さが、現在の編集部での状況にうっすらと重なるのを感じた。

〝広崎さんて、休日なにしてるんですか〟

〝これから一杯だけ、飲みにいきませんか〟

残業で人が減るのを見計らったように送られてくる秋波(しゅうは)。密やかに仕掛けられてくる抜け駆け。

同じ島で働くコンサバファッションの女性編集部員たちが、誕生会のテーブルを囲む、もうぼんやりとしか思い出せない小学校時代のクラスメイトの女子たちの姿に変わる。

無論、小学校時代のように、自分がもてているわけではない。

期間契約から正社員になるより、手頃そうな正社員の男を捕まえるほうが手っ取り早いというだけだ。

結構苦労しながらここまでやってきたはずなのに、案外、小学校時代から環境が変わっていない気がしてきて、健吾はなんだか拍子抜けした。

ふいに、バタバタと足音が響く。

振り向くと、同期の川端稔(かわばたみのる)が休憩室に走り込んできたところだった。小太りの身体(からだ)をゆすり、冬だというのに大汗をかいている。

「お、広ちゃん」

健吾に気づき、稔が真ん丸な顔に笑みを浮かべた。帰宅するらしく、荷物でパンパンのリュックを担いでいる。

背広にリュック。健吾が最も忌避するスタイルだ。健吾の概念からすれば、バックパックは会社に持ってくるものではない。しかも大きなリュックは、趣味の悪い蛍光緑。

もっとも稔は、スーツを着なくて済むときは、ポケットが多いという理由だけで、釣り用のジャケットを着て平然と会社にやってくる。

「もう、帰り？」

聞きようによっては皮肉にも取れる健吾の言葉に、稔は屈託なく頷いた。

「これから、秋葉原でユナちゃんのライブなんだ」

「ユナちゃん？」

「そう！」

稔はリュックにつけた缶バッジを指さしてみせる。大きなバッジでは、紫色の髪をツインテールに結ったコンピューターグラフィックスの少女が両手でピースサインをしていた。

「ああ、ボカロ……」

健吾の声に明らかな侮蔑の色が混じったが、やはり稔は意に介さぬ様子で慌ただしく自動販売機にコインを入れた。

「すぐ出なきゃいけないんだけど、腹減っちゃってさ」

取り出し口に落ちてきた大きなメロンパンに、相好を崩す。

「俺、これ、大好きなんだよね。すごく美味いんだよ。でも、このメーカーの、コンビニにはなくてさ」

大事そうにメロンパンをリュックにしまい、「じゃ、お先に！」と叫んで稔は休憩室を飛び出していった。

「お疲れ」

健吾は口中で呟いて、その後ろ姿を見送った。

川端稔とは同期入社だが、それ以外の接点はほとんどない。健吾が異動をしながらもそれなりに出版社の社員としてキャリアを積んでいるのに比べ、デジタル管理部門に配属されて以来、稔はずっと異動がない。日々、顧客情報のデータベース化や、読者アンケートの集計や、パソコン機器のアップデートといったルーティンワークに従事している。

会社勤めも八年目になると、健吾にも分かれ道が見えてくる。

順調に出世していくのか、どこかの縁に留まるかの分岐点だ。それは別段、仕事の能力だけで振り分けられるものではない。一種の要領の良さや押しの強さのようなものが、指針になる場合もある。原谷なんかがいい例だ。

考えてみれば、この会社の部長職は、原谷みたいな調子のいいタイプと、毒にも薬にもなりそうにない傀儡タイプばっかりだ。

肝心の人事部の部長も、役員会の伝達係を務めているだけのような影の薄い人だった。

まあ、会社なんて、どこへいっても基本こんなものなのだろう。

この先、役員会の傀儡になるか否かは別として、自分が会社の中核に向かい、稔が縁に留まりつつあるのは事実のようだ。

同じ時期に新卒入社しても、既に自分たちの道は二手に分かれている。

稔本人はそんなことに頓着(とんちゃく)する様子もなく、三十路(みそじ)になってもコンピューターグラフィックスのボーカロイドの少女を追い回しているが。

会社が人生のすべてではないとしても、さすがにそれはいかがなものか。

半ばあきれながら、健吾はコーヒーを飲み干した。すっかり冷めてしまったコーヒーは苦くて渋い。

立ち上がった瞬間、ふいにある考えが脳裏をよぎった。

「会」と名のつくものすべてが嫌いだと自覚したけれど――。

そういえば、会社にも「会」がつく。

葉の落ちた雑木林の向こうに、雪化粧した富士山がそびえている。

ダブルウォールテント内に敷いた寝袋(シュラフ)に寝そべったまま、健吾は朝日を浴びて白く輝く美しい稜線(りょうせん)に見惚(みと)れた。

一人(ソロ)キャンプは冬に限る。

料金は安いし、なによりオンシーズンと違い、にぎやかな家族連れや、うるさいだけの宴会好き(パリピ)もいない。広々としたオートキャンプ場をほぼ独り占めにできる。

たまに近くに居合わせることがあっても、冬にオートキャンプ場にやってくるのは基本的に上級キャンパーばかりなので、互いの領分を侵害することもない。

年末進行の只中(ただなか)ではあるが、健吾は土曜日の休日出勤を終えると、矢も楯(たて)もたまらずレンタカーを借りて富士山の麓(ふもと)のキャンプ場にやってきた。

こうして気軽に設営できるのが、ソロキャンプのいいところだ。

大地に寝転がって広大な風景を眺めていると、日頃の煩(わずら)わしさが消えていくようだった。

健吾は目蓋(まぶた)を閉じて、澄んだ空気を胸一杯に吸い込んだ。久々に、心底リラックスした気分になる。

このまま、なにもかも投げ出してしまえたらいいのに――。

でも、それでは生きていけない。

すぐに己の夢想を打ち消し、健吾は眼をあけた。雄大な富士山を前にしながら、まだ心のどこかに入稿が遅れている原稿のことが引っかかっていることに気づき、小さく自嘲する。

俺も苦労性だよな、せっかく逃げ出してきたのに……。

健吾は小型のガソリンストーブに火をつけた。予熱(プレヒート)が終わると、本格的に炎が上がる。

この瞬間が、健吾は好きだ。ガソリンストーブの不規則な炎は、焚火のそれを思わせる。供給される水がすべて富士山の湧き水というのも、このキャンプ場の密かな人気の一つだった。

ガソリンストーブの上で湧き水を沸かし、健吾は丁寧にコーヒーをドリップする。えも言われぬ香ばしい匂いが鼻腔を擽った。

マグカップで掌を温めながら、ゆっくりとコーヒーをすする。

しみじみと幸福感が込み上げた。

やっぱり、一人が一番楽だ。

なんの負け惜しみもなく、そう思う。

それを〝心がない〟と評されてしまうなら、致し方ない気がした。

本音を言えば、理沙とつき合っている間は、これほど自由ではなかった。もちろん、彼女が嫌いだったわけではない。

フリーライターの理沙と知り合ったのは、週刊誌の編集を務めているときだった。タレントの「談」を要領よくまとめてくれる手腕に感嘆し、何度か食事をご馳走した。そのうち、互いの食や本や映画の好みが非常に近いことが分かり、意気投合したのだ。

最初のうちは、本当に楽しかった。理沙がいると、自分だけの楽しみが何倍にもなる気がした。夏場は連れ立ってキャンプ場にも出かけた。

雲行きがおかしくなってきたのは、つき合い始めて三年ほど経った昨年末からだ。一緒に過ごしているとき、理沙はいきなり不機嫌になったり、かと思えば突然はしゃぎ出したりした。

健吾より二つ年上の理沙は、春先に三十二歳になった。この誕生日を境に、理沙の健吾に対する態度はますます不自然になっていった。それまでほとんどが外食だったのに、急に〝家飲み〟をしたがるようになった。

残業帰りに会うなら居酒屋で待ち合わせるほうが気楽だと告げても、「待っているから合鍵を渡せ」と言い募る。休日に部屋に上がり込んで、勝手に掃除をし始めたのにも驚かされた。

そうした行動が、異動したばかりの「メイリー」で特集されている〝その気のない彼を結婚に向かせる愛され技術〟とことごとくかぶっていることに気づいたときには、正直、背筋が寒くなった。

つき合い始めた当初は仕事のできる独立心のある女性だと思っていたのに、こうなると、純粋に趣味が似ていたのかどうかさえ、疑わしく感じられた。

互いに仕事をしているのだから、食事の支度や掃除をしてもらう必要はない。

休日に、どちらかが犠牲になるような過ごし方はしたくないし、過度の干渉もされたくない。せっかくつき合っているのだから、お互いもっと楽しく過ごしたい。

至極真っ当な意見を伝えたつもりでいた。

しかし、最後まで黙って聞いていた理沙は、ぼそりと呟いた。

〝もう三年になるのに、そんなふうに割り切れるわけないじゃん……〟

そして冷めた表情で健吾を見据(みす)えた。

〝干渉されずに楽しみたいって、なにかの契約のつもり?〟

答えられない健吾に、理沙は深い溜(た)め息をついた。

〝健吾って、本当にビジネスライクだよね〟

ぷいとそっぽを向いて、吐き捨てた。

〝要するに、心がないんだよ〟

心がない——。

健吾はぼんやりと、理沙の言葉を反芻(はんすう)する。いつの間にか、掌の中のマグカップが冷たくなっていた。

それって一体どういう意味だ。

理沙がほのめかしているのが結婚問題だということは容易に察しがつくけれど、それこそが〝契約〟じゃないか。

普段はフェミニズムっぽいことを口にしているくせに、男を〝その気〟にさせるために、愛され○○やモテ○○を使うなんて、矛盾している。

そんなの、釣られる男だけじゃなくて、女性自らも貶めていることになるはずだ。

しかも、そういう特集を作っているのも女。実践しているのも女。

女性に囲まれて、女性誌を作り始めてから、どんどん女性が嫌になってくる。

ビジネスライクでなければやっていられない。

心がなくて悪いか。

たいして興味のない仕事からも、結婚を迫る女性との交際からも、一線を引いて自分を守ることが、そんなにもいけないことか。

ふと、テント内に置いてあるバックパックに眼がいった。ネイビーの帆布のバックパックが、稔が担いでいた蛍光緑のリュックに重なる。

上級キャンパーを自任する健吾にとって、バックパックは旅の友。決してスーツに合わせるものではない。機能性だけに着目して、安っぽいリュックを背負っているオタクたちの姿は、健吾の眼にはバックパックへの冒瀆に映る。

おまけに、三十になっても実体のないボカロに夢中になっているなんて。

〝健吾だって、逃げてるじゃん〟

理沙の声が聞こえた気がして、健吾は慌てて頭を振る。

俺はあそこまで、現実逃避しているわけじゃない――。

稔は稔で認め難いなにかから眼をそらすために、実在しない少女を追いかけ回しているのかもしれないけれど。

でも、結婚したくない男と、結婚できない男は違う。

乱暴にまとめれば、自分でも恥ずかしいほど陳腐な結論に帰結する。

しかしつまらない論証ではあっても、事実、現金な女性たちは健吾に秋波は送っても、同じく正社員である稔のことは相手にしようとしない。

毎回、読者アンケートの集計などで、いろいろと助けてもらっているのに、倫子ですら稔のことは軽く扱う。倫子も女性編集部員たちも、稔が出世コースから外れていることを、聡く感じているからだ。

一旦会社の縁に留まってしまえば、そこから先はなかなか動くことができない。デジタル管理部門には、定年まで延々ルーティンワークに携わる地味なオジサンたちが集まっている。

それに比べれば、会社の中核に向かう健吾には未来がある。

原谷のように、倫子を追い越して編集長になることだって、海外に赴任することだってできるかもしれない。

畢竟、役員会の傀儡なのかもしれないけどな――。

その想像がたいして面白くないことに、健吾自身が愕然とした。

しょうがないさ。

それこそ、ビジネスライクにやるしかない。

軽く息をつき、健吾はマグカップのコーヒーをすする。

せっかく富士山の湧き水をガソリンストーブで沸かして丁寧にドリップしたのに、冷め切ったコーヒーは、やっぱり少しだけ渋かった。

週が明けても、女性コラムニストからの原稿は入らなかった。

原稿どころか、返信の一つもない。せめてネタだけでも事前に知らせてほしいと、あれだけ頼んでおいたのに。

そうこうしているうちに、イラストレーターから催促のメールがきた。

窓の外がすっかり暗くなっていることに、健吾は焦(あせ)りを覚える。

こういうときが一番困る。うるさがられるのを覚悟で、電話をかけてみようか。

以前、執筆中に携帯を鳴らしてしまい、集中力がそがれたと散々嫌みを言われたことを思い出し、やはり躊躇(ちゅうちょ)が先に立った。

仕方なく、もう一度メールで催促を試みる。それが済んだら、次はイラストレーターへの返信だ。

〝締め切りを守らせるのも、編集者の仕事ですよね〟

年末で仕事が立て込んでいるらしく、イラストレーターからのメールも段々棘(とげ)を含んだものになってきた。週末のソロキャンプで軽くしてきたはずの心が、あっという間に重くなる。

待つのも編集者の仕事だと訳知り顔の人たちは言うが、そこには往々にして不本意な謝罪が紐づけられているのだ。

午後八時を過ぎると、女性編集部員たちが帰り支度を始め、倫子も来年の特集ページのスポンサーと連れ立って会食に出かけていった。あの様子では、恐らく戻ってこないだろう。

ああ、バカバカしい――。

島に一人で取り残されると、健吾は一気に虚しくなった。熱望している作家の原稿であればそれなりに張り合いがあるのに、待っているのは率直なところ、たいして面白いとも思わない上滑りな婚活コラムだ。コラムページだって原谷から引き継いだだけで、別段思い入れもない。

コラム以外の担当ページはほぼ校了したので、自分ももう帰ってしまおうか。

「なんだ、残ってるのは広崎だけか」

ふいに背後で声が響いた。振り向けば、当の原谷がコートを脱ぎながら編集部のフロアに入ってきたところだった。

「原谷さん」

シンガポールにいるはずの元上司の姿に、健吾は驚く。

「ちょっと、本社に用があってさ」

健吾の表情を読んだのか、原谷の口調に言い訳めいた色が混じった。

「それより、なに、一人で残ってんだよ。そろそろ年末進行も終わりが見えてきた頃だろ。久々に一杯いくか」

朗らかに告げられ、健吾は戸惑う。

「いえ、今原稿待ちしてて」

「誰の」

「婚活コラムですよ」

あんたから引き継いだ、と言いそうになり、かろうじて口をつぐんだ。

「ああ、あのコラムニスト、いっつもぎりぎりまで書かないんだよな。大物ぶってさぁ」

そのコラムニストの連載をスタートさせた自身を棚に上げ、原谷が顔をしかめる。

「そんなの、ここで待っててもしょうがないから、飲みにいこうよ」

ふと原谷が、なにかを思いついたようにぱちりと指を鳴らした。

「そういや、お前、もうすぐ誕生日だったよな。おごってやるって」

覚えていたのかと、健吾はゾッとする。「メイリー」編集部に配属になったとき、無理やり聞き出されはしたけれど、他部署になってまで「お誕生日」もなにもあったものではない。

「いいですよ。この歳になって、誕生日なんてめでたくもなんともないんで」

「なんだ、そりゃ。若いのに、この歳って。俺に対する嫌みかよ。それになぁ……」

原谷がスマートフォンを取り出し、画面をいじり始めた。

「原稿なんて当分入らないぞ」

ＳＮＳのアプリを開き、検索結果を突きつけてくる。

「見てみろ。当の本人、遊び歩いてるから」

差し出された画面に、健吾は絶句した。

重ねられたシャンパングラス、キャビアを載せたカルパッチョ、ピンク色のローストビーフ……。

件（くだん）のコラムニストが、自分のアカウントに豪勢な料理の写真を続けざまにアップしている。

百歩譲って、この楽しげな様子が取材か打ち合わせだとしても、一言返信があってもよいではないか。ただでさえ、締め切りはとうに過ぎているのだから。

人をバカにしやがって――。

健吾の中に、むらむらと不快感が湧いた。

「分かりました」

苛立（いらだ）ちを押し殺し、健吾は原谷を見上げる。

「せっかくですので、ご馳走になります」

頭を下げた健吾に、「そうしろ、そうしろ」と、原谷は満足げに頷いた。

「退社の支度しとけよ。俺はちょっと管理部門に寄ってくるから」

嬉しそうに去っていく原谷の背中を見送り、健吾はイラストレーターにメールを打ち始める。

もう原稿は待たなくていいので、一月売りにふさわしいイラストを適当に描いてほしい。

イラストレーターに送信すると、間髪容れずに返信がきた。

〝一月売りにふさわしいイラストってなんですか〟

相手の文面からも苛立ちを感じる。

〝ネズミ年だから、ネズミの絵とかどうですか〟

半ばやけくその返事を送り、健吾はパソコンをシャットダウンした。

その晩、健吾は強かに酔っぱらって帰宅した。

十二月半ばともなると、まともな店はほとんどが予約で一杯だった。「飲みにいこう」「おごってやる」と景気よく気炎を吐く割に原谷は行き当たりばったりで、LED電飾でやたらにキラキラした繁華街を散々に引き回された。

結局、キャパだけは大きい格安居酒屋に入る羽目になり、電子レンジで温めただけのような料理をつまみに、アルコールばかり飲んでしまった。

味の濃いつまみには、恐らく化学調味料が大量に投入されていたのだろう。喉が渇いて仕方がない。

健吾は狭いキッチンに入り、冷蔵庫から取り出したミネラルウォーターをがぶ飲みした。満席状態の店内で安酒を飲んでいるのはほとんどが二十代の若者で、始終騒がしく、彼らと同じ店内にいると、普通の会話をするだけでも骨が折れた。喉ががらがらするのは、珍しく大声を出しすぎたせいかもしれない。

ミネラルウォーターのペットボトルを手に、健吾はリビングに戻ってきた。エアコンをつけてソファに腰を下ろした途端、「あーあ」と声が漏れる。

なにが誕生日だよ――。

これなら、一人でコンビニ弁当でも食べたほうがまだましだ。

騒がしい店内で、健吾は原谷から散々愚痴を聞かされた。

現地法人の中華系シンガポール人たちは、アクの強い合理主義者ばかりで、とにかく仕事がやりにくいのだそうだ。全員日本語ができるのに、大事な会議では、わざとのように〝シングリッシュ〟を繰り出してくるという。

〝ひどいときには、中国語で話すんだから、参っちゃうよ。英語ならともかくさぁ……〟

赴任してたった二か月なのに、原谷の顔には疲労の色が浮いていた。

最初は一応同情しながら聞いていたが、話が長くなるうちに、現地スタッフに相手にされないのは、原谷自身に相応のスキルがないからではと思えてきた。

考えてみれば、「メイリー」での実質的な仕事だって、倫子が主に担ってきたのだ。座りの良さだけで編集長を任されるような事例が、海外でも通用するとは思えない。

もしかして、そういうことなのか――？

以前、なぜ誰にでもある誕生日をわざわざ「会」にするのかと、不思議に感じたことがある。要するにそれは、一番単純な距離の詰め方だからではないだろうか。

女性編集部員たちに値の張るケーキを買うことで、原谷は「メイリー」編集部に居場所を作っていたのかもしれない。そして今日もまた、「誕生日」を肴に、たいして懐いていない元部下を誘い出すことに成功したわけだ。

社内でSNSが流行し始めた頃、誕生日をオフィシャルに公開して盛んにお祝いメッセージを送り合っていたのが、要領の良さだけで勝負しているような連中だったことを健吾は思い出した。

こうしたことに原谷が自覚的だったとは思わないが、安易にばかり寄っていると、それ以外の方法で相手との距離を詰めるのは難しくなるに違いない。

だったら、自業自得じゃないか。

健吾の中に、冷めた思いが込み上げる。

〝お前も、いつまでも女性誌なんかやってないでさぁ……〟

おまけに最後のほうでは、酔いが回った原谷に説教めいたことまで言われた。

あんたが無理やり呼び寄せたんじゃないかと、半ば口に出しかけていた。

もしかしたら、今、あの人のことまともに相手にしてるのって、俺だけなんじゃないだろうか——。

たった二か月の赴任で音をあげかけている元上司の情けない姿は、背筋を寒くさせるものがある。

これが会社の中核に向かった人間のなれの果てか。

やめだ、やめだ。

手にしたペットボトルの水をあおり、健吾はスマートフォンを取り出す。

会社用のメールをチェックしてみたが、やはり原稿はきていない。

舌打ちしながら、健吾はＳＮＳのアプリを開いた。

コラムニストのアカウントを検索すると、相変わらず豪勢な料理の写真が、デザートのフォンダンショコラに至るまで続いている。ナイフの入ったスポンジの中から濃厚なチョコレートがとろとろと溶け出している写真に、たくさんの「いいね！」が集まっていた。

なにが、「いいね！」だ。

もし明日中に原稿が入らなかったら、今回は休載にしてやろうと心に決める。

アプリを閉じようとした指が、ふと滑った。そんな気はなかったのに、いつの間にか理沙のアカウントを検索してしまう。

今頃、どうしているだろう。何気なく、そう考えただけだった。

ＲＩＳＡというアカウント名も、ピンク色のサクラソウのアイコンも昔のままだ。健吾自身は会社のＰＲアカウントの更新で手一杯で、個人用アカウントを持っていなかったが、つき合っていた当時は、ここのタイムラインに、一緒に食べたディナーや、一緒に出かけた行楽地の画像が投稿されていた。

え――。

たまたまアカウントの先頭に表示されている投稿に、健吾の指先が凍りつく。

〝かねてから交際中の方と、入籍することになりました。式は来春の予定です……〟

「は？」

我知らず、声が出た。

別れてたった半年で、入籍ってどういうことか。

かねてからって、一体いつからだ。

まさか、自分は二股をかけられていたのだろうか。

思ってもみなかった展開に、頭から冷や水を浴びせられたようになる。

理沙は、自分がこのアカウントを覗くことを想定していなかったのだろうか。それとも、わざと見せるために投稿したのか。

否、すべては偶然だ。

時が経てば、この投稿も過去へと流れていってしまう。自分たちが一緒に食べたディナーの画像が、意図的に遡らない限り、現在のタイムライン上には現れることがないように。

スマートフォンを握る手が、微かに震えていることに気づく。

別れて解放感を味わっていたはずだ。一人のほうが気楽だと、負け惜しみではなくて心から感じていたはずだ。それなのに——。

どうして裏切られた気がするのだろう。

どうしようもなく傷ついている己を自覚し、その事実が、一層深く健吾を傷つけた。


「一体、どういうこと?」

倫子の冷たい声が響く。

ようやく年末進行の終わりが見えてきた十二月の第四週。健吾は編集長代理の三笠倫子に呼び出されていた。

小会議室の扉を後ろ手に閉めるなり、倫子は腕を組んで健吾の顔を正面から見据えた。

「とにかく座って」

答えない健吾を促し、倫子は自分も向かいの席に腰を下ろす。

コラムニストの原稿は大幅に遅れて送られてきたが、入稿後、ひと悶着が起きた。

健吾がコラムに関する感想を一言も返さなかったことと、コラムの内容とまったく関係のないネズミのイラストがレイアウトされていたせいだ。

「あれだけ遅れられたら、編集としては落とさないようにするのが精一杯です。感想の言いようもありません。イラストレーターだって、ぎりぎりまで待ってたんです」

すべては、散々催促したのにネタさえ送ってこなかったコラムニストの責任だ。

それなのに、ようやく原稿をあげた途端、今度は感想がこないと騒ぐなど、〝かまってちゃん〟もいいところだ。

「そんなの、面白かったたって一言返せばいいだけでしょ。相手はそれで満足するんだから」

「面白くなくてもですか」

健吾の硬い声に、「そう」と、倫子は面倒そうに頷く。

「それより、聞きたいのはそんなことじゃないから」

倫子が視線をきつくした。

「職場に不満があるなら、まずは直属の上司の私に言いなさい」

そっちのほうだったかと、健吾は俄然きまりが悪くなる。

理沙のツイートを見た翌日、たまたま通勤電車に見知った顔を認めた。それが、毒にも薬にもなりそうにない影の薄い人事部長だと認めた瞬間、思わず近づいて直談判してしまったのだ。

異動させてほしいと。

ガラケーの小さな画面を注視していた部長は、突然のことに面食らった表情になった。

〝異動って……、広崎君、今年「メイリー」に異動したばっかりだよねぇ〟

女なんて、計算高くて、自分勝手で、マウンティングばかりしていて、本当にろくでもない。

部長の困惑ぶりに、ようやく我に返ったが、あの朝は女が嫌で嫌で仕方がなかったのだ。

このまま女だらけの島でコンサバ女性誌を編集するなんて、到底耐えられそうになかった。

〝これから空きが出るのは、デジタル管理部門くらいだよ〟

しかし、同期の稔がいる部署を告げられ、健吾はやっと頭が冷えた。定年退職するオジサンに代わり、ルーティンワークに埋もれるのはさすがにごめんだ。

「すみません」

ムッとしつつも、健吾は倫子の前で頭を下げた。

あのときは、確かにどうかしていたのだと思う。

「そうやって、いつも簡単に謝らないでくれるかな」

背もたれにもたれ、倫子が腕を組み直した。

「広崎君、『メイリー』嫌いでしょう」

単刀直入に切り出され、健吾は返す言葉を失う。

「嫌いだよね。それくらい、見てれば分かるよ」

〝健吾って、本当にビジネスライクだよね〟〝要するに、心がないんだよ〟

畳みかけてくる倫子の声に、理沙の台詞が重なった。

心がないのは、どっちだよ。

どれだけ保険をかけていたのかは知らないが、結婚相手が釣れてよかったな。

「ええ、嫌いです」

もう健吾も、取り繕うのをやめた。

「愛されなんとかだとか、モテなんとかだとか、正直、虫唾が走ります。男に媚を売るような誌面ばっかり作ってて、三笠さんは女性として恥ずかしくないんですか」

「別に恥ずかしくないけど」

「三笠さん、以前僕に、産休取っている間に原谷さんに出し抜かれたって散々こぼしてたじゃないですか。コンサバ系って、そういう男尊女卑を助長するだけだと思いますが」

「それとこれとは話が違う」

「どう違うんですか。僕には分かりません」

開き直る健吾に、倫子は深い溜め息をつく。

二人が黙ると、扉の向こうから、女性編集部員たちの声が潮騒のように響いてきた。やっぱりわざとらしく笑い合ったり、おおげさに共鳴したりしていた。

「じゃあ、広崎君は、どういう特集がしたいの」

しばしの沈黙の後に、倫子が尋ねる。

「ソロキャンプ」

間髪を容れずに答えれば、倫子の眉間にしわが寄った。

「ふざけないで！」

「じゃあ、映画特集か読書特集」

再び気まずい沈黙が流れる。

「一人旅だとか、一人時間だとか、そういう特集をする女性誌が増えてるのは分かってる」

やがて、倫子がゆっくりと口を開いた。

「でもね……。誰もがそういう自立系についていけるわけじゃないから」

倫子の唇に、苦笑めいたものが浮かぶ。

「一人でなにかできる子は、もともと『メイリー』なんて興味がないはずだよ。『メイリー』は創刊時からずっとコンサバで通してるんだから、ある意味、分かりやすいでしょ」

その上で、と倫子は続けた。

自分だけではどうしていいか分からない。でも、周囲の、上から目線のアドバイスでは傷ついてしまう——。そんな少々消極的で繊細な女性のために、「メイリー」はあるのだと。

「こうしてみたらいいんじゃない。こうすれば、もしかしたらうまくいくかもって、読んでる人を楽にさせたり、安心させたりするのが『メイリー』の役目なんだと、私は思ってる」

倫子の面持ちが、少し真面目なものに変わる。

「男に媚びてるって言われてしまえばそれまでかもしれないけど、異性の前でどんなファッションをしたり、どんな態度を取ったりすればいいか分からない子に、こうすれば楽かもしれないよって、ほんの少し背中を押してあげることができれば、それでいいじゃない。臆しがちの子にとって、リア充からの優越感たっぷりのアドバイスっていうのは、ある意味拷問なの。コンサバ系雑誌が提示するモテテクは、そういうプレッシャーをやわらげる効果もあるわけ」

健吾は、無言で倫子の話を聞いていた。そんな繊細な読者層ばかりでなく、ただのヤンキーやミーハーも「メイリー」路線にはまっている気もした。

「とにかく、まだここへきて一年も経たないんだから、もう少し踏ん張ってみなさいよ。コンサバのテンプレがあっても、そこに自分のアイディアを込めることはできるはずだから」

黙り込んでいる健吾を、倫子が淡々と見やる。

「ソロキャンプは論外だけど、カルチャー特集は考えてみてもいいかもね。まずは〝愛されヒロイン〟の映画を何本かピックアップしてちょうだい。前向きに検討します」

「……その、〝愛され〟とかが嫌なんですけど」

「じゃあ、涙活でもいいから」

それも相当嫌だったが、これ以上反抗するのはやめておいた。

健吾が反論しないのを見て取ると、「それじゃ、私はこれから打ち合わせがあるから」と、倫子はさっさと立ち上がる。

バブル世代の男はちゃらいが、女は強い。さすがは男女雇用機会均等法改正後の一期生だ。

小会議室を出ていく背筋の伸びた後ろ姿に、これが本当の「ビジネスライク」なのではないかと、健吾は内心感嘆した。


その日の夜、ついにすべての担当ページを校了し、健吾は休憩室に入った。

これでやっと、連日の深夜残業から解放される。そう思った途端、無性に甘いものが食べたくなった。

自動販売機の前に立つと、ガラスケースの向こうの大きなメロンパンが眼に入る。

〝俺、これ、大好きなんだよね。すごく美味いんだよ〟

相好を崩していた稔の様子が甦(よみがえ)り、自然とボタンに手が伸びた。取り出し口にメロンパンが落ちてくるのと同時にケースが空になる。どうやら最後の一個だったようだ。

隣の給湯室に入ると、コーヒーメーカーのコーヒーが残りわずかになっていた。どうせなら新しいコーヒーを淹れようと、健吾は古いコーヒーを流しに捨てた。

濾紙(フィルター)に粉を入れてセットする。お湯が沸騰するのを待ちながら、今日は〝涙活〟用のDVDソフトを何本か見繕ってから帰ろうと、健吾はぼんやり算段した。

やがて、給湯室の中にコーヒーの芳(かんば)しい匂いが漂い始める。自分のマグカップを用意していると、視界の端をちらりと鮮やかな蛍光緑がよぎった。

給湯室から顔を出せば、やはり蛍光緑のリュックを背負った稔があくせくと廊下を歩いているところだった。視線を感じたのか、ふいにこちらを振り返る。

「広ちゃん」

稔が屈託のない笑みを浮かべた。

「なに、残業？」

珍しく――と言いかけて健吾は口をつぐむ。

「いや、ちょっと、総務からパソコンの備品頼まれて、買い出しにいってたんだ。今、納品してきたところ」

「デジタル管理ってそんなこともするんだ」

「俺、秋葉原（アキバ）は庭みたいなもんだから。リース品以外なら、ネット注文より安く手に入るの。あと、総務の部長、パソコン弱いから、接続の説明とかしてたらこんな時間になっちゃって」

「そっか」

本当に〝便利屋〟だな、と、健吾はいささか同情した。

「編集は、毎日大変そうだね」

だが稔は、却（かえ）って心配そうにこちらを見ている。

「いや、俺も、年末進行は一段落したから」

答えつつ、健吾はさりげなくメロンパンの袋を棚に隠した。稔につられて買ったことがばれるのは、なんとなくきまりが悪かった。

「時間があるなら、川端もコーヒー飲む？　もうすぐ落ちるから」

「ごめん、俺、コーヒー苦手なんだ」

「そっか」

社交辞令として声をかけただけなのだから、そんなに恐縮する必要もないのに、稔は申し訳なさそうに立ち尽くしている。

「じゃ、お疲れ」

健吾は会話を切り上げるつもりで、コーヒーメーカーに向き直った。

「広ちゃん、あのさ……」

ところが、稔が改まったように声をかけてくる。

「ん？」

「実は俺、来月一杯で退職するんだ」

稔の発した言葉に、一瞬、身体が強張(こわば)るのを感じた。

「え……」

茫然(ぼうぜん)と振り返ると、稔が穏やかな笑みを浮かべている。

まさか、という思いが先に立った。

人事部の部長がデジタル管理部門に空きが出ると言っていたが、定年退職者のことを言っているのだとばかり思っていた。退職予定者が自分の同期だったとは、予想だにしていなかった。

「次、どうするんだよ」

聞いてしまってから、健吾は顔をしかめそうになる。なにも決まっていない、そんなふうに返されたら、なにを言えばいいのか。

だが稔は淡々と、エンタメ系のウェブサービス会社に、ユーザー情報を管理するエンジニアとして所属することになったのだと説明した。

その会社が、ボーカロイドのユナちゃんのコンテンツを主に扱っていると聞いて、健吾はあきれ果てた。

だって自分たちは、曲がりなりにも中堅出版社の正社員なのに。超氷河期の就活をなんとか実らせてここにいるのに。

その比較的安定した職場を自らなげうって、そんな得体の知れないベンチャー系に転職するというのか。

「俺ももう三十だし、この辺で、推しごとを、もう少しお仕事に寄せてもいいのかなって思ってさ」

ところが当の稔は、つまらないダジャレを言って嬉しそうに小さな瞳を輝かせている。

「デジタル管理部門でデータベース管理の勉強を随分させてもらって、コードの読み書きもそこそこできるようになったからね。今度の会社は、在宅勤務も認められてるから、これでますます推しごとに邁進(まいしん)できるよ」

「……それで、生活できるのか」

やめようと思うのに、どうしても聞いてしまう。

「一人なら、なんとか」

この先、もっと技術系の情報学を学び、最終的にはエンジニアとして独立したいのだと稔は語った。

「リスクは承知してるけど。でも、本当に安心できるものなんて、この世にないから。なにより俺は、推しごとのために、お仕事してるんだしさ」

稔がこれまでも自主的に情報管理の勉強をしていたことを初めて悟り、健吾は頭を殴られたような衝撃を受けた。

マウンティングをしていたのは、なにも女性たちだけではない。

自分だって同じだ。小学校時代、嫌気がさしつつも女子の誕生会に参加していたのは、やっぱり優越感を覚えていたからだ。

今だって、同期の稔を常に下に見ていた。

長年ルーティンワークに携わる稔は、会社の縁からどこへもいけないのだと、ずっと思い込んでいた。

けれど稔はデジタル管理部門で、こつこつと己の技術を磨き上げていたのだ。

よくよく思い返してみれば、稔はいつも同じことだけに従事しているわけではなかった。宣伝や営業や編集から寄せられる好き勝手な意見をできるだけ吸い上げ、毎回、改善する形でデータを提供し続けてくれていた。

それを、〝便利屋〟としか思えなかったのは、受け取る側に知識が足りていなかったせいだ。

「出社はいつまで」

「通常業務は年末までの予定だよ」

年明けには退職を公表し、有休消化に入る予定だという。

「でも、広ちゃんには先に伝えておこうと思ってたから、今日、話せてよかったよ」

稔は曇りのない表情をしていた。

その明るい顔を見つめながら、健吾は急に喪失感に襲われた。

ああ、きっと――。

この先自分たちは、稔の不在に苦しめられる。

地味な誠実さには、失ってからでないと気づけない。

「メイリー」から原谷がいなくなってもなにも困らなかったけれど、この先多くの社員が、なにかにつけて、稔の不在を惜しむことになるに違いない。

逃げてたんじゃないんだな。

ようやく健吾は気づく。

稔はなにかから逃げていたのではなく、純粋に、自分の好きなものを追いかけていたのだ。

たとえそれが、実体のないコンピューターグラフィックスのボーカロイドだとしても。

彼の人生にとっての彩り(いろど)は、決してほかの誰かに判じられるものではない。

そこに本当に価値があったからこそ、仕事にも人にも、稔は誠実に対応してこられたのだろう。

逃げていたのは自分のほうだ。

仕事からも、人からも。

「川端、ちょっと待って」

健吾は思いつき、給湯室に戻った。

棚に隠しておいたメロンパンを取り出す。

「休憩室に、これ、買いにきたんだろ。今日はこれが最後の一個だったんだ」

「え、いいよ。それ、広ちゃんが買ったんだろ」

「そうだけど。俺はそれほど食いたくないから」

「それ、すごく美味いよ。食いなよ」

「いいってば」

無理やり押しつけると、稔は丸顔に柔和な笑みを浮かべた。

「それじゃあさ」

おもむろに蛍光緑のリュックを下ろし、なにかを探り始める。

「よし、まだあったかいな」

確認してから、太めのアルミ缶のようなものを渡された。

「はい、お礼に秋葉原名物、おでん缶」

「いらねえよ！」

全力で拒否したにもかかわらず、結局は物々交換で押し切られてしまった。

メロンパンの袋を手に、満面の笑みで去っていく稔の姿を、健吾は嘆息しながら見送った。

まったく、これからコーヒー飲むつもりでいたのにさ……。

コーヒーとおでんが合うとは思えない。

だが、掌の中の温かさがどこかもったいなくて、健吾はコーヒーの代わりにおでん缶を手に、自分の席に戻った。

倫子や女性編集部員たちが、退出してくれていて助かった。こんなオタク臭いもの、彼女たちの前では恥ずかしくて食べられない。

パソコンのキーボードに気をつけながら、アルミ缶をあけてみる。ずんぐりとしたアルミ缶の中には、串に刺さったコンニャクと大根と竹輪、それから牛筋とウズラの卵が入っていた。

まずはコンニャクを食べ、それからその串を使って残りの具を食べるというシステムらしい。健吾は納得し、串に刺さったコンニャクを食べてみた。

意外に本格的な出汁のうまみが口中に広がり、自分が空腹だったことに気づく。

勢いづいて、大根と牛筋をほおばった。大根は芯まで味が染みていて、牛筋もとろけるほどに柔らかい。

なんだ、結構、美味いじゃないか。

これはソロキャンプに持っていっても重宝するかもしれない。

そんなことを、本気で考えている自分が可笑しかった。

せっかく同期だったのだから、もっと話せばよかったのだろうか。互いの趣味のこととか、仕事のこととか――。

ふと、寂しさに似たものが、健吾の心を撫でていく。

なんてね。

健吾は慌てて首を横に振った。

ビジネスライクな自分らしからぬ感慨に、少々照れくさくなる。

ビジネスライク、か。

何気なくパソコンに打ち込むと、真っ先に出てきた解説は〝能率的〟〝職業的〟だった。

英語のビジネスライクには、日本語のような否定的なニュアンスはないらしい。

もしかしたら。

〝推しごと〟のために〝お仕事〟をすると割り切っていた稔こそが、誰よりもビジネスライクだったのかも分からない。

「あ」

ふと、パソコンの画面に表示されている日付に気づき、小さく声が出る。

今日は自分の誕生日だ。

初めての年末進行に加え、あまりにいろいろなことがありすぎて、すっかり忘れ果てていた。

若い若いと言われながら、健吾ももう三十だ。

格好ばかりつけて、肝心なことから逃げてはいられない年齢だ。

自分にも見つけられるだろうか。本気で追いかけたい、誰にも譲れないものが。

「会」でもなく、社交でもなく——。

こんなふうに、自分とのみ向き合う誕生日も悪くない。かも。

アルミ缶のふちに口をつけ、健吾は心の中で小さく呟く。

ハッピーバースデートゥーミー。

牛筋の出汁がでた温かなスープが、連日の深夜残業でくたびれた身体に、しみじみと染みていった。

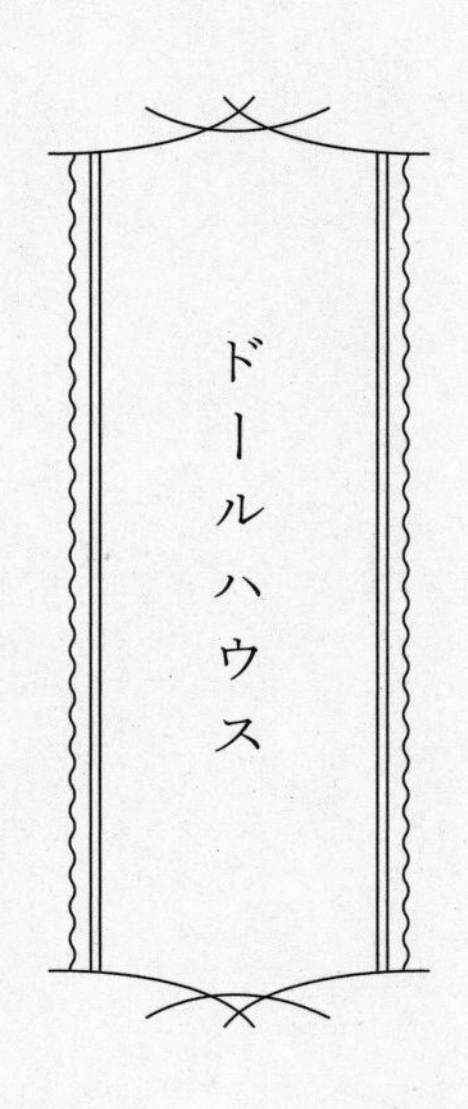

ドールハウス

始まる前は九連休と騒がれていたけれど、終わってしまえば、正月休みなどあっという間だ。

おまけに仕事始めが月曜日というのはなかなかつらい。

吊り革をつかむのもやっとの満員電車の中で、市山孝雄は小さく息をついた。まだ週半ばだというのに、疲労感がすこぶる強い。あっという間だったとはいえ、九連休の後遺症だろうか。

午前八時台の通勤電車は相変わらずうんざりするほど混んでいる。フレックスタイム制度も、働き方改革も、都心の通勤ラッシュの緩和にそれほど寄与しているとは思えない。

ぎゅうぎゅうに詰め込まれた車輛の中で、ほとんどの人たちは手元のスマートフォンを覗き込んでいる。押し合いへし合い立っている人たちも、座っている人たちも、加えて駅のホームで電車を待っている人たちも、片手に小さな長方形の板を持ち、もう片方の手の指先でちょこちょことその表面を触っている。

冷静に眺めていると、なんだか異様な光景だ。孝雄が社会に出た三十年前は、スマートフォンどころか、携帯電話そのものが普及していなかった。当時、多くのサラリーマンたちが携行していたのはポケベルだ。

〝だっさ！〟

どこかで娘の朱里の声が響いた気がして、孝雄は首をすくめそうになる。

電車が揺れた拍子に、隣の若いビジネスマン風の男性が手にしているスマートフォンの画面が眼に入った。イヤホンを耳にした男性は、画面を横にしてニュース映像を見ていた。満員電車の中で、細長く折り畳んだ新聞を読んでいた自分たちの時代を思うと、まさしく隔世の感がある。

これじゃ、雑誌の部数が減るのも当たり前だ。

苦笑じみたものが、孝雄の口元に浮かぶ。

バブル景気の爛熟期に、孝雄は中堅出版社に新卒入社した。営業部に配属された当初は、まだ社会全体が浮かれていたが、数年後にバブルが崩壊し、突如新卒採用が取りやめになった。それから新卒採用が復活するまで、孝雄は随分と長い間新人枠で、バブルを引きずる営業部長や先輩たちの下、無茶な命令に耐えた。

取引先との宴席を盛り上げるために、ビールの一気飲みは当たり前。ポケベルで呼び出されれば、深夜でも会社に出向いた。

今だったら、即パワハラで訴えられるレベルだな……。

九〇年代のいかがわしさは、しかし、孝雄の胸に微かな郷愁も運ぶ。無茶苦茶だったけれど、自らの若さと力に満ちた時代でもあった。出版業界自体の勢いも、今とは比べ物にならなかった。

営業から制作管理を経て、孝雄は結局人事部に落ち着いた。人当たりは悪くないものの、それほどがつがつしたタイプではなかったので、直接部門から間接部門への異動も苦にならず、むしろ過激な競争から解放されて、正直、ホッとした。

人事部で地道に経験を積み、現在、孝雄は人事部長になっている。

人事部に異動した二〇〇〇年代に、出版を取り巻く環境も大きく変化した。ネット接続のできる携帯電話の登場で、時代は一気にITミレニアムの幕をあける。以来、新聞や雑誌が提供していたニュースや情報は、ブラウザで流し読み（スクロール）されるのが主流となった。

ネット端末としての機能を一層強化したスマートフォンの普及で、今ではニュース映像も掌（てのひら）の上で見る時代だ。

とはいえ、当初懸念されたように、紙媒体がまったくなくなってしまったわけではない。社を代表する女性ファッション誌「メイリー」は部数を減らしながらも月刊誌の体裁を保っているし、書籍やムック本の発行点数はむしろ増えている。顧客のニーズが多様化し、なにが当たるのかが分からないだけに、発行点数を増やしているにすぎないという見方も否めないが。

平成は間違いなくIT革命の時代だったが、始まったばかりの令和には、果たしてどんな革新が起きるのだろう。

孝雄は若い男性の肩越しに、小さな画面に流れる映像を眺めた。

女性キャスターの後ろに次々と登場する写真は、正月早々、物騒なものばかりだ。

去年から今年にかけて、きな臭いニュースが続いている。香港では長期間にわたりデモが続き、アメリカとイランの関係も一触即発の状態に陥っている。民間機撃墜の事件は、あまりに痛ましくて言葉を失った。

なんだか危ういなぁ、令和……。

つい映像に見入っていると、若い男性に気づかれてしまった。露骨に画面を隠されて、きまりが悪くなる。

見るなら自分のを見ろとでも言いたげに、男性がちらりと不快そうな視線をくれた。孝雄はすごすごと下を向く。

実のところ、孝雄はスマートフォンを持っていない。背広の胸ポケットに入っているのは、折り畳み式の所謂「ガラケー」だ。

会社で一日中パソコンを通じてネットにつながっていると、社外でもそれらの機能が必要だとはどうしても思えないのだ。連絡手段や通話機能だけなら、「ガラケー」で充分だ。

ところが。

〝今どきそんなの使ってるのなんて、お父さんだけだからね〟

三が日に親戚が集まった際、スマートフォンを持っていない大人が孝雄だけだったという
くだらない理由で、一人娘の朱里がむくれた。

確かに孝雄が二つ折りの携帯をぱかんと開いた瞬間、妙な注目が集まった。

なに、それ。まだ使えるの――？

孝雄叔父(おじ)さん、マスコミ勤めなのにね……。

くすくすと笑い声まで起きた。

もっとも、どれもたわいのない反応だ。

しかし、感受性の強い十歳の娘は顔を真っ赤に上気(じようき)させた。

〝もう、お父さんて、本当に……〟

朱里の苛立(いらだ)たしげな声が再び耳元で甦(よみがえ)る。

〝だっさ！〟

国際情勢ももちろん不安だが、愛娘(まなむすめ)の罵声(ばせい)は、それ以上に孝雄を打ちのめした。

少し前までは、「お父さん、お父さん」とうるさいほどまとわりついてきていたのに、最近、朱里はとみに孝雄に対してとげとげしい。妻のかすみは、「そういう年頃だから」と一笑にふしているが、男親としては正直傷つく。

結婚が遅かった孝雄は、四十半ばで一人娘の父になった。社内を見ていても、最近の若者は結婚が早い。小学校の運動会などに参加すると、周囲は若い父親ばかりだ。

ほかのクラスメイトの父親に比べると精彩に欠け、髪も薄い父を、朱里は疎ましく感じ始めているのではないだろうか。

そんな僻みが頭をもたげる。

妻のかすみはもともと孝雄より七歳若いし、女性はそれなりに歳をごまかす術を知っているけれど、五十半ばの自分が一回り以上若い男たちとの徒競走に勝てるわけもないのだ。

でも……。

朱里との関係がはっきりと悪化したきっかけは、やはりあの出来事か。

電車の揺れと同時にのしかかってくる周囲の人たちの圧力に耐えながら、孝雄は思いを巡らせる。

あれは、昨年の朱里の誕生日。

朱里が前々から欲しがっていたドールハウスを、孝雄は良かれと思って手作りした。少年時代、プラモデル作りで鍛えた手先の器用さを、久々に発揮したつもりだった。

自信満々で差し出したところ――。

〝これじゃなぁああい〟

ドールハウスと聞いて瞳を輝かせていた朱里が、手製のそれを見た途端、恨めしげに顔をゆがませた。

古い小型スーツケースを利用して作ったそれは、決して悪い出来ではなかったのに。貝殻を背もたれに使った椅子などは、ちょっとした出来栄えだった。

けれど、結局娘が欲しがっていたのは、一から手作りしたものではなく、クラスメイトたちの間で流行っているという、市販のキャラクターのドールハウスだったのだ。

普段やり慣れないことをするからと、かすみは苦笑していたが、先だっての保護者面談でベテラン感あふれる女性学年主任から「お父さんの無関心は良くないですよ」と、散々釘を刺されたことも、手作りに挑戦した所以の一つだった。孝雄は孝雄なりに、長年家のことをかすみに任せ切りにしていた自分を省みたつもりだ。

〝市山ぁ、今はＤＩＹだぞ。ＤＩＹ〟

加えてたいして信用できないと知っていたはずの先輩社員の口車に、懲りずに乗せられてしまったこともある。

五十を過ぎて今更、先輩後輩もないのだろうが、孝雄には、会社に終身雇用の幻を見た最後の世代だという自覚がある。新卒採用がなくなり、年功序列はあっさりと崩れ去り、孝雄自身に直々の後輩と呼べる社員はほとんどいないものの、一応世話になった先輩たちとは今も会社のあちこちで顔を合わせる。

特に人事部に異動してからは、管理職となった彼らが部下に下す気まぐれな評価を調定しなければならないことが多かった。

営業部時代一緒に働いていた二年先輩の原谷は、未だに先輩風を吹かせて、なにかと孝雄を飲みに誘おうとする。断り切れずにつき合った居酒屋でビールのジョッキを傾けながら、何気なく娘の誕生日が近いと話したところ、即座にＤＩＹだとけしかけられた。

ＤＩＹとは、ドゥーイットユアセルフの略で、要するにアマチュアの手作りを指す。最近この言葉がとみに流行ってきていることは、孝雄もそれとなくは知っていた。

翌日、原谷は当時自分が編集長を務めていた「メイリー」の「お誕生会特集」の号のゲラをわざわざ人事部まで持ってきて、「今はこういうのが主流なんだ」と滔々と講釈し始めた。数ページにわたる特集の中には、「ママの得意料理」のほかに、「パパの手作りプレゼント」のコーナーも確かにあった。

女性誌の編集長を長年務めた原谷がそこまで言うのだから、やはりこれが「主流」なのだろうと、最後には孝雄もその気になった。

原谷が企画した「お誕生会特集」が、読者に大不評だったと知ったときは後の祭りだ。朱里からは不興を買い、当の原谷は、前々から志願していたシンガポール支社に出向になっていた。

まったく……。

こっちだって忙しい中、相当無理をして作ったのに。

吊り革にぶら下がるようにして、孝雄は項垂れる。

結局、かすみがクリスマスに市販のドールハウスをプレゼントしてフォローしてくれたが、あれ以来、父と娘の間はずっとぎくしゃくしたままだ。

プレゼントというのは難しい。求められているものを、必ずや与えられるとは限らない。

考えてみれば、人事の仕事も同じだ。

昨年の年の瀬に、たまたま少し遅い時間に出勤したら、偶然同じ電車に乗り合わせた若手社員から、いきなり「異動させてほしい」と詰め寄られたことを、孝雄は思い出した。

いつもは自分の仕事に没頭し、孝雄のようなオジサン社員のことなど眼中に入れようともしない傲岸（ごうがん）なタイプの若手だっただけに、本当に驚いた。

そうかと思えば、「在宅勤務が認められるベンチャー企業に転職したい」と、あっさり会社を去ってしまう若手もいる。この二人は、確か同期入社だったはずだ。共に三十になったばかりの働き盛り。一体なにを考えているのかと、頭を抱えた。

孝雄の勤める会社は、出版社の中でもどちらかというと保守的だ。人事も、経営陣である役員会の意見が強い。

人事部長とはいえ、孝雄自身に大きな権限があるわけではない。役員に受けのいい部長職の意見が通る率が高く、その意見が真っ当かと問われると、正直、首を傾（かし）げたくなる場合が少なくなかった。

むしろ、現場に精通した叩き上げの生え抜き社員（プロパー）や、志を持って職務に当たろうとするベテランは煙たがられたり、途中で責任を取らされたりして、いなくなることが多い。組織の中で最終的に生き残るために必要なのは、能力よりも、政治なのだと、人事部長になった今も、孝雄は半ば他人事のように社内の様子を眺めていた。

ともあれ、会社の人事など、往々にしてこんなものなのかもしれない。全員の意見を聞いているわけにはいかないし、そもそも誰かの要望に正確に応えるのは、容易なことではないのだ。

複雑化した国際情勢や貿易摩擦だって、もとをただせばそれぞれの立場に沿った需要と供給がうまく満たされないことが発端だったりする。

さすがに国際問題と比べるのは憚られるが、大なり小なり齟齬が生まれるのを避けることは不可能だ。

だから、どこかで折り合いをつけるのが、せめてもの慰めってもんじゃないのか。

〝これじゃなぁああい〟

娘の率直すぎる抗議の声が甦る。

せっかく作ったドールハウスが、朱里の部屋の片隅に打ち捨てられている様を思い描き、孝雄は深い溜め息をついた。

人事部は一月から忙しい。

出勤するや否や、孝雄は押し寄せてくるタスクの処理に追われた。四月に人事異動と昇進昇格の発令があるし、新入社員研修の準備もそろそろ本腰を入れて始めなければならない。

加えて、今月末にはデジタル管理部門の主要社員が自己都合で退職する。

例の在宅勤務を優先してベンチャー企業に転職する若手だ。

電話メモでも差し出すような気軽さで退職届を提出してきた川端稔の姿を、孝雄は頭の片隅で思い返す。趣味の充実のために転職したいと堂々と口にする稔を、孝雄は唖然として見つめることしかできなかった。

人事の仕事柄、学生を含めて多くの二十代三十代を見てきているが、最近の若い世代は大きく二分化しているように思える。早く結婚して家庭を持とうとするタイプと、結婚どころか交際にさえ関心がなく、己の趣味に没頭するタイプだ。両極端のように見えて、その実、平成生まれの彼らには大きな共通項がある。

会社での出世にほとんど興味がないことだ。

孝雄の世代には、社会の信用のために結婚を考えるような風潮がまだあった。妻子がいない男は一人前でないというような考え方だ。事実、結婚の遅かった孝雄は、この常套にしばしば苦しめられた。

だが、昨今の若者はこうした一昔前の慣習には縛られていない。

長年にわたる不景気や、度重なる災害を経て、社会そのものがそれほど信頼に足るものではないと、彼らは本能的に察しているのだろう。若い彼らが早く自分の家庭を持ちたがるのる。

も、趣味に没頭するのも、結局、社会を信用することができないからだと孝雄には感じられる。

社会を信じていない彼らが、それ以上に信頼のおけない会社での出世や競争に執着するわけがない。社内での肩書にしがみついているのは、未だに終身雇用や年功序列の亡霊に取りつかれているオジサンばかりだ。

だから、稔のような社員は、求められていても平然と立ち去ることができる。

孝雄はパソコンの画面に表示された人事異動表をにらんだ。

デジタル管理部門の上長と二人がかりで昇給をちらつかせたり、ベンチャービジネスのリスクを匂わせたりして引き留めようとしたものの、稔は意に介そうともしなかった。

デジタル管理部門は、顧客情報のデータベース化や、読者アンケートの集計などに携わる、ルーティンワークが主の地味な部門だが、コード作成やパソコン操作に精通していた稔の退社は大きな損失だ。眼には見えなくても、やがてじわじわと多くの部署に影響が表れてくるだろう。

できるだけ迅速に、その穴埋めを考えなければいけない。

本来なら、余剰人員のいる部署から欠員の出た部署への配置転換を検討するのが筋なのだが、現実はそうそうパズルのようには進まない。

大体、余剰人員と言ったたって……。

ふと、原谷の顔が浮かび、孝雄は苦笑交じりに首を横に振る。

昨年の秋にシンガポール支社に出向したばかりなのに、原谷はなにかにつけて帰国したがっているらしい。実力主義の現地スタッフたちと、どうやらそりが合わないようなのだ。

いくら英語が喋(しゃべ)れても、ビールの一気飲みや、上司への〝お追従(ついしょう)〟といった日本式の慣例の中で出世してきた原谷が、多国籍国家で磨かれてきたスタッフと席を並べるのは、端(はな)から無理があったようだ。

かと言って、原谷にデジタル管理部門への異動を告げることはできない。原谷に稔のようなエンジニアとしてのスキルはないし、第一、プライドだけは山ほど高い直接部門の管理職が、今更間接部門への異動に納得するわけがない。

新卒者はしばらく研修があるし、現実的に考えて、ここはやはり中途採用だろうか。

孝雄はメールソフトのアドレス帳から、いくつかの人材派遣会社の連絡先を引き出してみた。

ある程度のスキルを持った人材を早急に補充するなら、派遣会社に頼るのが一番だ。仲介料が発生するためコストは割高になるが、採用の手間もかからない。

しかし、実情的なことを考えると、長期的に勤務してくれる人材が望ましい。最終的に正社員への雇用切り替えを行う紹介予定派遣という手もあるが、役員会がそれを認めるだろうか。

優秀な人材を買い叩こうとする傾向がどんどん顕著になる会社のありように、孝雄は頭を悩ませる。

人の出入りが激しい編集部はもちろん、孝雄が在籍する人事部も、いつの間にか正社員より契約社員のほうが圧倒的に多くなってしまった。正社員登用試験は、長らく行われていない。

それでいて、たいして実務能力のない原谷のような古参社員が、あちこちの部署に存在するのだ。会社における勤続年数と肩書は、往々にして現場で求められるスキルに合致しない。持て余されぎみの管理職の行き場所を探すのもまた、人手の足りない現場の人員補充同様、孝雄の悩みの種の一つだった。

矛盾してるよな――。

我知らず、眉根を寄せる。

原谷の下で、社の看板雑誌「メイリー」の実質的な編集長を長年務めてきた三笠倫子も、未だに編集長〝代理〟のままだ。

いつまでもこんな人事を続けていて、本当にいいのだろうか。

「部長、お昼休憩いってきます」

部下に声をかけられ、孝雄は我に返った。

壁の時計に眼をやれば、いつの間にかとうに正午を過ぎている。電話当番の社員を残し、彼らは連れ立って休憩室へ入っていった。

外回りのない間接部門のほとんどの若手社員たちは、大抵休憩室で弁当を食べている。よく見ていると、手製の弁当を持ってくるのは男性社員で、女性社員はコンビニのサンドイッチやおにぎりの入ったビニール袋を手にしていることが多い。

そのことに対し、彼ら自身が屈託を抱えている様子はない。社を代表する女性ファッション誌「メイリー」が〝彼を射とめる、愛され弁当の作り方〟を提唱している反面、現実の彼らは性差から解放されているように見えた。

もっともそんなことに少しでも言及したら、セクハラの誹(そし)りを免れない。

そもそも孝雄には原谷のように、自分の価値観を若い世代に押しつける欲求も気概もなかった。無論、若い彼らも、仕事以外ではこちらに近づいてこようとはしない。

経営陣の言いなりの人事しか発令しない部長と話したところで仕方がないと、醒(さ)めた思いを抱いているのかもしれない。

「お疲れさん、俺も昼にいくわ」

電話当番の女性社員に声をかけ、孝雄はコートを羽織って立ち上がった。

人畜無害——。

彼らが陰で自分をそう評していることは薄々知っている。

しかし、だからこそ、孝雄が人事部の部長になったとも言えるのだ。

オフィスの外に出ると、雲一つない晴天が広がっていた。気温も一月とは思えないほど暖かい。孝雄同様、首から社員ＩＤをぶら下げたサラリーマンたちの中には、コートを着ていない人も多かった。寒さが苦手な孝雄にとってはありがたいが、来週の気温が十八度を超えるなどという予報をテレビで見ると、さすがに心配になってくる。

夏の殺人的な猛暑や日本列島を縦断する超大型の台風等、深刻な気象異常はすべて温暖化が原因だと聞く。国際情勢のきな臭さは否めないが、新しい年はせめて自然災害の少ない年になってほしい。

会社を出るのが遅かったせいか、定食屋はどこも長蛇の列ができていた。麹町(こうじまち)は、もともと食べる場所が少ない。少し歩いて赤坂(あかさか)までいけば問題ないが、孝雄はそこまでの元気がなかった。

立ち食い蕎麦(そば)でいいかな――。

ぶらぶらと歩いていると、「そろそろスマホ」と大きな文字が躍(おど)る幟(のぼり)が眼に入る。

「初めてのスマートフォンサポート」

「スマホ教室は一対一、親切、丁寧、安心！」

「新規契約、他社からの乗り換え、実質ゼロ円」

携帯ショップの店頭には、ほかにもたくさんの幟や立て看板が並んでいた。

そういえば、「ガラケー」のインターネット接続サービスも、ゆくゆくは終了するのだったっけ。

朱里に疎まれたからではないけれど、確かに自分もそろそろスマートフォンへの切り替えを考えたほうがいいのかもしれない。

孝雄は何気なく、携帯ショップの自動扉の前に立った。タッチスイッチに触れて中に入ると、「いらっしゃいませ」より先に、「ご予約ですか」という鋭い声が飛んだ。

「え……」

孝雄はもごもごと言葉に詰まる。

店頭看板の大歓迎ムードとは裏腹に、カウンターの奥のスタッフが、疲れ切った眼差しでこちらを見ていた。店内にいるスタッフたちは、対面式のテーブルの前に座り、客と話し込んでいる。丸椅子に座った客のほとんどが相当の高齢者であることに、孝雄は軽く眼を見張った。

若いスタッフたちが、たいして親切とも丁寧とも思えない態度で、スマートフォンの操作を繰り返し説明している。

「いや、予約はしていないんですが」

「当店は完全予約制です。店頭でのご予約も承れますが」

そう言う先から、店内の電話がけたたましく鳴り始めた。

「それじゃあ、結構です」

殺伐とした雰囲気に気圧（けお）されて、孝雄は曖昧（あいまい）に首を振る。

「ネットでのご予約もできますので」

おざなりに告げて、カウンターのスタッフは鳴り響いている電話に手を伸ばした。

携帯ショップを出ると、思わず肩で息をついた。幟や立て看板の宣伝文句に、現場対応がまったく追いついていない感じだ。

もっと気楽に、店頭で商品を試せるのかと思っていた。

なんだかなぁ……。

丸椅子に座っていた高齢者の様子を思い浮かべ、複雑な気分になる。スマートフォンの機能が、本当にあの人たちに必要なのだろうか。第一、多岐にわたるアプリを、どこまで使いこなせるだろう。

だったら「ガラケー」でいいじゃないか。どうして通信業者の経営資源の一本化に、顧客（ユーザー）が合わせなければならないのか。しかも、少数派を強引に切り捨てて邁進（まいしん）しようとする経営戦略と末端の店舗の状況は、正直一致していないように見える。

あれでは、店舗スタッフも店舗を訪れるユーザーも疲れるだけではないのだろうか。

随分と面倒な世の中だ。

ここでも、本当の意味での需要と供給が満たされているとは思えない。しかし、あんな〝お年寄り〟たちまでがスマートフォンを契約しているとなると、それが既に標準装備（デフォルト）であることもまた、動かしがたい事実なのだろう。

今後の世の中では、置いていかれる者は、徹底的に置いていかれてしまうのかもしれない。

急に冷たい北風が吹いた気がして、孝雄はコートの襟を掻き合わせた。


その週末、遅く起きた孝雄がリビングに入ると、普段は仲が良い妻のかすみと娘の朱里が珍しく揉めていた。

「学校で決まったことなんだから仕方がないでしょう」

「どうしてそんなこと、勝手に決めちゃうの？」

かすみの言うことなら大抵受け入れる朱里が、不服そうに反論している。

「クラスで招待される子とされない子がいるのは、良くないんだって」

「だから、ルーちゃんは、クラスの全員を招待するって言ってるんだもの」

「そんなの、ほかのおうちじゃできないでしょう」

「ほかのおうちができないと駄目なの？」

「そりゃ、そうよ」

「どうして？」

「どうしてって……。それじゃ、不公平じゃない」

一瞬口ごもったかすみに、朱里が言い募った。

「なにが？　なにが、どう不公平なの？」

「とにかく、学校で決まったことなんだから、ちゃんと守りなさい」

かすみの語気も強くなる。

「それに、もう、英会話スクールが始まる時間でしょう。さっさと準備して出かけなさい。遅刻しても知らないからね」

「だって、スクールで、ルーちゃんに会うんだもの」

「だから、ルーちゃんに、いけないいって説明しなさい」

「ええ、やだぁ」

完全に意地の張り合いだ。日頃仲の良い母娘なだけに、久々の口論で朱里も引っ込みがつかなくなっているのだろう。

「どうしたんだ」

仲裁のつもりで声をかけると、かすみは少しほっとした顔になった。

「お父さんには関係ないから」

ところが朱里はつんと顎を上げ、視線も合わせずにリビングを出ていく。その後ろ姿に、孝雄はやっぱり悄然（しょうぜん）となる。

そのまま「いってきます」も言わずに、朱里は家を出ていった。玄関のバンブーチャイムがからころと鳴った後、扉が閉まる音だけが響いた。

「まったく……」

かすみが肩をすくめる。

「お父さん、朝ご飯トーストでいい？　私と朱里はもうすませちゃったから」

返事を待たずにキッチンに向かうかすみに、孝雄は曖昧に頷（うなず）いた。

リビングのテレビをつけて情報番組を見るともなしに見ながら新聞を読んでいると、かすみがトーストを数枚載せた皿とコーヒーを運んできてくれた。

「さっきのあれ、一体、どうしたんだ」

「それがね……」

すませたと言ったはずなのに、かすみも焼き立てのトーストに手を伸ばす。

「ほら、去年から、あの子の学校で『お誕生会』が禁止になったじゃない」

「ああ」

それならよく覚えている。「お誕生会」を楽しみにしていた朱里が落ち込んでいると聞いたことも、必要以上に張り切ってＤＩＹに手を出した原因の一つだったからだ。

ところが、あるクラスメイトが、今月末、強引に「お誕生会」を開こうとしているという。招かれない子が出るのが問題なら、クラスの全員を招待すると言い出しているらしい。

「随分とまた、強気な子だな」

あきれた孝雄を、かすみが思わせぶりに見やる。

実は〝ルーちゃん〟が中国国籍の子どもだと聞かされ、孝雄はなんとなく納得した。

合理的かつ個人的な考え方をする国外の人たちにとっては、相手の顔色を見ながら、それとなく歩調をそろえようとする日本的な規則の在り方は、単純に理解ができないのかも分からない。

「なにが悪いんだって追及されると、こっちも答えられないし。学校側に説明してもらうしかないと思うけど、なかなか難しいよね」

「そういうことか」

「そういうことなの」

なにが〝そういうこと〟なのかは本当のところははっきりとしなかったが、孝雄もかすみもしばらく無言でトーストを食べた。

今後は日本もますます多国籍化が進む。クラスに外国籍の子どもが多くなれば、誰もが粛々と日本式のルールに従うとは限らないだろう。

多様化（ダイバーシティ）への対応は、最近の人事施策のトレンドの一つでもある。この先、企業が想定していかなくてはならない競争相手は、国内よりも、むしろ国外に多いからだ。

孝雄の職場でも、今年度の新卒内定者に、何名か外国籍の採用者がいる。その筆頭は、やはり中国国籍の学生だ。昨今の中国のエリートは、日本のお坊ちゃんお嬢ちゃんの比ではない。彼らは皆、男性も女性も意志が強そうで、才気走った様子をしていた。

彼らを前にすると、孝雄自身、少なからず身構えた。

「ルーちゃんちって、すごいお金持ちらしいから、クラスの子を全員招待するっていうのも、あながち言葉の綾じゃないかもね」

トーストに苺ジャムを塗りつけ、かすみが呟くように言う。

「それに、ルーちゃんはともかく、お母さんはあんまり日本語が得意じゃないから、保護者会でもどうしても、みんな気を遣っちゃうんだよね」

だったら例外にすればいいんじゃないか、と言いそうになり、孝雄は口をつぐんだ。

彼らを妙に特別視してしまっているようでは、本当のグローバル化は果たせない気がする。

「お父さんって、確か第二外国語は中国語じゃなかったっけ」

ふいにかすみに尋ねられ、孝雄は苦笑した。

「日本の大学の第二外国語なんて、遊びみたいなもんだから」

中国語を選んだのは、同じ漢字を使うなら、フランス語やイタリア語よりは簡単なのではないかと思ったからだ。最初の授業で発音の基本の〝四声〟が出てきた途端、孝雄はあっさりと白旗を揚げた。

「でも、卒業旅行で中国にいったんでしょ」

「いったけどさ……」

それも、単に旅費が安かったからだ。

それに三十年以上前の中国なんて、現在の中国とはまったくの別物だ。北京（ペキン）のような大都会でも日本人が珍しく、街を歩いているだけで、人民服を着た人たちがぞろぞろと後をついてきた。

当時のことを思い返すと、中国の発展の速度の凄まじさに眩暈（めまい）がしそうになる。

今や中国は国内総生産（GDP）でも、遥かに日本を凌（しの）いでいるのだ。

人民服姿の素朴な彼らに取り巻かれていた頃は、たった三十数年でそんな日がくるとは、夢にも思っていなかった。

卒業旅行で孝雄が眼にしたものは、もうほとんど現地に残っていないのだろう。

だが――。

北京から飛行機に乗って、景勝地として有名な雲南（うんなん）省の石林（シーリン）を訪ねたとき、孝雄は忘れられない経験をした。

たまたま通りかかっただけの広場で行われていた宴会に引っ張り込まれ、豪勢なご馳走（ちそう）をたっぷりと振る舞われたのだ。青空の下に屋台を並べて宴会を催していたのは、精緻な銀細工を身につけた少数民族の人たちだった。言葉はまったく通じなかったので、あれがなんの宴会だったのかは未だによく分からない。ただ、全員が満面の笑みを浮かべ、みすぼらしいバックパッカーの自分を熱烈にもてなしてくれた。

なぜ彼らは、言葉も通じない、見ず知らずの外国人の自分に、あんなに親切にしてくれたのだろう。

どれだけ考えても、理由は一つも見つからない。

けれどそのときにご馳走になった、春巻きのような揚げ物や、鶏肉や豚肉の炒め物と一緒に食べた、色鮮やかな赤や黄や紫のもち米の美味しさは、今でも忘れることができない。

過ぎ去りし青春時代の最も美しい記憶の一つだ。

「今って、学校でもいろいろあるのよ。『お誕生会』だけじゃなくて、『二分の一成人式』とか」

かすみの言葉に、孝雄は回想から引き戻される。

最近の小学校では、十歳の小学四年生の時期に、「二分の一成人式」という名目で、親子で感謝の手紙を交換したり、親から子どもへ赤ちゃんのときの写真を送ったりする催しが随分と一般化してきているらしい。

だがそれも、朱里の学校では数年前に廃止されたそうだ。

「成人の年齢なんて、国によって違うだろうしな」

外国国籍の家庭では、日本語の手紙を書けない保護者もいるだろう。

「もちろん、それもあるけど……」

かすみが言葉を濁した。

親子が感謝の手紙を交換できる環境にない場合もあるし、赤ちゃんのときの写真がない場合もあるのだと、かすみはぼそぼそ説明した。

多様化だけではなく、複雑化しているのも、現在の家庭の実情なのだろう。

「『二分の一成人式』なんかは、なくなってくれてよかったと思うのよ。無理やり宿題で書かされた感謝の手紙をもらったって、あんまり嬉しくないし」

苺ジャムを塗ったトーストをきれいに平らげると、かすみはコーヒーカップを手に取った。

「でもね、私は子どもの頃、『お誕生会』って好きだったな」

コーヒーをすすりながら、うっとりとした笑みを浮かべる。

「この日だけは間違いなく自分が主役なんだって思うと、わくわくした。その日に限って、普段は嫌いな子とも仲良く振る舞えちゃうのが不思議だったな」

そういうものなのかと、孝雄は感心した。クラスの女子の間で「お誕生会」が開かれているらしいことは薄々察していたが、男子にそうした習慣はなかった。

それに孝雄は、女子の誕生会に招かれるタイプでもなかった。

「じゃあ、『お誕生会』をきっかけに、普段は気の合わない子とも仲良くなったりするんだ」

しかしそう尋ねると、

「それはない」

と、かすみはきっぱりと首を横に振る。

「その日に限ってって言ったでしょ。仲良くするのは『お誕生会』のときだけ」

「なんだよ。だったら、最初からそりの合わない子なんて呼ばなきゃいいじゃないか」

反論すると、じろりとにらまれた。

「女子のつき合いっていうのは、子どもでもそんなに単純なものじゃないの。住んでる地域とか、クラスの班とか、そういうので呼ばざるを得ない相手だって出てくるのよ。虫か、電車か、肉のことしか考えてない、男子とは違うの」

随分な言い草だが、これ以上の反論はやめておく。

「でもね、主役が決まってるのって、結構気楽なのよ。少なくとも、そこでは張り合う必要がないから」

成程（なるほど）――。

このかすみの言葉には、孝雄も思い当たる節があった。

要するに、立ち位置の問題か。

それは会社でも同じかもしれないと、孝雄は感じた。

もしかしたらそのために、会社には肩書があるのではないだろうか。

「お父さん、午後はどうするの？」

コーヒーを飲み終えると、かすみはさっさと立ち上がった。

「朱里は夕方までジュニア英会話スクールだから、私は買い物ついでに図書館にいくけど」

「それじゃ、俺は……」

言いかけた瞬間、ふと頭の中に携帯ショップの幟が浮かんだ。

ショップのスタッフは、ネットからの予約もできると言っていた。地元のショップなら、これからでも予約できるだろうか。

「ちょっと調べ物をしてから、出かけるよ」

かすみと自分のコーヒーカップを流しに運び、孝雄はパソコンのある書斎へと足を向けた。


翌週、孝雄は寿司の大型チェーン店で遅い昼食を食べていた。会議が長引き、会社を出るのが二時を過ぎてしまったのだ。

サービスランチのネギトロ丼についてくる味噌汁は完全にインスタントの味だったが、飲食店が少ないこの界隈(かいわい)で、夕方五時までランチが食べられるのはありがたい。

店内には、孝雄同様、会社を遅く出てきたサラリーマンと、赤坂から流れてきたらしい外国人観光客たちがいた。背広姿のサラリーマンは皆、つつましくサービスランチの丼を頼み、大きな買い物袋を携えている観光客たちはカウンター席に座り、お好みで寿司を握ってもらっていた。

最近、日本にくる外国人観光客が本当に多くなった。その大半は、中国や韓国をはじめとするアジアからの観光客だが、近隣の彼らが豊かになったという以上に、日本の衛生面や安全性が観光資源になる時代がやってきたということなのだろう。

なにが求められ、なにが売りになるかなんて、分からないものだよな――。

つけ合わせの生姜(しょうが)の甘酢漬けをかじりながら、孝雄はかすみとの会話をぼんやりと思い返す。「役」が決まっているから楽なこともあるという意味のことを、妻は言っていた。

それを自分は立ち位置だと思った。

役割、需要、評価……それらがぐらぐらしていると、立ち位置は定まらない。会社の肩書は、そこに機能しているのではないかとも考えた。

ただ、その肩書が、会社から一歩外に出た途端に無効化される場合もある。

原谷の例だ。

そういう人事は本当はよくない。なのに、孝雄は役員会に言われるがまま、たいした情熱もなく人事を発令してしまっている。

所詮、自分は傀儡(かいらい)部長かと、今更のように不甲斐(ふがい)なくなってくる。

よくよく考えると、己の興味に忠実な平成生まれの若者たちのほうが、ひょっとして汎用(はんよう)性(せい)は高いのだろうか。

どうだかな――。

気楽そうな川端稔の笑顔を思い浮かべ、孝雄は生姜を飲み込んだ。喉の奥に、独特の芳香と熱が生まれる。

あそこまで他人の評価を気にしないのもどうかと思う。

いい大人になっても、己の立ち位置を探すのは難しい。

需要を量り、適切な役割を果たすことも。

未だにまとまらない人事異動表が脳裏をよぎり、孝雄は気分が重くなった。

肝心の機構改革などには意見を言えず、日々追われるのは、細かい調定ばかりだ。

あきらめ気分で、すっかりぬるくなったお茶を飲んでいると、ふいに、胸ポケットに振動が走った。湯呑を置き、まだ手に馴染まない長方形の板を取り出してみる。

先週末、孝雄はついに「ガラケー」から、スマートフォンに切り替えた。

地元の携帯ショップは都心ほど殺伐とした感じもなく、説明慣れした女性スタッフの言いなりに、孝雄は最新型の機種を購入した。

〝なにかご不明な点はございますか〟

購入直後に朗らかに声をかけられたが、その時点では、特に思い浮かぶこともなかった。

そして、今。

孝雄は久々に、「なにが分からないのか分からない」という状況に陥っている。

今まで通り、連絡機能さえあれば問題はないのだが、スマートフォンはなにかとこうして振動する。そのたびにロックを解除すると、画面の上を奇妙な四角いキャラクターが跋扈しているのだ。

購入の際は、説明の意図もたいして理解できず、気がつくと、女性スタッフに言われるがまま、いろいろなパックを契約してしまっていた。

そのせいなのか、奇妙なキャラクターは、四六時中、刻々とインフォメーションを告げてくる。その内容は、どこにあるのかも分からないスーパーの特売チラシだとか、「今日はタロジロの日です」「今日は半襟の日です」だとかいう、反応に困るものばかりだ。

やり過ごすにしても、こうも頻繁に振動されるのは煩わしい。しかも、送られてくるメッセージを開かないと、いつまでもメンションが画面に残り続けて、更にうっとうしい。

こんなものを、本当に全員が必要としているんだろうか。

孝雄は、携帯ショップの丸椅子に座っていた高齢者たちの姿を思い出した。自分を含めて、あの人たちが、これを使いこなせるとは想像しづらい。それでいて、女性スタッフが見積もった月額使用料は、「ガラケー」の三倍以上の値段だった。

急に騙されたような気分が込み上げ、孝雄はピコピコと動いているキャラクターをにらみつけた。

「お疲れさまです」

ふいに頭上から声をかけられ、孝雄はスマートフォンを取り落としそうになる。

顔を上げると、黒縁の眼鏡をかけた整った顔立ちの若手社員が、こちらを見下ろしていた。

広崎健吾――。社の花形雑誌「メイリー」編集部唯一の男性編集部員。

そして、昨年末、電車の中でいきなり「異動させてほしい」と詰め寄ってきた張本人でもあった。

「あ……、広崎君、昼、これからなんだ」

「ええ、原稿待ってたら、出そびれちゃって」

さっさと違うテーブルへ向かうかと思いきや、意外にも健吾は近くの席に腰を下ろした。

「広崎君、その後、どうかな」

人事に関してなにか言いたいことがあるのだろうと半ば身構えながら尋ねると、健吾は一瞬、訳が分からないような表情を浮かべた。

「なにがですか」

「え？　ほら、異動したいとかって言ってたじゃないか」

「ああ……」

ようやく思い当たったように、健吾は少し首を傾げる。

「まあ、今のところ、なんとかやれそうですかね」

他人事（ひとごと）のようにあっさりと告げられ、孝雄は拍子抜けした。

昨年は、随分と切羽詰まった様子でいたのに――。

最近の若者は、本当になにを考えているのかよく分からない。

「部長、スマホに替えたんですね」

孝雄の戸惑いをよそに、健吾が淡々と告げてくる。

「え、ああ、よく気づいたね」

案外よく見ているのだと驚きながら、孝雄はスマートフォンを持ち直した。

「今どき、ガラケーとか珍しかったから」

そういえば、電車内で声をかけられたとき、自分はガラケーでメールチェックをしていたかもしれない。

「週末に替えたばかりだから、なんだか訳が分からなくてさ」

「新機種なら、扱いなんて簡単ですよ」

健吾の醒めた口調に、孝雄は再び、有給休暇の消化に入っている稔のことを思い出した。

デジタル管理部門の稔は、ＩＴに弱い孝雄をはじめとするオジサン社員たちの面倒をよく見てくれた。

稔ならスマートフォンの使い方も、きっと、店舗スタッフ以上の丁寧さで分かりやすく教えてくれたことだろう。

「なにが分からないんですか」

画面を凝視していると、ふいに健吾が身を乗り出してきた。

「ああ、これなんだけどさ」

孝雄は画面を跋扈しているキャラクターを指さす。

「これは一体なにかね」

「ＡＩですよ」

ＡＩ――。

なんでもないように言い放たれた言葉に、孝雄は一瞬きょとんとする。

「新機種だと、デフォルトで入ってるんでしょうね。毎日話しかけてると、学習して、利口になりますよ」

話しかける。学習する。利口になる。

どれも現実味が湧かなかった。

「新規契約のときに、音声登録とかしませんでしたか」

したような、しなかったような……。

言われるがままに、いろいろな書類にサインをしたり、パスワードを打ち込んだりしたが、それがなんのためのものなのかは、ほとんど理解できていなかった。

「とりあえず、一か月は無料で使えるはずですから、その間だけ使ったらいいじゃないですか。ここをタップして話しかければ音声反応しますから」

マイクのアイコンがついた部分を、健吾が指さした。

「話しかければ、これが答えるのかね」

半信半疑の孝雄に、健吾は至極当然といった様子で頷く。それでも孝雄がぼんやりしていると、健吾は近くを通りかかった店員を呼びとめて注文を始めた。

「お下げしてよろしいですか」

健吾の注文を取った店員からついでに声をかけられ、ハッと我に返る。

そろそろ社に戻らなければならない時間だった。

「それじゃあ、お先に失礼するよ。広崎君、ありがとう」

スマートフォンを胸ポケットにしまい、孝雄は立ち上がった。健吾は軽く会釈すると、自分のスマートフォンを取り出して、イヤホンを耳につけている。

会計をしながら振り向けば、健吾がイヤホンを耳にしたまま、文庫本を読んでいるのが眼に入った。もう、すっかり自分の世界に入り込んでいる様子だった。

それでも、あの健吾が仕事以外のことで、他部署のオジサンとこんなに話をするとは思わなかった。

若手と言っても、健吾ももう三十のはずだ。彼は彼なりに、少しずつ変わってきているのかもしれない。

会計を終え、孝雄は急ぎ足で店の外に出た。

「ただいま」

その晩、家に帰ると、風呂場から朱里の鼻歌が聞こえてきた。随分と機嫌が良さそうだ。

背広を脱ぎ、部屋着に着替えてからリビングに入る。

「朱里のやつ、ご機嫌だな」

かすみが味噌汁を温め直してくれるのを待ちながら、孝雄は風呂場のほうをうかがった。今日は比較的早く帰れたのだが、平日、小学生の娘と一緒に夕食の席に着ける日は、一年のうちで数えるほどしかない。毎晩、二度夕食を用意するかすみの手間も、相当なものだと思う。

スローガンばかりが声高な日本の働き方改革の実態は、往々にしてこんなものだ。

「なんかねぇ、今日、ホームルームでルーちゃんが先生を説得したんだって」

温め直した味噌汁やおかずをテーブルに並べながら、「少しだけ」と前置きして、かすみも一緒に箸を取る。妻がなかなか痩せられないのも、働き方改革に実情が伴っていないせいかもしれなかった。

肉じゃがを突(つつ)きながら、かすみが説明してくれたところによると、ルーちゃんはホームルームで、「皆を招待したいのは、習慣の違う自分をこれまでいろいろと助けてもらったお礼」だとしっかり発言し、「お誕生会」ではなく、「旧正月のパーティー」ではどうかと提案したのだそうだ。

そういえば、もうすぐ旧正月だ。

「へえ、考えたもんだな……」

「でしょう？　それで、先生も納得したらしいの。旧正月の習慣の勉強にもなるしね」

アジアでは、元日よりも、旧正月を正月とするところが多い。中国では、旧正月を春節と呼び、毎年、切り紙を作ったり、その地方ならではのご馳走を作ったりして盛大に祝われる。

「それで、朱里はご馳走が楽しみで浮かれてるわけか」

「ご馳走もそうだろうけど、あの子、ルーちゃんが大好きみたいよ」

かすみの言葉に、孝雄は中国国籍の新卒内定者の面々を思い浮かべた。

母国とは違う環境でサバイブしている華僑には、確かにちょっとしたカリスマ性のようなものがある。平凡な家庭で育てられた朱里は、もしかしたら、ルーちゃんのそういう強さに憧れているのかもしれない。

夕食を終えてから、孝雄は書斎に入った。書斎と言っても、半分は物置になっている狭い部屋だ。ふいに部屋のどこかから、振動音が響く。

デスクに置いておいたスマートフォンが、またしてもたいして役に立たないインフォメーションを告げているようだ。孝雄はそれを手に取りロックを解除した。

画面では、AIがピコピコと躍っている。

これに話しかけると、答えるって？

半信半疑のまま、孝雄は健吾が指し示したマイクのマークのアイコンをタップして口元を寄せた。

「明日の天気を教えてください」

するとＡＩのキャラクターは、一瞬「……」と考える吹き出しを出した後、おもむろに語り始めた。

「アスノテンキハ　クモリノチアメ　デス　カサ　ガ　ヒツヨウ　デス」

おお――！

孝雄は感嘆する。

いかにもＡＩらしい、機械的で甲高い声だった。

本当に意思疎通ができるのだろうか。

「特売チラシはもういりません」

通知の押し売りをやめさせようと囁いたのだが、なにを思ったか、ＡＩは次々にチラシのインフォメーションを画面に出し始めた。どうやら、〝チラシ〟という単語のみに反応しているらしい。

最初こそ驚いたが、いろいろ試してみた結果、孝雄は早くも一つの結論にたどり着きそうになる。

これは、結局、検索画面につないでいるだけだ。だったら、自分で検索したほうが早いんじゃないだろうか……。

そのほうが正確だし。

「ナニカ、ゴヨウデスカ」

孝雄の指が触れたのか、ＡＩがぎこちなく問いかけてくる。

しばし考えた後、孝雄は一番聞きたい質問をしてみた。

「あなたをどう使うのが正解ですか」

すると、ＡＩは再び「……」という吹き出しを出した後、突如ブラウザに検索画面を出してみせた。勇んで画面を覗き込み、孝雄は脱力する。

そこには、小坂明子（こさかあきこ）が歌った一昔前の流行歌「あなた」の歌詞がずらずらと表示されていた。

〝これじゃなぁあああぃ〟

朱里の恨めしげな声が頭をよぎる。

初めて娘の気持ちが本当に分かった気がした。


二月に入ると、暖かかった一月とは一変し、冬らしい寒さの日が続いた。

その週末、孝雄は新卒内定者への説明会で、朝から休日出勤をしていた。早朝から降り出した雨は、午後には霙（みぞれ）へと変わっていた。

半日かけて行われた説明会には、内定者の全員が参加した。昨年は、一人だけ内定辞退を申し出た学生がいたが、今年はそうしたこともなく、全員が無事に入社をする運びとなりそうだ。この先研修を経て、いよいよ彼らの配属先を決めなければならない。

孝雄は白い息を吐きながら、家路を急いだ。

霙交じりの北風が吹きつけ、身体が芯まで冷えてくる。一刻も早く、暖房のきいた部屋の中に入りたかった。

「ただいま」

ようやく家にたどり着き、玄関の扉をあけると、リビングから明るい笑い声が響いてきた。三和土に見慣れない赤い子ども靴がある。どうやら、朱里の友達が遊びにきているらしかった。

「お父さん、お帰りなさい！」

朗らかな笑みを浮かべ、朱里が廊下に飛び出してくる。

「あ、ああ、ただいま……」

どういう風の吹き回しかと、孝雄は少々たじろいだ。昨年の誕生日以来、ずっととげとげしい態度を取っていた朱里が、こんなふうに出迎えにくるのは、本当に久しぶりだった。

「お父さん、早く、早く」

おまけに手まで引いて、リビングに招き入れようとする。

「今ね、ルーちゃんが遊びにきてるの」

それで、こんなに機嫌がよいのか。

旧正月のパーティーのお礼に、今度は朱里がルーちゃんを家に招待したのだという。

「お父さんにも、ルーちゃんを紹介するから」

「そうか。旧正月のパーティーは楽しかったのか」

手を引かれながら尋ねると、朱里は弾むように頷いた。

「すっごく楽しかった！　いろんな色の綺麗なおこわが出たんだよ」

「え？」

一瞬、孝雄の脳裏を鮮やかによぎるものがある。

リビングに入り、孝雄はハッと息を呑んだ。

かすみと一緒に、朱里くらいの背格好の少女が、孝雄の作ったドールハウスで遊んでいる。

「お父さん、友達のルーちゃんだよ」

朱里の声に、少女がくるりと振り返る。

中国国籍と聞いて、漢民族だとばかり思っていたが。

明るい眼差しでこちらを見ている少女は、精緻な銀細工の大きな耳飾りをつけていた。

「こんにちは！」

少女がぺこりと頭を下げる。

「こ、こんにちは」

一瞬躊躇したが、孝雄は思い切って聞いてみた。

「おじさんは、昔、中国の南で君とよく似た耳飾りの人たちに会ったことがあるんだが……」

孝雄が問わんとすることを察し、ルーちゃんが大きく頷く。

「はい。私は、ミャオ族です」

ルーちゃんこと蕭海璐（シャオハイルー）は、主に中国の華南（かなん）地方で暮らす少数民族の少女だった。

「これ、朱里ちゃんのお父さんが作ったんですよね？」

海璐は瞳をきらきらと輝かせ、孝雄の手製のドールハウスを手に取る。

「朱里ちゃんのお父さん、本当にすごいです。全部手作り。世界でただ一つ」

古いトランクの中にしつらえた、貝殻を背もたれにした椅子や研磨された石を使ったテーブル等を、海璐は心から感心した様子で眺めた。

「こんなにすてきなドールハウス、私、見たことがありません」

きっぱりと言い切るルーちゃんを前に、朱里も嬉しそうに頬を染めている。

なんだ、単純だな……。

これじゃないと、あんなに不貞腐（ふてくさ）れていたくせに。

憧れの友達に褒められて、すっかり気を良くしたということか。

「私、朱里ちゃんのお父さんを尊敬します」

けれど、海璐に真っ直ぐな眼差しでそんなふうに言われると、孝雄も悪い気はしなかった。

「お父さん、寒かったでしょ。今、お茶を淹れるから」

かすみが濡れたコートを受け取って、リビングを出ていく。

「朱里ちゃんのお父さんは、中国にきたことがあるんですか」

ドールハウスを愛でるように撫でながら、今度は海璐が尋ねてきた。

「もう、随分昔のことだけどね」

ソファに腰を掛け、孝雄は長年気になっていたことを切り出してみる。

「ルーちゃん、一つ聞いてもいいかな」

「なんでしょうか」

「おじさんは、昔、雲南省の石林で、君たちミャオ族からお祝いのご馳走を振る舞ってもらったことがあるんだけどね……」

どうして彼らは、言葉も通じない、見ず知らずのみすぼらしいバックパッカーに、あんなに親切にしてくれたのだろう。

「それは、私たちミャオ族からすれば当然のことです」

積年の疑問に、海璐はあっさりと答えた。

「私たちは、嬉しいことは、できるだけ多くの人たちと分け合うようにと、おじいちゃんやおばあちゃんや、お父さんやお母さんから、ずっと教わってきています」

分け合えば分け合うほど、その先の幸いが大きくなっていく。

昔は、祝い事があると村の目抜き通りにずらりと卓を並べ、通りかかる人たち全員を招き、いつ終わるとも知れぬ盛大な宴会を開くこともあったのだそうだ。

「それが、私たち、ミャオ族の伝統です」

海璐が誇らしげに胸を張る。

そうだったのか——。

満面の笑みを浮かべた人たちが、自分を歓待してくれた理由がようやく分かった。

それから、もう一つ。

ただ強引だったわけではない。

ルーちゃんが、どうしても「お誕生会」を開きたかったのは、そういう理由もあったのだ。

日本的な規則にめげず、ホームルームで自らの思いをきちんと説明したルーちゃんは偉い。

話し合いの手間を省き、「そういうこと」と、曖昧な忖度(そんたく)をしていたのでは、多様性の中の見えない壁はどんどん高くなるばかりに違いない。

彼らの幸いの御裾分けは、三十年以上たった今も、孝雄の忘れ得ぬ良き思い出になっている。

きっと娘にとっても。

眼が合うと、朱里は少しだけきまり悪そうに視線を泳がせた。

「……お父さん、ごめんね」

聞き取れないほど小さな声で囁くと、朱里は孝雄から離れて海璐の傍(そば)に飛んでいく。

「ねえ、ルーちゃん、私の部屋で遊ぼう」

ドールハウスを手に、二人はさざめくように笑い合いながら、リビングを出ていった。

入れ違いに、かすみがお茶を淹れてきてくれる。

「ルーちゃん、お母さんにはおばちゃんから連絡しておくから、今日は夕飯を食べていってね」

子ども部屋に向かう二人に声をかけてから、かすみがソファに腰を下ろした。

「はい、お茶」

温かな湯呑を手に、孝雄は一つ息をつく。

「朱里のやつ、結構単純だな」

ネクタイを緩めていると、かすみが小さく苦笑した。

「それだけじゃないのよ」

自分もお茶を飲みながら、かすみがソファにもたれる。

「あの子ね、軽いいじめに遭(あ)ってたみたい」

「え？」

孝雄は思わず手をとめた。

「なんか、普段は仲が良い子たちと、ちょっとしたことでこじれたみたいでね。朱里のうちには皆が持ってるドールハウスもないし、面白くないから、遊びにいくなって、吹聴する子がいたんだって」

「そんなことで……」

「もちろん、ドールハウスなんて単なる言いがかりよ。でも、朱里は思い詰めたんでしょうね」

だからあんなに流行りのドールハウスにこだわっていたのか。

「でもね」

かすみが、横目で孝雄を見る。

「そんなことを言うのはおかしいって、ルーちゃんが、皆の前ではっきり言ってくれたんだって」

華人向けの観光業を営む蕭海璐の家は驚くほど裕福で、海璐自身も、スポーツ万能且つ成績もトップクラスの優等生なのだそうだ。

海璐は家の事業をもっと大きくするため、日本語だけではなく、英語の習得にも、誰よりも真剣に取り組んでいるという。いずれは両親の出身の村に、世界に通用する高級リゾートを造りたいらしい。

「すごいよね。あんなに小さいのに、もう自分の夢をはっきり持って、実現に向けてどんどん動いているんだもの」

しっかり者のルーちゃんに正面からたしなめられて、つまらない意地悪をしていた子もさすがにきまりが悪くなったのだろう。

「朱里が自分から私に話してくれたってことは、もう、終わったってことなんだと思うよ」

クラスの全員がルーちゃんの豪邸に招かれ、たっぷりとご馳走を振る舞われ、心ゆくまで一緒に遊んだ。そこでわだかまりも、本当に消えてなくなってしまったらしい。

ご馳走の中には、孝雄が石林（シーリン）で食べた、赤や黄色や紫色のもち米で作った美しいおこわもあったようだ。

「子どもっていっても、いろいろあるから。でも、親はなかなか気づけないものね」

湯呑を手に、かすみが遠くを見るような眼差しになる。

子ども部屋からは、朱里と海璐の楽しそうな笑い声が響いてきた。

「ま、ルーちゃんがいてくれてよかったよ。私のときの『お誕生会』の仲良しはその場限りだったけど、スケールが大きいと、効果も変わるみたい。今日、初めていろいろ話してみたけど、ルーちゃんて、本当に明るくて利発な子。朱里でなくても憧れちゃうわよ」

お茶を飲み終え、かすみは立ち上がった。

「さて、私も久々に、今夜は腕を振るっちゃおうかな」

鼻歌を歌いながら、キッチンへ向かう。

一人リビングに残された孝雄は、湯呑を手に、改めてソファに身を沈めた。

蕭海璐の立ち位置の確かさに、誰もが感服するのだろう。

しかし、生まれながらに少数民族というマイノリティーのアイデンティティーを背負っている少女の健気なひたむきさに、孝雄は微かな同情も覚えた。

ある意味、似通った背景の中で育ってきた甘ったれの自分たちは、いい大人になっても迷ってばかりだ。

役割、需要、評価——。人の意見や世の中の評判に惑わされて、足元はぐらぐら揺れる。

どうせ人の意見に流されるなら、しっかりと自分の足で立とうとしているルーちゃんを選んだ朱里は正解かもしれない。そうやって、憧れの人を真似て学びながら、少しずつ自分の意見を持てるように成長していくのだろう。

けれどルーちゃんの真っ直ぐな正義感もまた、危ういものだ。

人は突出したものに憧れるかたわら、同時にそれを叩きもする。特にその対象が少数派だったり特異性を帯びたりしている場合、憧れは簡単に偏見に変わる。

能力がありながらも、結局は煙たがられて組織を去っていった人の後ろ姿を、孝雄はなす術もなく何人も見てきた。

万一、ルーちゃんが窮地に陥ったとき、今度は傍で支えてあげられる存在に、朱里がなってくれたらいい。

お父さんも負けていられないよな。

今後の人事に、孝雄はもう少し自分なりの意見を持って積極的に取り組んでいきたいと、ようやく改めて考える。優秀な人材を買い叩こうとする会社の経営陣から煙たがられる結果になったとしてもだ。

きっと、遅すぎるということはないだろう。

ふと胸元に振動が走る。

ポケットからスマートフォンを取り出せば、またしてもＡＩが得意そうに「今日は郵便マークの日です」と告げてきていた。「だからなんだ」と言いたくなる。

まるで、なにをしていいのか分からないまま、むやみに張り切る新人みたいだ。

でも、自分の心のありようを探り、立ち位置を定め、はたからの需要に応えるというのは、本当に難しい。

「お前も大変だよな」

囁くとＡＩは「……」としばし考え込んだ後、機械的な声でおもむろに答えた。

「スミマセン　ナンノコトダカ　ワカリマセン」

あの日から、この日から

今年の暖冬は異常だ。

まだ二月の半ばだというのに日中は十五度を超える日が続き、花粉が猛威を振るい始めている。マスクをしていても、眼のかゆみと鼻水がとまらない。うっかりすると、頭がぼんやりしてしまいそうだ。

しかし、朝のこの時間に、気を抜くことなど絶対に許されない。

電動アシストつき自転車を車道に出しながら、遠野多香美は声を張り上げた。

「桐人、ヘルメット、ちゃんと被って。桂人、道路に飛び出したら駄目だからね」

言っている先から、二人の男児がじゃれ合いながら、あらぬ方向へ走っていこうとする。

「ちょっと……！」

慌てて後を追いかけようとした拍子に、片手で支えていた自転車がバランスを崩した。

バターン！

すさまじい音が響く。自転車をひっくり返したのは、今年に入って二度目だ。十万円以上する自転車が今度こそ壊れたのではないかと、多香美の心臓がひゅっと縮む。

「お母さん、大丈夫？」

「自転車、倒れたよ」

けれど、おかげで、子兎のように跳ね回っていた二人が自分の傍に戻ってきてくれた。

「二人が勝手にどっかいこうとするから、お母さん、自転車倒しちゃったでしょう？　ちゃんとじっとしててよね」

注意しつつ、多香美は自転車を起こす。電動アシストの入力スイッチを押すと、赤いランプが点灯した。

よかった——。

多香美は胸を撫で下ろす。この自転車が壊れてしまったら、毎朝どうやって二人を幼稚園まで送り届けたらよいのか分からない。縦横無尽に駆け回る彼らを、徒歩で従えるのは至難の業だ。

「お母さん、自転車壊れてない？」

桐人が少し申し訳なさそうに、見上げてくる。対して桂人のほうは、路地を横切る野良猫に気を取られていた。

桐人と桂人は、もうすぐ五歳になる二卵性双生児だ。

前後に装着したチャイルドシートが破損していないことを確かめながら、多香美は一つ息をつく。三十三歳で妊娠したとき、確かに、どうせならもう一人子どもが欲しいと思った。

しかし、初めての子育てが、まさか二人いっぺんになるとは想像してもいなかった。

　お腹の中の子どもが双子だと分かった瞬間から、妊婦は多くの選択肢を奪われる。双子以上を分娩できる設備を持つ、周産期母子医療センターとして認定されている病院が限られているため、食事や内装にこだわった、今どきのお洒落なクリニックでの出産はまず望めない。分娩方法も大抵は帝王切開で、単胎児出産のように無痛分娩、和痛分娩、水中分娩等の多様な方法からは選べない。

　多香美の場合は、胎児の頭が正常に下を向いていたため、結局二人とも自然分娩で出産したが、それはまた後の話だ。

　二卵性双生児は一卵性と違って、顔も性格もそれほど似ていない。

　双子を産んだという実感があったのは三歳までで、現在は年子の男児を同時期に育てているような感覚だった。

「二人とも、もういくよ。早くしないと、遅刻しちゃうからね」

　スタンドを立て、まずは桐人を抱き上げる。

「ねえ！　また、僕が前？」

　前方のチャイルドシートに座らせようとした途端、すかさず桐人から抗議の声があがった。

「僕のほうが、お兄ちゃんなんだからねっ」

　チャイルドシートは基本、前方が年少用、後方が年長用とされていて、子どもたちもそれを理解しているのだ。

以前は交互に座らせていたのだが、最近、弟の桂人は背も体重も兄の桐人を追い越して、十七キロ近くになっている。十五キロ以下が推奨されている前方のシートに座らせるわけにはいかなかった。

「だって、俺のほうが大きいもん、大きいほうがお兄ちゃんだね」

桂人が得意げに胸を張る。なんの影響なのかは知らないが、近頃、桂人の一人称は〝僕〟から〝俺〟に変わっていた。

「やーい、桐人の、赤ちゃんシートォ」

よせばいいのに、桂人が余計な挑発に出る。

「嫌だっ！　僕ばっかり、前、嫌だっ」

桐人が顔を真っ赤にして駄々をこね始めた。こうなると、手がつけられない。

「いい加減に、しなさいっ！」

ついに多香美は金切り声を張り上げた。

「毎朝、毎朝、つまんないことで喧嘩しないで。そんなんじゃ、二人とも、いつまで経っても赤ちゃんだよっ」

不貞腐れる桐人を無理やり前に向かせ、桂人を後方のシートに座らせる。

「来月には二人とも五歳なんだからね。五歳って言ったら、二人ともお兄ちゃんだよ。なのに、そんな赤ちゃんみたいなことばかり言ってるなら、もうお誕生会はしないからね」

「えーっ」「そんなの、ヤダァ！」

にらみつけると、前と後ろから一斉に悲鳴があがる。

五歳の誕生日に、大好きなテーマパークで誕生会をすることを、桐人も桂人も楽しみにしているのだ。

「それじゃあ、二人ともお兄ちゃんらしくしなさい」

二人のシートベルトをしっかり締めて、多香美は自転車にまたがった。

前後に男児を乗せた自転車はずしりと重い。電動アシストつきとはいえ、最初の一漕ぎは、いつもバランスを取るのが大変だった。

多香美が懸命に自転車を漕いでいる間にも、桐人と桂人は、まだ懲りずになにかと言い合いをしている。大抵は、弟の桂人が兄の桐人にちょっかいを出し、小競り合いが始まるのだ。

「やめなさいっ」「動かないのっ」「危ないでしょっ」「静かにしなさいっ」

幼稚園にたどり着くまで、何回同じ言葉を繰り返したか分からない。

たった七、八分の道程で、多香美の声は毎朝すっかり嗄れ果ててしまう。ただでさえマスクをしていて息苦しいのに、これでは酸欠を起こしそうだ。

まさか自分がこんなに怒鳴ってばかりいる母親になろうとは、出産前は思ってもみなかった。

涙と鼻水をこらえながら重たいペダルを漕ぎ続け、ようやく幼稚園にたどり着いた頃にはへとへとになっていた。

保育所機能も持つこの幼稚園には、双子が一歳になったときからずっとお世話になっている。幼稚園の前には、大きな巻貝の形をした滑り台がシンボルの公園があり、桂人はこの滑り台が大好きだった。幼稚園で突然桂人の姿が見当たらなくなり、先生が散々探し回ったところ、公園の巻貝の中で幸せそうに眠っているのを発見したことまであったという。

〝お兄ちゃんの桐人君が、一緒に探して見つけてくれたんですよ〟

先生からこの話を聞かされたとき、申し訳ないやら、心配やらで、多香美は真っ青になった。

「勝手に一人で公園にいっちゃ駄目」と、きつく言い含めても、当の桂人は「なんで」とけろりとしている。「なにかあったらどうするの」と続ければ、「なにかってなに」と口答えしてくる始末だった。

兄の桐人は比較的大人しいが、弟の桂人は奔放すぎて先が思いやられる。

巻貝公園には季節の花々が植えられていて、今は梅の花が満開に咲きこぼれていた。紅白の梅の木の傍で、既に子どもたちを送り届けた母親たちが立ち話をしている。その様子に、多香美は微かに眉根を寄せた。

よくあんな時間があるものだ。共働きの自分には、とても考えられない。

専業主婦の母親たちは子どもを幼稚園に預けた後、いつもああして群れを成して、公園で延々立ち話をしている。その流れでファミレスにいって、ランチをすることもあるようだ。

そこで盛んに交わされているであろう噂話に思いを巡らせると、我知らず眉間（みけん）のしわが深くなった。

「はい、着いたよー」

気を取り直し、前後のチャイルドシートから双子を降ろす。

地面に足をつけた二人は、指で作ったピストルで「バキュン」「バキュン」と撃ち合いをしながら、早速幼稚園の庭に向かって駆け出した。

「お母さん、またね」

「お母さん、お仕事頑張ってね」

途中で振り返り、満面の笑みで手を振る。

「いってらっしゃい」

手を振り返せば、再びきゃあきゃあと歓声をあげて駆けていった。ただの親バカだろうが、こういうときは、やはり世界一可愛い男の子たちだと思う。

さて、自分も出勤しなければ。

駅に向かって自転車を反転させた瞬間、梅の木の傍で長話をしていた母親たちと眼が合った。

「おはよう、今日、花粉すごいよねー」

中心にいた四十代の母親が、明るい声をかけてくる。

「おはようございます、本当に、すごいですねー」

多香美もできるだけ愛想よく頭を下げた。

「いっつも、双子ちゃん、大変だね」

怒鳴り散らしながら自転車を漕いでいたところを、ずっと見られていたのだろう。彼女を取り巻く母親たちも、皆、くすくすと笑っている。

「もう、慣れてますから。それじゃ、また」

短く告げて、多香美は自転車のペダルを踏んだ。できるだけ早く、この場を立ち去りたい。

スピードを上げて自転車を漕ぎながらも、彼女たちの視線が背中に張りついているようで、多香美は気分が悪かった。

〝やっぱり、不妊治療したの？〟

双子の母親だと知られた途端、開口一番にそう尋ねられた。

〝最近、多いんだよね、それで双子産む人。ほら、田中さんのところもそうだし……〟

女の子の二卵性双生児の母親のことを、まるで後ろ指でもさすかのように持ち出され、多香美は一気に不快になった。

実際、多香美に不妊治療の経験はなかったが、そんな個人的なことを突っ込んで聞いてくる〝ママ友〟たちがいっぺんで嫌いになった。

不妊治療で子どもを産んでいたら、一体、なんだというのだ。だけど、それ以来、田中さんと顔を合わせるたび、「ああ、この人は不妊治療で双子を授かったんだ」と考えてしまう。そして、自分は違う、とどこかで密かに感じている己のことが、〝ママ友〟以上に嫌だった。

なんで、皆、こんなに他人のことばかり気にしているんだろう——。

そう思った瞬間、困ったような表情でこちらを見ている郷里の母、清美の顔が脳裏に浮かんだ。

すべてを振り切るように、多香美はスピードを上げたまま角を曲がった。

駅の駐輪場に自転車を停めると、多香美は大急ぎで電車に飛び乗った。多香美が勤務するマーケティング会社は始業時間が比較的遅いので助かっているが、それでも電車はすし詰め状態で、会社に到着したときには疲労困憊だった。

しかし、そんなことは言っていられない。定時に退社するためには、出社直後からフルスロットで業務に当たらなければ追いつかない。

席に着くなり、顧客から寄せられたデータの仕分けと入力作業に没頭し、気づいたときには、午後一時になっていた。

「お昼休憩に入ります」

かつては後輩だった男性主任に一声告げてから、多香美は通勤途中に買ってきたコンビニ弁当を持って会議室に向かった。昼の間、打ち合わせの入っていない会議室は、社員が弁当を食べるために開放されている。

時間が少し遅いせいか、部屋の中には誰もいなかった。

多香美は解放された気分で、クッションのきいた椅子に座る。この会社にある設備はほとんどリースだが、会議室の椅子は、なぜか個人のデスクにあるものよりも上等だった。

海苔弁(のりべん)のプラスチックパックをあけながら、多香美は窓の外に眼をやる。午後になって急にどんよりとし始めた空の下、雑居ビルだらけの殺風景な眺めが広がっていた。新卒入社した頃、会社の住所が新宿区であることに、多香美は驚いた。最寄り駅は飯田橋(いいだばし)だったからだ。

新宿と飯田橋では、電車に乗ると随分と距離があるように感じられる。

大学進学のために上京してから、郷里での日々より都会暮らしのほうが長くなったのに、未(いま)だに東京の地理はよく分からない。もっとも故郷の行政区域も、合併や統合で、慣れ親しんだ町の名がどんどん消えていく。

ずっと帰っていない郷里のことを思い出すと、胸の奥が重くなった。

窓から眼をそらし、多香美は海苔弁の冷えたご飯を口に運ぶ。独身時代は同僚と連れ立って神楽坂(かぐらざか)までランチを食べにいったりしていたが、現在は、精神的にも経済的にもそんな余裕はなかった。

初めての子育てが二人同時なのだ。子どもが一人だって大変なのに、それが二倍どころか、実際には三倍にも四倍にもなってやってくる。夫の昭夫は常に仕事で家にいないため、ほとんど戦力にならない。そうなると、家電に頼る以外に方法がなかった。子どもが生まれて以来、夫のボーナスは、有無を言わさず食器洗い機や衣類乾燥機等の家電の購入に充てている。子どものものはなにもかも二人分用意しなければならない。服、靴、玩具、おやつ、文房具……。

なによりも大変なのが、子どもの健康状態を守ることだ。基本、子どもの医療費は無料だが、幼い子どもは、とにかくありとあらゆる感染症にかかる。アデノウイルス、手足口病、感染性胃腸炎、とびひ、溶連菌感染症、インフルエンザ……。一人が罹れば、時間差で、必ずもう一人も発症する。そのたび、会社を早退したり、休んだりして病身の子を抱え、病院へひた走る。

子どもの病気は、親にとっても、精神的、肉体的負担が尋常でない。

共働きの友人たちは、子どもが病気のときは実家の母親に頼るというが、多香美にはそれもできなかった。郷里が遠いということもある。

それ以上に、気持ちが遠い――。

いつの間にかとまってしまっていた箸を動かし、多香美は竹輪のてんぷらを口に運んだ。

もちろん、桐人と桂人の母親になったことに、後悔は一つもない。どれだけ手こずらされようが、双子はこの世で一番の宝物だ。

　でも……。

　竹輪を咀嚼しながら、多香美はふと腑に落ちない気分に襲われる。いつもは心の奥に封じ込めているが、それは時折、不意打ちのように胸に広がる。

　夫の昭夫は当たり前のように同じ仕事を続けているのに、どうして自分だけがキャリアを手放さなければならなかったのだろう。

　妊娠する以前は、多香美もマーケティング部門のプランナーとして、精力的に働いていた。飲食店の開発と運営を行う持株会社で働く昭夫と知り合ったのは、昭夫が担当していた飲食店のセミナーのプランニングを、多香美が担当したのがきっかけだ。

　だが、産休を取っている間に、そのポジションには戻れなくなった。戻れたところで、今の状況では残業必至のプランナー職は到底務まらない。分かっているから、かつては後輩だった男性社員の下で、アシスト業務に甘んじるしかなかった。

　深く考えれば、歯嚙みしたくなるような悔しさが込み上げる。

　どんなに子どもが可愛くても、やはり、それとこれとは別の問題だと思うのだ。

　子育ての制度は整ってきているのかもしれないが、母親であればすべてを犠牲にして子どもに尽くすのが当然で、その自己犠牲こそが女性の最も美しい幸福であるとする根深い〝母性信仰〟がある限り、きっと世の中は変わらない。

大体、妊娠と出産だけで、女は充分に自分を犠牲にしているのに……。

多香美の脳裏に、双子を出産するまでの顚末が浮かんだ。

通常の妊娠では十か月で出産となるが、二人分の胎児をお腹に抱える双子の場合は八か月くらいで切迫早産になることが多い。多香美も妊娠三十週で切迫早産と診断され、その日から、子宮の収縮を抑える子宮収縮抑制薬の点滴を二十四時間外せない、ほぼ寝たきりの入院生活が始まった。

ここから胎児へのリスクの少ない出産期まで、約二か月弱を点滴と破水止めでもたせなければならないのだ。点滴を抜けないので一人で着替えもできず、なにをするにも助産師さんに頼らなければならない毎日だった。

唯一トイレだけは一人で行くことを許されたが、大きなお腹を抱えて便座に座ると、今にも胎児が出てきてしまうのではないかと毎回極度に不安になった。

週に何度か換える点滴の針で腕は腫れ、子宮収縮抑制薬の影響で常に動悸は激しく、二人分の命を抱えた身体は重く、歩くことも儘ならず、今思えば、どうやって耐えたのか自分でも不思議になるくらいつらかった。

妊娠三十七週目に、ようやく子宮収縮抑制薬の点滴を外された。中には、点滴が取れてもなんら変化が起きず、一時外出許可を取って焼き肉屋にランチにいったり、久々に美容室にいってカットを楽しんだりする妊婦もいると聞いていたが、多香美の場合は数時間もしないうちに陣痛が始まった。

そして、予定日より約一か月早く、二千二百グラムと、二千三百グラムの双子の赤ちゃんが誕生した。

胎児の頭が正常に下を向いていたことと、もともと子宮口から胎児の距離が接近していたため、双子の自然分娩とはいえ、出産自体はそれほど大変だったという印象はない。

ただ、二千五百グラム以下の低体重で生まれてきた双子はあまりに小さく、保育器の中でたくさんの管をつけられている姿を見たとき、産後のホルモンバランスの崩れも手伝って、多香美は涙がとまらなくなってしまった。

それなのに――。

早産の知らせを受け、郷里から駆けつけた母が開口一番にこぼした言葉の響きを、多香美は今でも忘れることができない。

〝なにも、こんな日に……〟

初めての、しかも双子の出産で身も心も疲弊し切っている一人娘に、清美は困ったような表情でそう呟いたのだ。

双子の生まれた日。それは、三月十一日だ。

そして、多香美の郷里は、宮城県仙台市若林区だった。

九年前、未曾有の大震災が郷里を襲ったのと同じ日に、桐人と桂人は産声をあげた。

もちろん、あの日のことは、多香美も鮮明に覚えている。濁流と化した津波が、海岸から七キロも離れた若林区役所の近くまで押し寄せたとニュースで知り、全身から血の気が引いた。電話はまったくつながらず、両親の無事を確認できたのは、震災当日から数日後のことだった。

結局、多香美の両親や親戚には、家、人、ともに大きな被害はなかった。

しかし、同じ若林区でも、海沿いの荒浜地区は津波による甚大な被害を蒙った。母が日頃親しくしている友人知人の中にも、家を流されたり、家族を失ったりした人が何人もいた。

多くの人の命を奪った、想像を絶する大津波。そして原発事故。

三・一一。

日本中の人たちの脳裏に、その日は痛ましい震災の記憶とともに刻まれることになった。

どれだけの年月が経とうと、大切な人や家を失った人たちの傷が癒えることは決してない。

それは、多香美だって理解している。

けれど、だからと言って、周囲を憚るあまり、初孫の誕生を素直に喜んでくれなかった母のことが、多香美はどうしても許せなかった。

〝だって、あれだけのことがあった日に、うちだけが孫の誕生日だなんて、浮かれてるわけにはいかないじゃない〟

清美はしばらく東京にとどまり、産後の世話をしてくれることになっていたが、そんなことを口にされるたび、多香美は猛烈に苛立った。

〝たかちゃんはずっと東京にいるから、こっちのことは分からないのよ〟

多香美が腹を立てるたび、清美はひたすらに弁解した。

〝その日は、自治会の追悼行事だってあるんだし、お手伝いにいかないわけにはいかないし……〟

〝だったら、いいよ。お母さんは、孫の誕生日にもこないでよ〟

〝そんな言い方しなくたっていいじゃない。お母さんだって、困ってるんだから〟

当時の言い合いを思い返すと、今でも胸の奥がざらつく。

〝予定日は四月の五日じゃなかったの？〟

恨みがましく繰り返す母を、多香美はとうとう我慢ができずに数週間で追い返した。

近所に住む義母はその頃から認知症を発症していて頼る術もなかったが、早産を咎めるような物言いをする清美とこれ以上一緒にいることは、到底できなかった。

どうして分かってくれないのだろう。

二か月近く続いた寝たきりの点滴生活が、どれだけつらかったか。

低体重で生まれた双子を眼にしたとき、どれだけ不安だったか。

なのに、清美は地元の自治会に気を遣うばかりで、眼の前の娘をいたわってくれようとはしなかった。それまでが一人娘として大切に育てられてきただけに、自分のことを一番に考えてくれない母の姿に、多香美は大きなショックを受けた。

もうワンオペレーションで子育てをすることになっても仕方がない。

幸い、低体重で生まれたにもかかわらず、双子は比較的順調にすくすくと育ってくれた。

とはいえ、ご多分に漏れず夜泣きはひどく、毎日夢遊病のような状態で動いていたらしく、どこを探しても見つからなかったテレビのリモコンが、冷凍庫の中から霜だらけになって出てきたこともあった。

当時を思えば、今はこれでも随分楽になったのだ。

しかし、清美とはそれ以来、ずっと疎遠なままだった。

夫の昭夫が時折スカイプを使って、仙台の両親と双子を会話させているようだが、多香美がそこに加わったことはない。

深夜、こっそり電話をかけてくる父からは、「お母さんが、お前に嫌われたと拗ねてる」と聞かされたことがある。

〝お母さんの友達の中には、津波に孫をさらわれた人もいるからねぇ……〟

かばうように続けられ、多香美も返す言葉を失った。

その父も、孫の誕生日に上京してきてくれたことはこれまでに一度もない。母と連名でプレゼントを送って寄こすだけだ。

現在の多香美にとって、三月十一日は、まずなによりも可愛い我が子の誕生日だが、未だに爪痕の消えない被災地で暮らす父と母にとってはいつまでも震災の日のままなのだ。初孫の誕生日であっても、〝三・一一〟を超えるものではないらしい。

どうして、そんなに周囲に気を遣うのかが、多香美には分からない。

きっと両親だって、桐人と桂人の顔を直接見たいはずなのに。

その日に津波に孫をさらわれた人がいるのは本当に悲しいことだが、だからと言って、自分の孫の誕生日を祝ってはいけないという決まりはないだろう。

でも、祖父母である彼らが考えを曲げずにいられないなら——。

母親の自分だけでも、我が子の誕生日を盛大に祝おうと、多香美は心に決めている。

夫の昭夫にもその日だけは必ず有給休暇を取ってもらい、とにかく毎年、できるだけ震災ムードとは関係のないテーマパークや観光地に出かけていく。

三歳頃からは、双子も「お誕生会」の意味を理解していて、心待ちにするようになっていた。

幼い二人には、まだ震災のことは話していない。

津波や原発事故の映像を繰り返し放送する、当日前後のテレビ番組も絶対に見せない。

双子は今、とても微妙な年齢だ。三歳までは、身体の成長にばかり気を取られていたが、四歳になると、子どもは心が大きく成長する。見聞きしたことで、こちらが思いもよらない反応を示す。

特に兄の桐人は繊細だ。多香美が寝込むと、「昨日の夜、僕がもっと絵本を読んでって言ったから？」と、瞳に涙をためて枕元まできたりする。幼い子どもの中に、既に自責の念が芽生えていることに、多香美は驚かずにはいられなかった。

幼稚園でお寺の見学にいったときから、「死」へのこだわりも強くなった。

〝死んだら、どうなるの？〟

一時、桐人はそのことばかり質問してきた。

どこで聞いてきたのか、「死んだらお星さまになるんでしょう？　僕、星になんてなりたくない」と大泣きされて、困り果てたこともある。

〝死ぬ前に、桐人や桂人は大きくならなきゃいけないの〟

泣きじゃくる桐人を落ち着かせるため、多香美はそう説明した。

〝大きなお兄さんになって、それからおじさんになって、おじいさんにならなきゃいけないの。死ぬのはそのずっとずっと先〟

だから、まず、立派なお兄さんになることを考えなさい、そう告げた多香美の前で、桂人がぺろりと舌を出した。

〝じゃあ、俺、お腹ぶよぶよで、テレビばっか見てる、足のくっさい、変なオジサンになる〟

桂人がおどけて指さした先に、ソファに寝転がってテレビを見ている昭夫がいたので、多香美はもちろん、泣いていた桐人までが一緒になって大笑いし、その場はなんとか収まった。

まだ子ども子どもした桂人はともかく、「死」に強い恐怖心を抱く桐人に、自分たちの誕生日が大勢の人たちの亡くなった震災の日であることを知られるわけにはいかない。

今年も絶対に、最高に楽しい「お誕生会」にしなければ——。

多香美はスマートフォンで、予約したテーマパークのレストランのコース内容を確認した。

このレストランでキッズ向けの誕生日パーティーコースを予約すると、双子が大好きなキャラクターたちが次々とテーブルまでお祝いにきてくれる段取りになっているのだ。

二人の喜ぶ顔が眼に浮かび、多香美もようやく明るい気分になる。

「遠野さん」

そのとき、かつては〝気の利かない後輩〟だった主任が、会議室の扉をあけた。

「俺、そろそろ外出しなきゃいけないから、席に戻ってくださいよ。今、電話取る人いなくて」

一時間の休憩時間は、まだ終わっていないはずだ。

思わず掛け時計に視線をやった多香美に、主任は露骨に不機嫌そうな顔になる。

「遠野さん、どうせ、定時に帰っちゃうんだしさ」

吐き捨てるように告げられて、多香美は無言でスマートフォンのブラウザを閉じた。

なぜ、「定時」に帰ることを咎められなければならないのか。そもそも「定時」とは、定められた終業時間のことではないのか。

言いたいことはたくさんあったが、言ったところでなにかが改善されるとも思えない。多香美自身、妊娠する以前は、定時退社したことなどほとんどなかった。

毎日定時に上がる多香美に、主任をはじめとするオフィスの多くの人たちは冷ややかだった。もっとも、そんなことを気にしている余裕はない。

大急ぎで会社を出て電車に飛び乗り、駅で自転車をピックアップして延長保育ぎりぎりの時間に双子たちを「お迎え」にいき、なにかと騒ぎたがる二人をなだめながらスーパーで買い物をし、前後の子どもたちに加えて食材の入ったビニール袋を自転車の荷台に乗せ、「危ない」「動くな」「喧嘩をするな」と叱りつけつつ、必死にペダルを漕いで帰宅するというのが、退勤後の多香美のいつものルーティンだ。

家に着くと、息つく暇もなく夕食を作り、ようやく子どもたちと一緒に食事を食べ終わった頃に、やっと夫の昭夫が帰ってくる。

「ねえ、悪いけど、夕飯の前に、二人をお風呂に入れちゃってよ」

その晩、いつものように九時過ぎに帰宅した昭夫に、多香美は声をかけた。

「えー、今日もお父さんとぉ？」

「お父さん、洗い方がなってないんだよ」

「お風呂も熱くしすぎるし」

「足、くっさいし」

双子は大ブーイングだが、異存を受け入れるつもりはない。これから、もう一度料理を温め直さなければならないのだ。夕飯はいつだって二度手間だ。

「なんだよ、お父さんだって、ちゃんとやってるだろ」

聞こえよがしに言いながら、昭夫が双子を脱衣所に連れていく。きゃあきゃあとはしゃぐ声が、扉の向こうへと遠ざかった。

フライパンを火にかけながら、多香美は小さく溜め息をつく。

昭夫は〝ちゃんとやってる〟つもりなのだろうが、多香美にすれば、子どもを風呂に入れるくらい最低限にも及ばない。大体、家事や子育てを〝手伝い〟だと考えている時点でアウトなのだ。

けれど、五歳年上の夫にそれを分からせることを、多香美は既にあきらめかけていた。

仕事で知り合った当初は、落ち着いた、大人の男性に思えたのだけれど……。

いざ結婚してみると、歳の離れたしっかり者の姉を持つ昭夫は、何事につけても当事者意識が薄かった。昭夫の父が他界した六年前頃から義母は認知症を発症しているが、義父の葬儀も、残された義母の世話も、そのほとんどを義姉が一手に引き受けていた。

昭夫自身は、休日に義母の見舞いにいこうともしない。

まだ双子が幼いことを口実に、多香美も義母の介護からは身を引いているので、あまり大きなことは言えないけれど、とても実母に対する態度とは思えなかった。

〝いったところでなにもできないし、俺のことも誰だか分かんないみたいだし〟

平然と、そんなことを口にする。

多香美の両親と双子をスカイプでつなぐくらいのことはするので、とりわけ身内に冷たい人間ではないのだろうが、「姉がいる以上、自分はなにもしなくていい」と本気で思っているようだった。

家事も育児も、多香美が言ったことだけはやってくれるので、それで良しとするしかないのだろう。察して動いてくれることを期待するだけ、神経に悪い。

冷凍餃子を焼いている間中、風呂場からは双子のにぎやかな声が響いてきた。

「こら」「じっとしてろって」「お湯をそんなにはねさすなよ」「ちゃんと肩まで入れって」

そこに、絶えず昭夫の声が重なることに、多香美は少しだけ同情する。

飲食チェーン店の運営にかかわる昭夫の業務がハードなことは理解している。今夜は特別にビールをサービスすることにしよう。

「お、いいねー」

焼きたての餃子とビール用のグラスをテーブルに並べていると、風呂から上がってきた昭夫が相好を崩した。

湯冷めしないうちに双子を寝かしつけるところまでを頼み、多香美はついでに自分のグラスも用意する。

「絵本、読んで」「今度ね」「駄目なら、テレビ見る」「駄目」「ゲームやる」「もっと駄目」「まだ寝ない」「もう、寝なさい」「まだ、眠くないー」「眠くなくてもベッドに入りなさい」

子ども部屋でも手こずっているらしく、しばらくの間は押し問答が続いていたが、やがて双子が眠ったのかドアを閉める音が響いた。

やれやれといった様子で、ガウンを着た昭夫がリビングに入ってくる。

「冬でも餃子とビールは文化だよな」

ＣＭのコピーのようなことを言いながらテーブルに着くなり、昭夫はテレビのスイッチを入れた。

「ねえ、来月のあの子たちの誕生日に、ちゃんと有休取ってるでしょうね」

グラスに冷えたビールを注ぎつつ、多香美は念を押す。

「一応、届けは出してるけど」

多香美が注いだビールを飲み、昭夫が「ふぅー」と、長い息をついた。

「出してるけどって、なによ」

不安に思って聞き返すと、

「いや、だからさ」

と、昭夫は肩をすくめる。

「今後、新型肺炎騒ぎがどうなるか、店でも気にしてさ」

折しもテレビでは、新型コロナウイルスによる肺炎患者が発生した豪華クルーズ船が、乗客を乗せたまま停泊を余儀なくされているニュースが流れていた。

「あの人たちも、かわいそうだよな。せっかくの旅行だっていうのに」

完全な他人事として同情しながら、昭夫は餃子を肴にビールのグラスを傾ける。多香美も自分のグラスに半分だけビールを注いで、ニュース映像を眺めた。

先月、中国の武漢を中心に、新型コロナウイルスによる肺炎で死者が出たことが報じられた。それがいつしか世界中に感染が広がっているらしい。クルーズ船停泊のニュースは、多くの日本人が乗船していることもあって、このところ連日報道されている。

二十年近く前も、新型ウイルス、ＳＡＲＳが世界的に流行ったことがあったが、あのとき、日本人に感染者はいなかったはずだ。ところが、今回は、観光業者で既に新型肺炎を発症した人がいるという。

だが、今ニュースで流れている情報を見ているだけでは、新型コロナウイルスによる感染症がどれほどの脅威なのか、クルーズ船の人たちがいつ解放されるのかはよく分からなかった。

今後、日本でも蔓延することがあるのだろうか。

危機感を煽られてか、最近ドラッグストアの店頭のマスクが品薄になっている。今のところは買い置きがあるが、今後もこんな状態が続くなら、花粉症の多香美にとっても災難であることに変わりはない。

昭和は戦争、平成は震災の時代だったけれど、まさか令和はウイルスの時代とか——？

不吉な思いを振り払いたくて、多香美はビールを一息に飲んだ。

クルーズ船のニュースが終わり画面が切り替わると、何事もなかったようにスポーツニュースが始まった。

「さすがに、そこまで騒ぎが大きくなるようなことはないんじゃないの」

テレビの画面に合わせるように、多香美も気を取り直す。

「あの子たち、楽しみにしてるんだから、絶対ちゃんと休んでよね。テーマパークのレストランも、もう予約してるし」

ただでさえ「定時に帰る」と白眼視されている自分だって、有給休暇を取るのだから。

それに、〝三・一一〟に双子の誕生日を心から祝ってやれるのは、今は両親である自分たちしかいない。

そう思った瞬間、多香美の声に一層の力がこもった。

「あの子たちの誕生日は、テレビも毎年震災ムード一色だもの。とにかく楽しそうな場所に連れていってあげたいの」

「分かるけどさ」

餃子をかじりながら、昭夫が呑気に喋り出す。

「でも、昔って、子どもの誕生日とかは個別には祝わなかったらしいよ。ほら、戦前は数えで、年が明けると同時に、全員が一斉に一つ歳を取るから」

「なに、それ」

「正月、姉貴が話してたじゃん」

年明け、双子を連れて、今は義姉一家と一緒に暮らしている義母を訪ねた。

どこまで理解をしていたかは定かでないが、義母の様子は落ち着いていて、それなりに孫たちの訪問を楽しんでいたようだった。

義母は母に比べると高齢ではあるものの、何度も何度も同じことを口にしたりするその様子は、多香美の眼にはいささか恐ろしく映った。自分の親が認知機能を失っていくのを間近に見なければならないというのは、果たしてどんな気分だろう。

昭夫が見舞いにいきたがらないのは、ひょっとすると、そうした理由もあるのだろうか。

しかし、当の義姉は介護疲れの色も見せず、正月からたくさんのご馳走を用意して、朗らかに自分たちをもてなしてくれた。

「日本では子どものお祝いは、もっぱら七五三と、端午の節句やひな祭りで、誕生日を個別に祝うようになったのは、実は戦後なんだってさ」

そういえば、そんな話をしていた気がする。

双子がテーブルの上に綺麗にセッティングされた料理をひっくり返すのではないかと気が気でなくて、たいして耳に入ってはこなかったのだが。

小学校の教員である義姉の文乃は、以前から博識な人だった。

確か、自分が主任を務める学年で、誕生会が禁止になったという話からの流れだった。

「だから、なに」

ひどく不機嫌な声が出てしまい、自分でもハッとする。

「別になにってこともないけど……。ただの話だよ」

多香美が気分を害したことに気づいたらしく、昭夫は曖昧に言葉を濁した。

文乃はいつも朗らかで聡明で、しかも、五十代という実年齢よりずっと若々しい。

同業者で理解のある夫と、ハンサムで優秀な息子に恵まれ、妊娠後も、キャリアを失うことのなかった公務員の女性。

髪を振り乱して双子の世話をしている自分に比べ、認知症の親の介護さえ、楽々とこなしているように見える。

正直に言えば、できすぎた義姉のことが、多香美は少し苦手だった。

「そろそろご飯よそう？」

ごまかすように、多香美は話題を変える。

「そうだね」

上の空で頷く昭夫は、もうサッカーのニュースにすっかり気を取られている様子だった。

キャンセル、キャンセル、またキャンセル――。

このところ、多香美は連日ホームページの書き換えや、予定変更メールの発送や、返金を求める顧客からの電話対応に追われている。

まさか、こんなことになるなんて……。

クルーズ船のニュースを見ていた晩からたった数週間で、ここまでことが大きくなるとは、正直、想像していなかった。

鳴りやまない電話に、多香美は額の汗をぬぐう。

二人、三人、と毎日のように増え続けた国内の新型コロナウイルスによる感染症の罹患者は、いつの間にか二百四十人を突破し、五人の死亡が確認された。

二月の末、ついに政府は新型コロナウイルス感染症に関する緊急会見を行った。

少し前から言及され始めた、不要不急の外出、人が密集するイベントの自粛に加え、全国の小学校、中学校、高校、特別支援学校に春休みまでの臨時休校が、改めて強く要請された。

政府の基本方針を受けて、多香美が勤めるマーケティング会社でも、昨年から企画していたセミナーやイベントを軒並み中止、もしくは延期することが決められた。

三月に入ってから社員総出で事後処理に当たっているが、あまりに急な展開に、到底対応が追いつかない。

双子の誕生会をするつもりでいたテーマパークのレストランからも、早々に臨時休業のお知らせが届いた。テーマパークそのものが、しばらく休園するということだった。

夫の昭夫も、関西で行われるはずだった大規模なフードフェスティバルの中止に伴う後処理のために、来週は大阪に出張することが決まっている。

これればかりは仕方がない。

政府の対応が妥当なのか、早急すぎるのか、場当たり的すぎるのか、今は判断がつかないが、こうなった以上、自分にできることを粛々とこなすしかないだろう。

セミナーの返金を求める顧客の電話に対応しつつ、多香美はオフィシャルサイトの問い合わせフォームから絶え間なく転送されてくるメールに眼を走らせた。

イベントの中止には、むしろ遂行以上に主催者側の手間がかかる。

こんな状態ではあるが、来週の双子の誕生日には、予定通り有給休暇を取るつもりだ。どれだけ後ろ指をさされようが構わなかった。

テーマパークのレストランでのパーティーは延期せざるを得ないが、せめて、自分だけは桐人と桂人の誕生日を目一杯祝ってやりたい。二人の好物のハンバーグや唐揚げを作り、ホールケーキを買って、一日中、大好きなキャラクターたちが登場するアニメのＤＶＤをかけるのだ。そうすれば、家の中でもそれなりに楽しい「お誕生会」ができるはずだ。

昭夫が参加できないのは、少々残念だけれど。

仙台の父と母は、今年もプレゼントを送って寄こすだけだろう。

ほんの一瞬、声をかけることも頭をよぎったが、追悼行事を欠席するわけにはいかないと、電話口で清美にうじうじされることを考えただけで気が滅入った。

私だけで、やってみせる。

そのためにも、今週は人一倍働くしかなかった。ようやく週末になったが、多香美は毎日、昼もろくに食べずに対応に当たり続けていた。

それにしても、今日はやたらに喉が渇く。なんだか汗もとまらない。

額に滲む汗を、多香美は何度もぬぐった。頭がぼんやりしているのは、きっと花粉症のせいに違いない。マスクが手に入らないので、あまり飲みたくない薬を飲むしかなくなっていた。

しかし、薬を飲んでいる割には、鼻水やくしゃみがとまらない。喉まで腫れてきた気がする。

それでもすべては花粉症のせいだと、多香美は固く思い込んでいた。

自分の異常に気づいたのは、化粧室の鏡の前に立ったときだ。

のぼせたような真っ赤な顔に、我ながら唖然とする。

慌てて総務に向かい、熱を測ったときには、既に体温は三十八度五分まで上昇していた。時期が時期なだけに、主任もなんの嫌みも言わず、それどころか追い返す勢いで、早退届に判を押した。

だるい身体を引きずりながら帰り支度をしつつ、自分が帰宅した後、この席は間違いなく消毒液まみれになるのだろうなと、多香美はぼんやり考えた。

しかし、こんな大切な時期に——。

自分が新型肺炎かということよりも、双子の誕生日を祝えないことのほうが、多香美を打ちのめした。けれど、二人にウイルスをうつすわけにはいかない。

昭夫に連絡して事情を話すと、大いに驚かれた。

まさか新型コロナウイルスによる感染症ではないだろうなと繰り返す夫と、あの子たちの誕生日を祝えないと嘆く自分の会話は最後まで嚙み合わなかった。

困惑する昭夫に「お迎え」の交代を頼んでから、多香美はようやく会社に一番近いクリニックに足を向けた。

一抹の不安と戦いながら受診したクリニックで下された診断は、インフルエンザの罹患だった。インフルエンザに罹ってホッとするなど、以前ならあり得なかったことだ。妙なことで、多香美は現在自分たちが置かれている状況の異常性を改めて認識した。

会社や夫に報告したときも、双方から「良かった」と告げられた。

吸引薬と点滴のおかげで一時的に随分楽になったが、少なくとも五日間は、できるだけ他人と接触しないようにと告げられた。

「小さなお子様とは特に」と念を押され、多香美は帰りの電車の中で涙をこらえるのに必死だった。五日間も桐人と桂人から隔離されるなんて、想像しただけで耐えられない。

双子が生まれてからは、風邪を引いたこともほとんどなかったのに。

昼も食べずに、無理をして働き続けたことで、きっと免疫が下がっていたのだろう。返す返す、己の不覚(ふかく)を呪わずにはいられなかった。

落ち込むだけ落ち込んだ後に、多香美ははたと我に返る。

来週、昭夫は大阪に出張にいってしまうのだ。その間、双子の面倒を誰が見るのか。

好物のハンバーグや唐揚げを作り、ホールケーキを買って……。

最高のお誕生会の計画どころではない。

自分の代理を務めてくれそうな人は、悔しいが、やっぱり一人しか思いつかなかった。

妙な意地を張っている場合ではないと、多香美は覚悟を決める。

電車を降りたホームで、多香美はコートのポケットからスマートフォンを取り出した。

遠くから、桐人と桂人の笑い声が聞こえる。

うつらうつらと浅い眠りの中を漂っていた多香美は、その明るい声に幾分安心を覚えた。

保育所に預けられていた時間が長かったせいか、もともとどちらも人見知りをするタイプではないのだが、生まれた直後を除けば、スカイプでしか話したことのない「ババちゃん」と、双子は楽しく過ごしているようだ。

多香美からの電話に、母の清美は意外なほど迅速に応えてくれた。

週明けから出張する昭夫と交代にきてほしいと頼んだのに、翌日にはたくさんのお土産を携えてやってきた。もちろん、そこには双子への誕生日プレゼントも含まれていた。

孫の誕生日を祝うというよりも、娘がインフルエンザで倒れたので孫の世話をしにいくというほうが、清美にとっては体面が保たれるらしかった。

〝コロナ騒ぎで、追悼式も延期になるみたいだから〟

そう弁解されたときには閉口したが、助けてもらっている以上、多香美ももう、母の体裁についてとやかく言うつもりはない。

正直、早めにきてもらったおかげで、多香美は随分助かった。家事に関しては昭夫は戦力にならない。結局、昭夫は清美になにもかもを任せて、出張に出かけていった。

一時、多香美は再び熱が上がってしまったが、子どもの頃から病気になるたびに食べてきた母のお粥だけは喉を通った。なにより、家の中に食事を作ってくれる人がいるのがありがたかった。

多香美の部屋に入りたがる双子に手こずりつつも、清美は週明けからは幼稚園への送り迎えをし、双子のいない間は多香美を看病し、掃除や洗濯を完璧にこなしてくれた。

幼稚園から帰ってくると、桐人と桂人がドアの隙間からそっと自分を覗(のぞ)きにくる。

「お母さん、病気で寝てるからね。ここから話すだけだよ」

清美の言いつけを守り、二人はドアの向こうから心配そうにこちらを見ていた。

「お母さん、大丈夫？」

「大丈夫だよ。すぐ元気になるからね」

双子の問いかけに何度もそう繰り返した。

新型コロナウイルスのことを理解できない二人は、多香美が病気になったので、「お誕生会」が延期になったと思っているようだった。

「お母さん、早く治ってね」

桐人はいつも優しい言葉をかけてくれるのに、桂人は「ババちゃんの唐揚げのほうが、お母さんのより美味(おい)しいよ」と、憎(にく)まれ口を叩いたりした。

でも、それはきっと本当のことだろう。

母は自分のように、冷凍食品を使ったりはしないから。

清美が作る鶏の唐揚げは、多香美の好物でもあった。

ひときわ楽しげな笑い声が響き、多香美は再びぼんやりしかけていた意識を取り戻す。幼稚園から帰ってきた双子は、清美と一緒にアニメーションを見ているようだ。

きっと、あれだな……。

聞こえてくる台詞から、多香美は頭の片隅で見当をつける。

黄色い小さなキャラクターたちがハチャメチャな活躍を繰り広げるナンセンスなギャグアニメ。あの奇妙なキャラクターが、桐人も桂人も大好きなのだ。

何度同じDVDを見せても、二人は大喜びで笑い転げる。

母には、双子に絶対に震災の映像を見せないでほしいと頼んでおいた。桂人はともかく、桐人は間違いなく怯えてしまう。一時とりつかれたようになっていた「死」へのこだわりも、ようやく薄れてきたところなのだ。

ただでさえ「お誕生会」が延期になったところに、余計な刺激は与えたくない。そのために、たくさんのアニメーションのDVDを用意しておいたのだ。

母は約束をきちんと守ってくれているようだった。

安心と同時に、再び目蓋が重くなる。数日、咳がひどくてあまりよく寝られなかったが、ようやく炎症も治まってきたらしい。この調子なら、明日の双子の誕生日には、寝床を出られるかもしれない。医者から接近を禁じられた五日間も、今日で終わる。

明日、朝一で診察をしてもらい、感染の心配がなくなっていたら、自分も双子と一緒に母の唐揚げを食べよう。病院の帰りに、ケーキも買って帰りたい。

だって、やっぱり明日は、桐人と桂人の誕生日なのだから——。

楽しい想像に気が緩んだのか、どっと眠気が押し寄せてきた。

「さ、アニメも終わったから、お昼寝しようね」

母の声が遠くに聞こえる。

「ババちゃんも一緒にお昼寝する？」

「ババちゃんも寝ますよ。お母さんも寝てるから、二人も寝ましょうね」

清美に連れられ、双子が子ども部屋に入っていく足音がした。

すっかり「ババちゃん」に懐いている二人は、案外素直に言うことを聞いている。多香美に対するときよりも、むしろ聞き分けがいいくらいだ。

子ども部屋の扉が閉まる音が響き、その後は家の中が静かになった。

しんとした静けさの中、多香美も深い眠りに引きずり込まれていった。


どれくらい眠っていたのだろう。

「たかちゃんっ！」

母の大声に、多香美は眼を覚ました。

「どうしたの？」

すっかり脂っぽくなってしまった頬をこすり、身を起こす。よく眠ったせいか、大分、だるさが取れていた。

しかし、清美の必死の形相に気づき、多香美はにわかに不安に襲われる。

「なにかあったの？」

「桂人ちゃんが……」

双子を寝かせ、清美もリビングのソファでうたた寝をしている間に、いつの間にか桂人の姿が見えなくなったという。多香美はベッドから跳ね起きた。

カーディガンも羽織らずに向かったリビングでは、テレビがつけっぱなしになっていた。夕方のニュースではずっと震災関連の特集をやっている。

何度も繰り返されたであろう激しい揺れや真っ黒な津波の映像に、多香美の眼が釘づけになった。

まさか、これを見て――。

一気に血の気が引いていく。

たとえ意味はよく分からなかったとしても、充分に衝撃的な映像だ。

「桂人ちゃん、私を起こしにきたのかもしれない。なのに、私がすっかり眠っちゃってたから、一人でテレビをつけたのかも……」

後からやってきた清美が、うろたえた声を出す。

母を責めるわけにはいかない。この何日か、双子の世話と多香美の看病で、年老いた母も疲れ切っていたのだろう。

「靴がないから、表へいっちゃったんだと思う」

母の言葉に、多香美は大慌てで服を着替えた。

桂人が一人でいけるところと言えば――。

〝お兄ちゃんの桐人君が、一緒に探して見つけてくれたんですよ〟

ふいに幼稚園の先生の声がよぎり、多香美はハッとする。

「お母さん、桐人を見ていてね」

ダウンジャケットを着込んで玄関を飛び出すと、多香美は電動アシストつき自転車に飛び乗った。髪を振り乱し、猛スピードでペダルを漕ぐ。

公園へはあっという間に到着した。

三月に入り日が伸び、午後五時を過ぎても周囲はまだ明るかったが、新型肺炎騒ぎのせいか、公園には誰もいない。けれど、多香美には確信があった。

自転車を乗り捨て、多香美は巻貝形の滑り台を目指して一目散に駆けていく。

「桂人！」

果たして巻貝の中では、桂人が膝を抱えて小さくなって震えていた。

「桂人……」

多香美は自分のダウンジャケットを開き、上着を着ていない桂人の身体を包み込んだ。

「お母さん」

桂人が涙と鼻水でぐしゃぐしゃに汚れた顔を上げる。

「明日は俺たちの誕生日じゃないの？」

泣きはらした眼で、桂人は訴えるように問いかけてきた。

「さんいちいちって、なに？」

多香美はとっさに答えることができなかった。

「俺たちの誕生日に、人が一杯死んだの？」

震える声で続けられ、思わず眼を閉じる。

「動物も死んだんでしょ」

多香美が予想していた以上に、桂人はニュースの内容を正確に理解していた。答えられない多香美に抱かれたまま、桂人が冷えた身体を震わせる。

「俺が泣いたら、桐人が驚くから」

しゃくりあげながら、桂人が呟く。

つぶらな黒い瞳に、涙がぷくりとふくらんだ。

「桐人は俺より弱虫だから、絶対もっと泣く。さんいちいちのこと知ったら、すごく怖がって、一杯泣く」

瞳からこぼれた涙が、丸い頬にぽろぽろとこぼれる。

だから、ここへきたのか——。

ここなら、桐人に気づかれずに泣けるから。

桂人をしっかりと胸に抱きしめながら、多香美の眼にも、熱い涙が込み上げた。

きっと「死」を怖がる桐人の前でおどけてみせていたのも、桂人なりの思いやりだったのだろう。

いつも好き勝手をしているように見えた弟が、繊細な兄を守ろうとしていたことに、多香美は胸を打たれた。

「明日は、桂人と桐人のお誕生日だよ」

桂人の耳元で、多香美はしっかりと告げた。

「私の大事な二人が生まれた日だよ」

「でも、人も動物も一杯死んだんでしょ」

その問いには答えず、多香美は続けた。

「二人が生まれてきてくれて、お母さんはとっても嬉しかったんだよ。それがお母さんにとっては、一番大事なことなの」

「死」よりもまず、「生」について考えたい。

この世界に生まれてきた命の大切さについて学ぶことが、ひいては「三・一一」を考えることにつながるのかもしれない。

眼から鱗（うろこ）が落ちるように、多香美は思う。

生まれてくることと死んでいくことは地続きで、決して相反するものではないのだと。

「二人がお腹にいたとき、お母さん、ものすごく大変だったんだよ。毎日注射して、ベッドに寝た切りで、一人でお風呂も入れなかったの」

多香美はできるだけ分かりやすい言葉で、二人が生まれてくるまでの日々のことを説明した。桂人は多香美の胸に身を預け、じっとそれを聞いている。

「でもね、二人が生まれてきてくれて、お母さん、世界で一番幸せだった。二人は本当に、お母さんの汗と涙の結晶なの」

「けっしょうって？」

「宝石のこと」

その途端、腕の中で桂人が震えた。

「汗の宝石、超キモイ」

泣いているのではなく、今は笑っているのだった。

「桐人とババちゃんが待ってるから、帰ろうか」

多香美は桂人を抱いたまま、巻貝の中から外に出る。すっかり日が暮れて、周囲には夕闇が漂い始めていた。

「お母さん、病気は？」

胸に顔を伏せたまま、桂人が心配そうに尋ねてくる。

「もう、治っちゃったよ」

桂人を抱き直し、多香美は暗い空に一筋だけ浮いている夕映えに染まる雲を見上げた。


その晩、多香美はリビングで清美と向かい合ってお茶を飲んでいた。

双子はとうに眠り、家の中はとても静かだ。

置き時計の秒針の音だけが、ちくたくと正確に時を刻む。

「身体は大丈夫なの？」

やがて、清美が沈黙を破った。

お茶をすすりながら、多香美は頷く。

「熱もないし、多分もう大丈夫だと思う」

家に帰ると、桂人はいつも通りに戻って、桐人にちょっかいを出したり、おどけたりしていた。それから、多香美も双子と一緒にテーブルを囲んで、清美の手料理を食べた。

母の作るハンバーグは、箸を入れるとじゅっと肉汁があふれ出た。玉ねぎのみじん切りを丁寧に炒めるところから作られた種は、レトルトや冷凍食品とはわけが違う。ウスターソースにケチャップを混ぜたソースも、シンプルだけれど美味しかった。

「……たかちゃん、悪かったね」

湯呑(ゆのみ)をテーブルに置き、清美がおもむろに切り出した。

「え?」

多香美は一瞬きょとんとする。

「双子ちゃん、可愛いけれど、やっぱり大変だわ。たった四日間で、お母さん、くたくたになっちゃった」

清美がそっと微笑(ほほえ)みながら、多香美を見た。

「たかちゃん、今まで一人でよく頑張ったね」

多香美は小さく眼を見張る。

こんなふうに笑う母を見るのは、本当に久しぶりだった。そこには、いつも一人娘の自分を一番に考えてくれていた母がいた。

鼻の奥がジンとする。

懐かしい母は、しばらく会っていない間に白髪やしわが増え、本当に〝ババちゃん〟になっていた。

「お母さん、私のほうこそ、ごめんね。東北はまだ大変なのに」

母のことだ。自治会や、遺族となった友人たちのことを今も気にかけているに違いない。

それなのに、腹を立てて追い返した母に、結局、散々頼ってしまった。

「あの日のことを忘れられないのは、当然だよね。私は、ずっと東京にいたから……」

「違うの」

清美がゆっくりと首を横に振る。

「私も、忘れてしまうの」

「え……」

母の意外な言葉に、多香美は小さく息を呑んだ。

「あんなに恐ろしいことがあったのに、普通に生活していると、やっぱり忘れてしまう。強い揺れのことも、津波のことも、今じゃなんだか現実に起きたことじゃないみたい。うちは誰も亡くなっていないし、家も無事だったからだろうけれど」

清美がテーブルの上で指を組む。

「たかちゃん、浪分神社って覚えてる？」

「霞目にあった？」

「そう」

母によれば、浪分神社には昔から、大津波の伝承があったという。多くの溺死者が出る中、白馬に乗った海神が現れ、大波を南北に二分して鎮めたというのだ。

浪分神社があるのは海岸沿いではない。海沿いの荒浜地区からは、五キロ以上も離れている。

「そんな話、全然知らなかった」

多香美が驚くと、清美は「そうだよね」と頷く。

母は子どもの頃、祖父からその話を聞いたことがあったそうだ。しかし、震災が起きるまで、そのことをすっかり忘れ果ててしまっていた。

「あんな内陸まで津波がくるなんて、思ってもみなかった。でも、大昔も、浪分神社まで津波はきてたんだよ」

伝承の通り、三・一一の津波は内陸深くまで達し、若林区の約六割が浸水した。

しかし、先人たちが残した貴重なメッセージでもある伝承を、母を含めてほとんどの人たちが忘れてしまっていた。

「だから、忘れることが怖くて、申し訳なくてね……」

清美の言葉が途中で途切れる。

母が追悼行事にこだわり続けた真意を知り、多香美は静かに目蓋を閉じた。

二人が黙ると、秒針の音だけがリビングに響く。

「……お母さん」

やがて、多香美は目蓋をあけた。

「私、いつか、三・一一のことを、桐人と桂人にちゃんと話そうと思う。でも、まずは、人が死ぬことよりも、生まれることから話したいの」

生まれる命の大切さを考えることが、死を悼むことを忘れないことにつながっていくのかも分からない。

「老いては子に従えって、本当だね」

しんみりと母が呟く。

多香美は首を横に振った。

「私も今日、桂人から教わったの」

眼を見かわして、互いに笑み崩れる。

「ねえ、お母さん。震災のときのことを話してくれる？」

新しくお茶を淹れながら、多香美は母に向き直った。

「あの晩は、星がすごくてね……。仙台でも、まだ、こんなに星が見えるのかって、なんだかびっくりしたのよ」

電気もガスも水道もとまり、真っ暗な空にさんざめくほどに星が輝いていたことを、清美はぽつぽつと語り始めた。

ろうそくの明かりの中、不安な心で夜明けを待った。寒さの中で迎えた夜明け。見慣れた荒浜地区や、名取市閖上地区の家や建物が根こそぎ流失してしまったことへの恐怖——。

自分のことで手一杯で、きちんと耳を傾けてこなかった郷里の両親の体験を、多香美は深く胸に刻む。

「たかちゃんの話も聞かせてよ」

せがまれて、多香美も自分のことを母に話した。

双子を妊娠したことで向けられた好奇心、手放さなければならなかったキャリア、妊娠中の不便と不安、ワンオペレーションの子育て……。

そのたび母は「余計なお世話よね」と憤慨したり、「まだまだこれからよ」と励ましたり、「お父さんも同じ」と共感したりしてくれた。

長い時間をかけて、これまでできなかった母と娘の話を心ゆくまで語り合う。こんなふうに、ゆっくり誰かと話すのは、本当に久しぶりだった。

いつしか夜が更け、置き時計の針がもうすぐ午前零時を回ることに気づく。

どちらからともなく会話をやめて、多香美と清美は、ともにその瞬間をじっと見守った。

桐人と桂人が生まれてから五回目の、東日本大震災が起きてから九回目の、三月十一日がやってくる。

刻の花びら

ずっと春めいた暖かい日が続いていたが、今日は冷たい霙が降っている。

それでも東京では桜の開花が宣言された。三月半ばに開花宣言が出るのは、観測史上最速だそうだ。

夕飯の下準備を終えた西原文乃は、お茶を飲みながらテレビのニュース番組を見ていた。

〝今年のホワイトデーは、ホワイト・ホワイトデーになりました〟

赤い傘を差した若い女性アナウンサーが、三分咲きの桜についた氷の粒を指さしている。

今は霙交じりだが、朝方までは雪が降っていたのだ。

カメラが中継からスタジオに切り替わると、男性キャスターが打って変わって厳しい表情で話し始めた。

〝一足早くお花見シーズンがやって参りましたが、今年はいくつか注意点があります……〟

新型コロナウイルスの感染拡大を防ぐため、政府から公営公園で宴会を伴う花見を自粛するよう要請が出たという。公園内での売店の設置や、アルコール類の販売は、当分見合わせることになるらしい。

そのほうが、ゆっくり花を観賞できるような気がするけれど……。

もっとも、このまま感染者が増え続ければ、のんびり花見をする余裕もなくなってしまうかもしれない。ここ数週間の目まぐるしさを思い返し、文乃は我知らず溜め息をつく。

新型コロナウイルス——。昨年末、中国の武漢を中心に発生した新型ウイルスによる肺炎は、瞬く間に世界中に広がった。今では東京でも感染者の報告が毎日のように続いている。ドラッグストアやスーパーの棚からは、マスクが軒並み姿を消した。今度は、ティッシュペーパーやトイレットペーパーが店頭からなくなるという噂もSNSで流れている。

始まったばかりの令和二年がこんな年になるなんて、正月の段階では想像もしていなかった。

新型コロナウイルスは、文乃と夫の職場にも甚大な影響を与えている。学区域は違うけれど、文乃たち夫妻は、共に公立小学校の教員だ。

先月末、政府から突然、全国の小中学校、高校、特別支援学校を、三月二日から春休みまで臨時休校とするようにという、これまた〝要請〟が発表された。

木曜の夕刻に、文乃は勤務する小学校の職員室でこのニュースを知った。一応、〝要請〟という形を取ってはいたけれど、これはほとんど決定に近かった。政府が一斉休校を求めるのは極めて異例だが、日々感染者が増えている新型ウイルスの蔓延と深刻化を防ぐためには、特別な措置が必要だと判断した結果だという説明だった。

職員室が一気に色めき立った。木曜の午後六時以降の通達で、週明けから、通常より三週間も早く春休みに入れという話なのだ。戸惑わないほうがおかしい。当然、授業範囲も残っているし、通知表の用意もできていない。

東日本大震災のときですら、こんな状況は起こらなかった。三十年間小学校の教員を務めてきた、今ではベテランと呼ばれる文乃自身、初めて経験する事態だ。

まだ感染者が出ていない地域とは違い、東京では毎日のように感染者が見つかっている。児童の安全を第一に考える以上、政府の決定に異議を唱えることはできなかった。

緊急の職員朝礼を開くことが校長から伝えられ、四年生の学年主任である文乃も、職員への連絡に追われた。

翌日、早朝から行われた朝礼では、通知表はとりあえず二月の末までで評価すること、約二十日分の授業に相当する課題プリントを用意すること、休み中の過ごし方についての指導を徹底することなどが、話し合われた。

文乃が勤務する小学校は、政府が要請したとおり、三月の二日から臨時休校に入ることになった。

あまりに唐突な展開に、児童たちも、茫然としていた。インフルエンザによる学級閉鎖のときのように、休校を喜ぶ様子も見られなかった。

前代未聞の臨時休校による波紋は、今もまだ落ち着いていない。

今日は土曜日だが、同業者である夫の徹は、朝から勤務先の学校に出向いている。

児童の運動不足を解消するために、多くの小学校が校庭を開放していた。共働きの家庭への支援で、図書室や図工室を開放して一時的に児童を預かる試みも行われている。その監視のため、多くの教員たちが土日も出勤するようになっていた。加えて、六年生の学年主任である徹には、卒業式の準備もある。

卒業式、か。

次に始まったホワイトデー特集のスイーツ紹介を見るともなしに眺めながら、文乃はぬるくなったお茶をすすった。

文乃の小学校も、徹の小学校も、卒業式は彼岸(ひがん)明けの再来週を予定している。

今年の卒業式は、どちらの小学校でも、基本的に卒業生だけで行われることになった。保護者や、来賓(らいひん)や、在校生は参列しない。コロナ対策とはいえ、なんとも寂しい卒業式になりそうだ。

文乃が主任を務める四年生も、本来なら式に出席する予定だった。卒業生を送るための祝辞や歌を練習してきた児童たちは、授業も卒業式も突然打ち切りになり、完全に拍子抜けしている。もちろん、卒業生たちも、落胆を隠せずにいた。

加えて、当の本人たち以上に残念極まりない思いを抱えているのが、卒業生の保護者たちだ。夫は普段からあまり愚痴をこぼさない質(たち)だが、恐らく保護者会では相当の不満にさらされているに違いない。ほとんどの保護者たちは、我が子の卒業式を心から楽しみにしている。

参列ができないと知った瞬間、その鬱憤が教員に向けられることは、想像に難くなかった。

八つ当たりを受けるのは、今回の件に限った話ではない。保護者会が荒れたとき、特に学年主任は格好の標的になる。

冷めたお茶を飲み干し、文乃は先日の保護者会の様子を思い返した。

課題プリントや、休日中の過ごし方について説明するうちに、「せっかく卒業生を送る歌を練習したのに、在校生が参列できないのは残念だ」と言い出す保護者が現れた。

ここまでは想定内で、「とにかくこのコロナ騒ぎが一刻も早く収まることを祈るしかない」と、文乃がまとめかけたところ、鶴のように痩せた一人の女性が勢いよく挙手した。

そこから話は思わぬ方向へ転がった。

カナダの医療関係者を知人に持つという五十代の母親は、いかに日本のコロナ対策の危機管理がなっていないかを、滔々と語り始めたのだ。

トロントでは飲食店はすべて閉鎖。必要以上の外出は固く禁じられ、厳戒態勢が取られている。にもかかわらず、陽性患者はどんどん増え、医療用の必需品も底をつき始めている。自分たち一人一人がもっと自覚を持たないと……云々。

正論なのだろうが、あまりに辛辣な物言いに、教室中がしんとした。

〝不安のお裾分け、どうも〟

なおも続けようとする彼女を、後ろの席に座っていた若い母親がぴしゃりと遮った。その途端、静かだった教室にどっと笑い声が起きた。実際には緊張がほどけただけだったのだろうが、意見していた女性は見る間に真っ青になった。

〝大体、祈るしかないってなんですか〟

わなわなと震えながら、五十代の母親は文乃に向き直った。

〝指導をする立場の先生がそんな曖昧なことを言っているから、いつまでたっても児童にも親にも自覚が生まれないんですよ。祈ったって、この事態はどうにもなりません。もっと確かな情報と知識と相応の危機感を持たなければ、東京も今にトロントと同じように……〟

女性の怒りは、いつの間にか文乃一人に向けられていた。

最近の保護者会は、年齢層が非常に幅広い。文乃が子どもの頃は、親と言えば大抵同じような世代だったが、今や同学年の保護者たちの間には、一回りどころか、二回り近い開きがある。高齢出産の母親たちと、結婚が早い平成生まれの若い母親たちの溝は常に深い。

湯呑をテーブルに置き、文乃はしばし考えた。

自分と同世代の五十代の母親をあしらった茶髪の母親は、確か「お誕生会トラブル」を引き起こした女性だ。

佐藤美優。三組の佐藤結奈の母親だ。

モデルのように目立つ容姿をしているので、自分のクラスでなくても覚えている。

決して一つの「お誕生会」だけが要因になったわけではない。「お誕生会」禁止令を出したとき、文乃はそう説明して彼女をかばったが、相変わらずなかなかのトラブルメーカーのようだ。五十代の母親が自分に怒りの矛先を向けたことは、あれ以上保護者会を荒れさせないためにはむしろよかったのかも分からない。

それに、彼女は正しい。

当たり障りのないことを言って、その場を適当にまとめてしまおうと思ったのは事実だったから。

文乃は自嘲的な笑みを浮かべる。

初めて学年主任に抜擢されたのは、今から十年前の四十二歳のときだ。副校長から、〝明るくて、積極的〟な人柄を評価された。

確かに自分は人当たりはよいと思う。気配りもできるほうだ。

学生時代から優等生で、中学でも高校でも学級委員や生徒会の役員などを務めてきた。

でも、本当に〝明るくて、積極的〟なのだろうか。

突き詰めて考えると、文乃は自分でも答えを出せない。

ただ、そう振る舞うことならできる。

なぜなら、子どもの頃から、一番近くに〝お手本〟がいたから――。

玄関のベルが鳴り、文乃はハッと我に返った。

棚の上の置き時計に眼をやれば、午後六時。デイサービスから、母の稲子が帰ってきたのだ。

「はい、今いきます」

インターフォンで答えてから、文乃はリビングを後にした。

玄関の扉をあけると、霙の中、デイサービスのスタッフが、ワゴン車から稲子を降ろしているところだった。

「いつも、すみません」

傘を差しながら、文乃も稲子を支えにいく。まだ車椅子が必要なほどではないが、母の足元は覚束(おぼつか)ない。濡れた道を転ばないように歩かせるためには、相当の力が要(い)った。

たった数歩の距離なのに、玄関に戻ったときには、文乃の肩は氷雨(ひさめ)でびっしょり濡れていた。

「お母さん、濡れなかった？ 寒くない？」

靴を脱がせながら、眼を見て問いかける。最近では、しっかり眼を見て話さないと、稲子はそれが自分にかけられた言葉なのかどうかを理解できないらしい。

最初は無視されているのかと思っていたが、これもまた症状の一つなのだと主治医から説明を受けた。

しかし、稲子はそれには答えず、

「しんちゃんは？」

と反対に聞いてきた。

文乃の一人息子の新一(しんいち)は、二十歳になった昨年から、家を出て都心のアパートで一人暮らしを始めている。そのほうが就職活動に便利だからと告げられたが、それだけが理由ではないだろうと、文乃は踏んでいた。

「新一は、今はこの家には一緒に住んでないよ」

「嘘よ」

すかさず言い返され、少々カチンとくる。

「嘘じゃないよ。去年、引っ越していったでしょう」

「だって、この間会ったもの」

「あれはお正月に遊びにきていただけ」

できるだけ分かりやすいように、文乃はきっぱりと告げた。

「あ、そう」

稲子はつまらなそうに頷くと、意外に軽い足取りで廊下に上がった。そのまま、リビングではなく、キッチンへ入っていこうとする。

「お母さん、どこいくの」

文乃は慌てて後を追った。

「どこって……。ご飯作らないと。もうすぐ、お夕飯の時間でしょう」

心外そうに振り向く稲子の腕を、文乃は強くつかむ。

「キッチンに勝手に入らないでって、いつも言ってるでしょう？　お夕飯なら、私が作るから大丈夫。お母さんはテレビでも見ていて」

稲子は不服そうに文乃を見上げていたが、やがてあきらめたように「そう」と呟いた。

腕をつかんだまま、文乃は稲子をリビングへ連れていく。

「お母さん、スリッパ履いてないいじゃない。寒いでしょ」

ソファに座った稲子の足にスリッパを履かせていると、ふいに思い出したように見つめられた。

「ねえ、しんちゃん、まだ帰ってないの」

まただ——。

一度聞き始めると、その問いは何回でも続く。

「新一は、ここにはいないよ」

文乃は辛抱強く、先ほどと同じことを口にした。

「どうして」

「アパートに引っ越したの。お彼岸には、お父さんのお墓参りに戻ってくるから」

「ああ、そう……」

頼りなく頷いて、稲子はようやくテレビに視線を向けた。

内心、大きく息をつき、文乃はキッチンへ向かう。

〝明るくて、積極的〟

それは、かつての母の姿だ。

好奇心旺盛で、社交的で、新しいものが大好きで、お洒落で、働き者で、面倒見がよくて、家事も料理もお手のもの――。

〝ふみちゃん、上手だねぇ〟

子どもの頃、実家の狭い台所で、母に褒められながら料理を習うのが好きだった。

よく婦人雑誌に載っている診断表で採点すれば、稲子にマイナス点がつくことなど、まずあり得なかった。文乃が仕事をしながらも、それほど苦労することなく子育てができたのは、稲子が近くに住んでいてくれたおかげだ。

しかし、六年前に父が他界してから、母の言動がにわかにおかしくなり始めた。

一番初めの兆候は、父が逝ってすぐの正月だった。毎年、心づくしのご馳走を作って文乃たちを迎えてくれるはずの稲子が、なに一つ用意もなく、身だしなみも荒れたままで現れた。最初は喪に服しているのかと思ったが、台所に作りかけの食材が大量に放置されているのに気づき、文乃は微かな胸騒ぎを覚えた。

最初のうちは、認めたくない気持ちのほうが強かった。

なにせ稲子は、文乃がずっと手本にしてきた〝明るくて、積極的〟な人なのだ。どの雑誌の診断にも、そういう人にマイナスはつかないはずだった。

だが、ときが経つにつれて、違和感はやがて確信へと変わった。

嫌がる母を無理やり連れていった病院で、「アルツハイマー型認知症」とはっきりと診断を受けたときには、どこかでホッとしている自分がいた。まさか、まさか、と眼の前の現実と戦い続けることに、文乃は既に疲れ切ってしまっていた。

それ以来、母を引き取り、同居が始まった。

認知症になってからも、稲子は孫の新一の世話を焼こうと張り切った。そして、張り切れば張り切るほど、異常な行動を繰り返すようになった。大量に作ったおにぎりを、引き出しの中にしまう。服やカバンに、「新一」とマジックで大きく名前を書こうとする……。

かつて得意だった料理の腕を披露しようとして、何度も鍋を焦がされてからは、文乃は稲子がキッチンに入るのをとめるようになった。

火事でも起こされたら、大変なことになる。

子どもの頃から祖母に懐いていた新一は、そんな稲子の姿を傍で見ていられなかったに違いない。就活を理由に、そそくさと家を出ていった。

男は皆、逃げる。

夕食の仕上げに取りかかりながら、文乃は眼を据わらせた。

文乃には、歳の離れた弟がいる。母が認知症だと分かってからも、弟の昭夫は、以前と一つも変わらない生活を送っている。なにかといえば、子どもが小さいことを理由にするけれど、もっぱら子育てをしているのは、義妹の多香美一人のようだった。初めての子どもが男の子の双子であることもあり、義妹はいつ会っても、髪を振り乱し、声を嗄らし、気の毒なほど必死に駆け回っている。

それでも母親にとって、男児というのは——。

そこまで考えたとき、チャイムの音を鳴らして玄関の扉があいた。

「ただいま」

徹の低い声が響く。

「お帰りなさい」

ガスの火をとめて、文乃は玄関まで迎えにいった。

「疲れたでしょう。すぐご飯にするからね」

「晩飯、なに」

「すき焼き」

「いいね」

靴を脱ぎながら、徹がケーキの箱を差し出してくる。

「これ、バレンタインデーのお返し」

テレビで紹介されていたような有名店ではなく、どこにでもあるチェーン店のケーキだったが、文乃は充分に嬉しかった。お手本を失った今でも、なんとか〝明るくて、積極的〟に振る舞えているのは、認知症の母を引き取ることにも屈託なく同意してくれた、夫の優しさと理解のおかげだ。

「お母さん、もうすぐご飯だからね」

ケーキの箱を胸に抱えてリビングに声をかけると、扉の向こうで、稲子はソファに座ったままで、じっとうつむいて居眠りをしていた。

週明け、文乃は休校中の学校にいつものように出勤した。

文乃の学校も、校庭を開放して児童を受け入れている。校庭では、多くの児童たちがサッカーをしていた。校庭のソメイヨシノがほころび始め、ここだけを見ていると、例年の春の光景となんら変わりがないように思える。

「おはようございます」

監視の教員に挨拶してから、文乃は校舎に足を向けた。

昇降口で靴を履き替えて校内に入った瞬間、しんとした空気に包まれる。校庭の明るさに比べ、子どもたちの声が聞こえない廊下は仄暗く冷たい。児童のいない校舎というのは、どことなく不気味なものだ。

職員室に入れば、ほとんどの教員が、自分のデスクに着いてパソコンに向かっていた。

臨時休校中とはいえ、決して教師の仕事がなくなるわけではない。二十日分の授業を積み残すことはできないので、児童たちが課題プリントをスムーズに進められるように時折チェックを入れなければならない。

二月までの成績表を準備するほか、在籍児童の学籍、学習、行動、出欠などについて記録する、指導要録の作成もある。加えて、教室移動や、ロッカーや靴棚の名札の貼り替え等、新年度の準備にもそろそろ本腰を入れなければならなかった。

たとえ通常の授業がなくても、こうした業務に取り組んでいると、時間はいくらあっても足りない。改めて考えてみると、これらの作業を、すべて授業と同時進行で行ってきたことのほうが、むしろ異常に思えてくる。

「不謹慎ですけれど」と前置きした上で、臨時休校のおかげでようやく睡眠時間を確保できるようになったと、本音を漏らす若い教員もいるくらいだった。

文乃もデスクに着き、指導要録の記入に取り組んだ。

国語——国語への関心・意欲・態度、話す・聞く能力、書く能力、読む能力、言語についての知識・理解・技能

算数——算数への関心・意欲・態度、数学的な考え方、数量や図形についての技能……

細かく分類された観点別学習状況を、一人一人記録していく。

この指導要録の評価方法も、文乃が勤務する三十年の間に随分変わった。

基本は、相対的な評価から、絶対的な評価へと近づけていくことが理想なのだが、そこへ至る分析が、なかなかに難しい。二〇〇〇年代からは、学習障害（LD）や、注意欠陥多動性障害（ADHD）等

の発達障害児童への教育支援も大きな課題となった。

文乃自身、様々な研修や、専門家チームの相談会に参加しているが、問題は一朝一夕に解決するものではない。最近では外国籍の児童も増えている。

多様化していく家庭環境と、あらゆる個性を持つ児童たちを「評定」するのは、教員としてどれだけ経験を積んでも、容易なことではなかった。

けれど、複雑化しているように見えるのは、そこに名称がつけられたというだけのことで、差異に起因する大小の問題は、昔から綿々と続いてきたものにも思える。名称をつけて細分化しても、どれだけ時間を費やしても、正解にたどり着けない難問はいくらでもある。なにせ自分たちは、未だに学校内にはびこる〝いじめ〟の問題を、完全には解決できずにいるのだから。

でも、それは、学校内にとどまる話ではないかもね……。

世代によって分断されている保護者会の様子を思い起こし、文乃は薄く笑う。

要するに、教師も保護者も、本来なら児童を「評定」できるような立場ではないということだ。

根を詰めて記入をしていると、いつの間にか正午を過ぎていた。

すっかり固まってしまった肩の付け根を回しながら、立ち上がる。いつもなら、児童たちと一緒にお昼を食べている時間だが、休校中はもちろん給食もない。

気晴らしに、学校の近所の蕎麦屋にでもいこうかと、文乃は手縫いのマスクをつけて職員室を後にした。

あの蕎麦屋にいくには、正門より、裏門から出たほうが早い。旧校舎の昇降口には、外出用のサンダルがあったはずだ――。

頭の中で算段し、文乃は渡り廊下を通って、旧校舎に向かった。

旧校舎に入った途端、いつもの学校の気配がした。どこかから児童たちの明るい声がする。自ずとその方向へ足が向いた。

やがて文乃は、臨時休校の期間中、図工室で共働き家庭の児童たちを受け入れていることに思い当たった。換気のために開け放たれている図工室の扉の向こうで、図工専科の教員、岡野尚子とマスクをした児童たちが、なにかの作業をしていた。

「岡野先生」

声をかけると、やはり大きなマスクをつけた尚子が顔を上げる。

「西原先生、お疲れ様です」

尚子が児童たちと作っているのは、「卒業おめでとう」と書かれたボードだった。ボードは、色とりどりの折り紙や切り紙で作った花々で美しく飾られている。

「それ、すごく綺麗だね」

「コロナのせいで、随分寂しい卒業式になっちゃいそうだから、気持ちだけでも明るくなってもらえたらと思って。目立つところに飾れるといいんですけど」

尚子がマスクの上の眼を弓なりに細めた。

その様子に、文乃は微かな感慨を覚える。専科の教員ということもあってか、尚子には、ほかの教員たちとどこか距離を取っているところがあった。職員室にいるよりも、一人で図工準備室に閉じこもっていることのほうが多い教員だった。いつもなにかを思い詰めているようで、文乃は密かに気にかけていたのだ。

その尚子の雰囲気が、以前に比べて随分と柔らかくなっている。

「あ、文乃先生だぁ」

文乃に気づき、担任しているクラスの穂乃花や真理恵が駆け寄ってきた。

「皆、元気だった？」

一人一人と視線を合わせ、文乃は笑みこぼれる。たった二週間なのに、受け持ちの児童と会えないのはやはり寂しかった。

穂乃花たちの背後には、あの茶髪の〝ヤンママ〟の娘、佐藤結奈がいた。いつも一緒にいる、度の強い眼鏡をかけた千佳と、見事な切り紙を手にしている。

そういえば、この二人は尚子が顧問を務める「図工クラブ」に入っているのだった。さすがに手先が器用なようだ。

活発な穂乃花たちと、大人しい結奈たちは、普段の学校生活なら絶対に一緒に遊ぶ児童ではないが、非常時の今は、意外にも仲良くしているようだった。

楽しげな児童たちを見るうちに、文乃の心に一つのアイディアが浮かぶ。

「ねえ、岡野先生。そのボードが完成したら、せっかくだから正門の卒業式の看板の隣に飾らない？　そして、そこを記念撮影のスポットにするの。正門前までなら、保護者だってこられるし、いい記念になるんじゃないかな」

「いいですね！」

「それじゃ、私、後で副校長に相談してみる」

文乃が請け合うと、尚子はもちろん、穂乃花や真理恵からも歓声があがった。背後の結奈と千佳も嬉しそうにしている。

「だったら、裏門用のボードも作ろうよ」

「どうせ暇だもんねー」

俄然張り切り始める穂乃花たちに、「課題のプリントもちゃんとやるんだよ」と念押ししてから、文乃はその場を離れた。

「お誕生会トラブル」の後、落ち込んでいる様子だった結奈が周囲に溶け込んでいることに、内心安堵する。非常事態が却って児童たちの結束を高めている結果とは言え、結奈が明るい表情を取り戻していることは、単純に嬉しかった。

見るからに気の強そうな茶髪の母親と違い、結奈は控えめで大人しい女子だ。

本当は「お誕生会」禁止令を出したときに、結奈に向けられる圧力があることくらい、見当がついていた。あの神経質そうな五十代の母親が、〝ヤンママ〟ではなく、文乃に怒りをぶつけたみたいに、鬱憤や圧力は大抵、抵抗できない相手に向かう。まだ取り繕うことに慣れていない十歳の児童であれば、その傾向はなおさらだ。

それでも文乃は、〝場を収めること〟を選択した。後ろめたさがなかったわけではない。尚子が始めた「図工クラブ」が、クラスで孤立した結奈の受け皿になってくれていたらしいことに、文乃は感謝している。

借りを返す意味でも、ボードの件は実現させよう。

旧校舎の昇降口で外出用のサンダルに履き替え、文乃は表へ出た。若い時分は教員用サンダルを履くなど、格好悪くて考えられなかったが、四十半ばを過ぎた頃から、そんなことも気にならなくなった。手縫いのマスクがいささか息苦しいが、市販のマスクはもう何週間も、どのドラッグストアでもスーパーでも手に入らない。

本当に、大変なことになったものだ。

このままでは、五十代の母親が指摘したように、すべての飲食店が閉鎖されるような事態になるやもしれない。「お誕生会」どころか、「卒業式」でさえ、儘ならない状況なのだから。

デイサービスだって、いつまで今まで通りに利用できるか分からない。

そう考えると、文乃はひやりとした。この先休校が続いたとしても、あの状態の母と一日中一緒に家にいることなど耐えられそうになかった。

本当に、一刻も早くこの騒ぎが収束することを祈るしかない。

〝祈ったって、この事態はどうにもなりません〟

ヒステリックな声音が甦り、文乃は苦笑した。

とりあえず、今は眼の前のことを一つ一つこなすしかないだろう。

裏門前の階段を下りながら、文乃はここでも開き始めたソメイヨシノのつぼみを見上げる。

今年は、自分の誕生日まで桜はもちそうになかった。

桜、桜……。これほど日本人の心をとらえる花がほかにあるだろうか。

文乃は、四月上旬の生まれだ。毎年、満開の桜を見上げながら、歳を重ねてきた。

子どもの頃は、クラスで一番先に歳を取るのが嫌だった。たった数か月のことで、人を「オバサン」呼ばわりする嫌な男子がたくさんいたからだ。

それでも「お誕生会」は大好きだった。

チューリップの形をした鶏の唐揚げ、熱々のマカロニグラタン、ふわふわの卵がのったオムライス……。

そして、文乃がなによりも楽しみにしていたのは、生クリームに桜の花をデコレーションした、母特製の桜のショートケーキだった。

以前、父と母が暮らしていた文乃の実家の庭には古い桜の木があり、母は毎年、七分咲きの花を摘んでは塩漬けにし、桜色の綺麗なお菓子やおにぎりを作ってくれた。

市販の桜の塩漬けは、八重桜を使った濃いピンク色のものが多いが、ソメイヨシノを使用した手製の塩漬けは淡いピンク色で、香りもよく、なによりとても可愛らしいのだ。

桜の花で飾られた薄桃色のケーキが登場すると、クラスメイトたちは誰もが大きな歓声をあげた。文乃はそれが得意で仕方がなかった。

料理上手の母がたくさんのご馳走を用意してくれる、絶対的に自分が主役の日。

教師になった今ではとんでもない話だが、小学生の頃はそこにまつわるトラブルも、ちょっとした刺激だった。誰が呼ばれるか、呼ばれないか、誰を呼ぶか、呼ばないかで、クラスの勢力図が微妙に可視化される。

美味しい料理や可愛らしいケーキのほかに、気の利いた「お返し」を用意する稲子の細やかなもてなしのおかげもあり、文乃の「お誕生会」は常に大人気で、文乃自身がほかの子の誕生会に呼ばれないことは、まずなかった。

文乃は子どもながらに、自分が家でもクラスでも中心にいることに酔いしれた。

とはいえ、文乃の時代でも、高学年になると、自然に「お誕生会」は行われなくなっていった。文乃の「お誕生会」が開かれていたのも、中学年までだ。

昨今は中学受験が主流になってきているし、別段禁止令を出すまでもなく、この小学校での「お誕生会」も、やがては下火になっていったのだろう。

でも……。

文乃の心にふっと暗い影が差す。

自分に関して言えば、行われなくなったのは、クラスメイトを招いての「お誕生会」だけじゃない。十歳になったとき、文乃は誕生日そのものを失った。

なぜなら、同じ月の下旬に、弟の昭夫が生まれたからだ。

昭夫が生まれてから、文乃は家の中心ではなくなった。父も母も、遅くに生まれた昭夫を、ことのほか可愛がった。無論、露骨に差別をされたわけではない。

文乃のほうが年上なだけに、誕生日プレゼントは、大抵、弟より高価なものだった。けれど、家族での誕生会は常に、昭夫が生まれた日に一緒に済まされるようになってしまった。見た目に関心のない昭夫に合わせ、ケーキも普通の苺のショートケーキに替えられた。

弟のついでに扱われているようで、文乃は毎年不満だった。

〝ふみちゃんのお誕生会は、もうさんざんやったじゃない〟

しかし、そう諭されると、反論はできなかった。男子の間には、そもそもクラスメイトを招いての「お誕生会」を開く習慣がなかったし、姉としてのちっぽけな見栄もあった。

あの頃から、私は格好ばかりつけている。

〝誕生日って、実は、日本ではかなり最近の概念なんだよね〟

以前、尚子に得々（とくとく）として語ったことを思い出し、文乃の頬に血がのぼった。

かつて日本人は、年が明けると「数え」で一斉に歳を取るから、個人の誕生日を祝う風習はなかった——。

どこかで読みかじった知識を何度も引っ張り出して、そう納得させたかったのは、本当は自分自身ではなかったか。

バカバカしい。

文乃は首を横に振る。

つまらない。どうでもいい。

私はもうそんなこと、少しも気にしていない。だって私は……。

〝明るくて、積極的〟な「文乃先生」だもの。

文乃は無理やり口角を上げると、早足に階段を駆け下りた。

お彼岸は四月のような陽気になった。青い空の下、桜が満開に咲いている。

三連休の最終日となった日曜日、文乃は母を連れて、父の墓参りにきていた。

「このままいくと、オリンピックも危ないですよね」

「いや、多分、もう延期でしょう。いつ公に発表するか。時期を調整しているだけだと思うよ」

「やっぱ、そうですよね。うちは飲食なんで、この先、本当に不安ですよ」

前を歩く夫の徹と弟の昭夫が、新型コロナウイルスについて話している。最近では、コロナの話題は天気と同じだ。誰も彼も、まるで挨拶のように交わしている。

現在は中国よりも、イタリアやスペイン等、ヨーロッパでの感染者が爆発的に急増していた。イギリスでパブが閉鎖になったという話は、飲食業界で働く昭夫にとっては、相当にショックだったようだ。

郊外の高台にある霊園では、桜のほかにも、鮮やかな黄色い丸い花をつけるアカシアや、真っ白な雪柳(ゆきやなぎ)が咲き誇っている。墓参りにきた人たちが、軒並み大きなマスクで顔を覆っていることをのぞけば、うららかな光景だ。

稲子の手を引きながら、文乃は背後の新一を振り返った。息子の新一は、スマホの画面を見つめたまま、ぶらぶらと後をついてきている。

今朝がた、文乃はたくさんの牡丹餅(ぼたもち)を作った。粒あん、こしあん、黄粉(きなこ)、胡麻(ごま)……。

〝ふみちゃん、上手だねぇ〟

春は牡丹餅、秋はお萩。本来、牡丹餅はあんこだけとするのが正統なようだが、文乃の家ではどちらの季節も様々な種類を作る。

お彼岸のたびに、母と一緒に作ってきた懐かしい味だ。

ここ数年、父の墓の傍のベンチに座って、皆でそれを食べるのがお彼岸の習慣だった。

けれど、今年は飲食を伴う花見に自粛要請が出ているため、自分と徹と稲子は朝食代わりに食べ、昭夫と新一にはそれぞれ土産に持たせることにした。

ここ数年の墓参りで一番のお花見日和なのに、皮肉なものだと思う。

もっとも昭夫は、留守番している妻と双子によい土産ができたと、単純に喜んでいた。

「昭夫」

それまで、無言で文乃に手を引かれていた稲子がふいにくるりと新一を振り返る。

「今日は、ゆっくりしていきなさいね」

日に日に表情が乏しくなっている母が珍しく満面の笑みを浮かべたので、文乃は小さな驚きを覚えたが、新一は「えー」と、心外そうに眉根を寄せた。

「なに、昭夫って。ばあちゃん、俺のこと、叔父さんだと思ってんの?」

つけていたマスクを顎までずらし、新一が稲子の前に身をかがめる。

「さて、ばあちゃん、俺は一体誰でしょう」

「ちょっと、新一やめて」

文乃はその間に割って入った。認知症の患者を試すようなまねはしてはいけないと、主治医から再三注意を受けていたのだ。

「でもさ、ばあちゃん、もう、俺のこと分かんないみたいじゃん。俺、本当にくる意味あった?」

新一が少し不満そうに囁く。本当なら、お花見日和のこの日は実家に帰るより、自分の彼女や友人たちと一緒に過ごしたかったのだろう。

「あるよ、絶対」

文乃は強く頷いた。稲子は家にいるとき、四六時中、孫の姿を探しているのだから。

「お母さん」

母の正面に回り、文乃は言い聞かせるように告げる。

「これは昭夫じゃなくて、しんちゃんでしょう？　孫の新一」

しっかり分かるように指をさしてみせた途端、なぜだかつないでいた手を振りほどかれた。

「そんなこと、ちゃんと分かってますよ」

文乃にきつい眼差(まなざ)しを向けてから、稲子は再び新一を振り返る。

「ねえ、しんちゃん」

「そうそう。俺、しんちゃんだから」

どうでもよさそうに相槌(あいづち)を打ち、新一はマスクをつけ直すと、再びスマホの画面を見つめた。もう、稲子には興味がなさそうに、誰かへのメッセージを打ち始めている。

気楽なものだと、文乃は内心溜め息をつく。

久々にやってきた新一も昭夫も、稲子を見るなり、口々に「元気そうだ」と言っていたが、それは日に十回くらい同じことを尋ねてくる母の姿を知らないからだ。

「ほら、お母さん。しっかり歩いてね」

足元の覚束ない稲子の手を、文乃は握り直す。稲子は少し不満そうな表情を浮かべたが、黙って文乃に従った。

やがて父の墓の前に到着すると、徹が桶に水を汲みにいった。その間、文乃は稲子を近くのベンチに座らせ、線香の用意をする。昭夫が仏花の束をほどき始めた。

「昭夫、綺麗な花だねぇ」

稲子が眼を細め、ベンチから立ってくる。

「そうかな、その辺のスーパーで買ったやつだけど」

「綺麗だよぉ。お母さん、そんな綺麗な花、見たことない」

「おおげさだって」

昭夫は少々戸惑っているようだ。

「そんなことない。綺麗、綺麗、綺麗ぃーっ」

稲子がはしゃいだ声をあげる。どうやら、久しぶりに昭夫や新一の姿を見て、妙に興奮しているらしい。あまりに声が大きいので、周囲でお墓参りをしている人たちが、ちらちらとこちらを気にし出している。

「お母さん、ちゃんとベンチに座ってて」

文乃は母の腕をつかみ、ベンチに座らせた。子どものようにはしゃぐ母のことが恥ずかしかった。

「今日はお父さんのお墓参りなんだから、ちゃんとしててね」

眼を見て言い聞かせると、「……分かってますよ」と、稲子は口の中でもごもご呟く。

その後も稲子はそわそわと周囲を見回したり、新一にむやみに話しかけたりしていたが、そのうち、眼を閉じてじっとうつむいた。

稲子が大人しくしている間に、文乃と昭夫は、徹が汲んできてくれた水で墓を清めた。まだ真新しい御影石（みかげいし）の墓は、父が生前に自分で買ったものだ。郷里の墓ではなく、稲子と二人で入りたいとこの霊園を選んだのだ。

清めた墓石に花を手向（たむ）けながら、けれど残された母がまさか認知症になるとは、父も思っていなかったのではないかと文乃は考える。

でも、大丈夫。私が母の代わりになるから。大変だけれど、なんとかやってみせる。

「お母さん」

居眠りをしている稲子を起こし、文乃たちは順番に焼香（しょうこう）した。稲子も神妙な表情で、墓石の前で手を合わせた。静かに祈っている母の横顔を見ると、なにも問題がないように思える。母は八十を過ぎていたが、それほどしわも多くなく、年齢よりずっと若く見えた。

ところが、いざ墓参りを終えて帰ろうとした途端、稲子が急に駄々をこね始めた。いつものように、ベンチで牡丹餅を食べたいと言うのだ。

「だって、今年もたくさん作ったのよ。こしあんも、粒あんも、黄粉のも。昭夫は胡麻が好きだったでしょう。しんちゃんは、こしあんよねぇ」

「へえ、ばあちゃん、ちゃんと覚えてるじゃん」

新一が腕を組んで感心する。

認知症とはいえ、すべての記憶がなくなるわけではない。稲子のように初期段階の認知症患者は、昔のことは却ってはっきりと覚えている。

問題なのは、もう稲子は何年も自分で料理を作れないことと、数時間前に文乃が作った牡丹餅を食べたこと自体を、すっかり忘れ果てていることだ。

「お母さん、牡丹餅はもう、うちで食べてきたでしょう」

言い聞かせようと、文乃は稲子の正面に回る。

「朝ご飯に、三つも食べたじゃない」

分かりやすいように三つ立てた指を、稲子がぴしゃりと叩いた。

「あなた、さっきからずっと指図ばっかりして、一体、なんなの」

子どものように頬をふくらませ、稲子は文乃をにらみつける。

「お手伝いさんのくせに！」

あまりのことに文乃は言葉を失った。

絶句している文乃のかたわらで、昭夫がぷっと噴き出す。

「こりゃ、傑作。お母さんの毒舌、健在じゃん」

「本当だよ。ばあちゃん、まだまだボケてないよね」

まだ父が生きていた頃、文乃と稲子が丁々発止で母娘喧嘩していたことを覚えている二人は、むしろ安心したように笑い始めた。

「あははは……！」

笑う二人を見るうち、稲子も声をあげて楽しげに笑い出す。こんなに朗らかに笑う母を見るのは久しぶりなのに、文乃の胸は一気に冷たくなっていった。

ここ数年、母から「ふみちゃん」と呼ばれたことがない。

ひょっとすると、母のどんどん小さくぼんやりとしていく心の中には、もう自分の姿は残っていないのだろうか。

そう思った瞬間、文乃の中で、なにかがぷつりと音を立てて切れる。

「なにが可笑しいのよ！」

気づいたときには、大声が出ていた。

「昭夫も新一も、お母さんから逃げてるくせにっ」

文乃の剣幕に、昭夫も新一も唖然とする。稲子もぴたりと笑うのをやめて、二人と同じような表情でこちらを見た。その様子が一層癪に障った。

「お手伝いさんって、どういうこと？　私がお母さんの面倒見てるのに、私がお母さんの代わりをしてるのに！」

学校の仕事がどれだけ大変でも、家事の手を抜くこともできない。デイサービスに頼っているのは事実だが、それだって仕事をしながらでは精一杯だ。正月の御節や彼岸の牡丹餅やお萩を手作りし、母がやってきた習慣を懸命に守っている。

「それなのに、お母さんは、昭夫しか見てない。昔からそうだよ。昭夫が生まれてからは、私の誕生日をちゃんと祝ってくれたことさえないじゃない」

今更なにを言っているのかと思いつつ、こぼれる言葉をとめることができなかった。

「いくら四月生まれだからって、同じ日に生まれたわけじゃないでしょ」

くだらない。バカバカしい。そんなことは気にしていない。

だって、誕生日なんて、たかだか戦後にできた付け焼き刃の概念だ。

そうやって自分を納得させてきたはずなのに、児童たちの「お誕生会」を禁止する立場になったのに、未だにこんなにも引きずっている。

「家族でする誕生会は、昭夫の好きなものばかり。私はお母さんの桜のケーキが大好きだったのに……」

「文乃」

それまで黙っていた徹が少し大きな声を出した。

「お義父さんの前だよ」

父の墓石をさし示され、文乃はようやく我を取り戻す。昭夫も新一もきまりが悪そうに視線をさまよわせ、稲子はただぼんやりとしていた。

「……ごめんなさい」

文乃は唇を嚙んで下を向く。

「そろそろ帰ろう。お義母さんも、疲れたろうし」

徹の言葉に、昭夫と新一がそそくさと桶や柄杓を片づけ始めた。もう、誰も口を利こうとはしなかった。


週明け、ついに東京オリンピック・パラリンピックの延期が発表された。

アメリカで感染者が急増し、爆発的患者急増、都市封鎖という言葉が、ニュースに盛んに登場するようになった。

不安と緊張が漂う中、文乃も徹も、それぞれの学校で、修了式と卒業式の準備に明け暮れた。六年生の学年主任である徹は、式場となる体育館の除菌作業もあり、深夜まで帰ってこない日が続いた。

卒業式の前日、デイサービスから戻ってきた稲子に夕食を食べさせ、寝室に向かわせてから、文乃はリビングのソファで雑誌を読んでいた。ニュースやネットのＳＮＳはコロナ関連のものばかりで、心が落ち着かない。

墓参りで〝お手伝いさん〟呼ばわりされてから、文乃はずっと気持ちがふさいでいた。

自分には息子一人しかいないので比較はできないけれど、母親にとって、息子というのは娘以上に特別なものであるらしい。いつも一緒にいる娘がどれだけ気を遣っても、たまに顔を見せるだけの息子には勝てないということなのか。

「元気そうだね」という、なんの責任も伴っていない昭夫のお気楽な一言に、稲子が自分には決して見せない満面の笑みを浮かべたことを思い返すと、文乃の心はどんよりと重くなる。

家を出て以来、滅多に連絡をくれない新一から電話があっただけで、一日中華やいだ気持ちになる己を自覚しているから、なおさらだ。

たとえ母子であっても、女にとって、息子はやはり異性なのだ。

今夜も夕食はいらないという徹のメッセージを受けて、文乃はすっかり気が抜けた。自分を〝お手伝い〟呼ばわりする母のために丁寧な料理を作る意欲が湧かず、結局、この日はすべてインスタントや冷凍食品で済ませてしまった。

レンジで温めただけの料理を、稲子は不満そうな顔で食べていた。認知機能は衰えていても、味の良し悪しは分かるようで、箸で突き回しただけでほとんど残した料理もあった。八十を過ぎても健啖家の稲子にとっては、物足りない夕食だったに違いない。

でも、もういいや……。

雑誌のページをめくりながら、文乃はあくびを嚙み殺す。

どんなに頑張って作ったって、どうせ母は、全部忘れてしまうんだし。食事どころか、娘の私のことだって、どこまで心に残っているのか分からない。

毎日の緊張と疲れもあって、急激に眠気が込み上げてきた。

なんだか、もう、なにもかもがどうでもいい。

どんどん目蓋(まぶた)が重くなり、頭の中がぼんやりする。耐え切れずに雑誌を閉じると、文乃は膝掛けを胸まで手繰(たぐ)り寄せ、ソファに横になった。

ほんの少しうとうとするつもりだったのだが、いつの間にかぐっすりと眠り込んでしまったようだ。

ふと意識が戻ったとき、文乃は部屋中に漂っている異臭に気づいた。

なにかが焦げている。

文乃はソファから跳ね起きた。

「お母さん！」

キッチンの扉をあけた瞬間、一気に血の気が引く。キッチンの中が、まるでスチームを焚いたかのように真っ白だった。しかも、その蒸気が、お酢のようなツンとする異臭を放っている。

立ち込める蒸気の中、稲子がボウルを持ったまま、うろうろとしていた。

「お母さん、なにしてるのっ」

文乃は慌ててガスの火をとめ、換気扇を回し、窓という窓を開け放つ。蒸気が収まってくると、眼を覆いたくなるような惨状が視界に飛び込んできた。

ケトルは空焚き寸前で、鍋はなにが入っていたのか分からない程、真っ黒に焦げついている。そして、床中に白い粉がぶちまけられていた。

「どうして、こんな……。火事になったら、どうするつもりっ」

稲子を怒鳴りつけた途端、なにかに足を滑らせてつんのめった。強かに膝を打ちつけた床がぬるりと濡れている。キッチンの床の上で、生卵が何個もつぶれていた。

部屋着の膝も肘も生卵の白身でべったりと濡れてしまい、文乃は茫然とする。立ち上がることのできない文乃を、ボウルを抱えたままの稲子が、困ったような表情で見つめていた。

「お母さん、なんでこんなことするの？」

文乃の声がわななく。

明日は、文乃の学校も、徹の学校も、卒業式なのに。新型コロナウイルスの災禍もあって、一番大変なときなのに。

「なんでよ」

文乃の眼尻に、涙が滲んだ。

「キッチンに勝手に入らないでって、あれだけ言ってるのに」

無言で見返してくる稲子の眼差しに、どこか不満そうな色が混じっていることに気づき、文乃はハッとする。

まさか……。

今日の夕食に不服で、自分で作ろうとしていたのか。

「お母さん、やめてよ!」

床の卵を叩いて、文乃は飛び起きた。

「なんで、こんな、嫌がらせみたいなことするの? 私の料理が気に入らないなら、そう言えばいいじゃない。出前でもなんでも、取ってあげるから」

認知症患者を怒鳴ってはいけない、追い詰めてはいけない——。

主治医はそう言うけれど、もう我慢の限界だ。

「お母さん、どうしてこんなふうになっちゃったの?」

胸の奥に封じ込めていた言葉を、文乃はついに吐き出す。

「戻ってよ。昔のお母さんに戻ってよ。もう、こんなお母さんを毎日見てるの、私だって嫌なんだよ」

明るくて積極的で、料理自慢で、面倒見がよくて……。

自慢の母が変わっていくのを見たくなくて、先手先手を打とうとした。無理やり病院に連れていって薬を処方してもらったし、いち早くケアマネージャーについてもらってデイサービスにも通わせた。異常な行動を取る前に、先回りして、それを防いだ。

ほんの一瞬、気を緩めた瞬間、現実を突きつけてくるような奇行に出る母を、文乃は本気で憎(にく)いと感じた。

思わず大声で叫んでしまう。

「こんなのもう、見たくない。私だって逃げたいよ！」

荒れ果てたキッチンが、しんとした。

やがて、ボウルを持ったまま、稲子がのろのろとキッチンから出ていく。

「ちょっと、お母さん、どこいくの」

そのまま玄関に向かおうとする母を、文乃は追いかけた。廊下の途中で腕をつかむと、驚くほどの勢いで振り払われる。

「帰るの」

小さいけれど、しっかりした声で稲子が呟いた。

「帰るって、どこへ？」

「ここ、お母さんのおうちじゃないから、お父さんのところに帰るの」

両親が暮らしていた文乃の実家は、父が他界し、母を引き取ったときに、既に手放している。庭にあった桜の木も切り倒され、敷地内には二軒の建売住宅が造られた。

「あのうちはもうないよ」

「嘘ばっかり」

「嘘じゃないってば」

ボウルをしっかり抱えて玄関にいこうとする稲子を、文乃は無理やり引き留めた。

「じゃあ、昭夫のところにいく」

「昭夫がお母さんの面倒なんて、見るわけないでしょう？」

「そんなことない」

「それじゃあ、昭夫が今までお母さんのためになにをしたのか言ってみて」

答えられない稲子からボウルを取り上げ、文乃は力ずくでその身体を引きずる。

「もうこれ以上、私の邪魔をしないで。お願いだから、自分の部屋で休んでちょうだい」

部屋の前まで引きずっていくと、急に稲子が金切り声をあげた。

「邪魔ばっかりしてるのは、そっちでしょっ！」

左頬に火のような熱さを感じる。

引っ掻かれたのだと気づいたときには、稲子は自分の部屋に飛び込み、文乃の眼の前で勢いよく扉を閉めていた。

左頬に手を当て、文乃はしばし唖然とする。力一杯爪を立てられたせいで、頬はじんじんと痛んだ。

文乃は目蓋を閉じ、深い溜め息をついた。

もう、怒りも悲しみも感じなかった。

キッチンを片づけなくちゃ――。

麻痺(まひ)したような頭の中に、荒れ果てたキッチンの様子が浮かぶ。

疲れて帰ってくる徹に、あの惨状を見せるわけにはいかない。

目蓋をあけると、文乃は重たい足取りで、まだ異臭を漂わせているキッチンへと向かった。


翌朝、母に引っ掻かれた痕は蚯蚓腫(みみずば)れになっていた。

布マスクでそれを隠し、文乃は朝早く学校に向かった。空はすっきりと晴れているが、冷たく強い風が吹いている。

正門までくると、「卒業式」の看板の前に、何人かの人影が見えた。岡野尚子と数人の児童が「卒業おめでとう」のボードを設置しているところだった。

「おはようございます」

文乃に気づき、尚子がマスクで覆った顔をこちらに向ける。

「文乃先生ーっ」

児童の中から、穂乃花と真理恵が駆けてきた。

「西原先生のおかげで、正門と裏門に、ボードを置けることになりました。本当にありがとうございます」

尚子が律義(りちぎ)に頭を下げる。

完成したボードは満開の桜を思わせる切り紙や折り紙で飾られ、華やかで美しい。

「すごい！　上出来じゃない」

文乃は素直に感嘆した。これなら卒業生たちも皆喜ぶだろう。

「ただ、風が強くて」

髪を風にあおられながら、尚子がボードを押さえる。どうやら、門にボードを取りつけるのに苦労をしているようだ。

「私も手伝うよ」

加勢しようと門の裏に回ると、鉄扉に紐(ひも)を結んでいるのは佐藤結奈とその母親の美優だった。

「そっち、私が結びます」

文乃の申し出に、真っ黒なマスクをつけた〝ヤンママ〟が、くるりと振り返る。

「あ、助かりますー」

美優は茶色いロングヘアをかき上げた。

「いえいえ、こちらこそ、手伝っていただいてすみません」

「娘が頑張って作ったっていうから、出勤途中に見にきただけですけどね」

文乃の言葉に素っ気なくそう応じ、「いやあ、実際いい出来だわ。あんたたち、たいしたもんだわ」と、美優は娘の結奈を褒めちぎる。鋏(はさみ)を持って千佳と並んでいる結奈は、嬉しそうに頬を染めた。

雰囲気はまったく違うけれど、よく見ると、二人の顔立ちは似ている。やはり親子なのだなと、文乃は密かに感嘆した。

もう少し成長すると、結奈は母親顔負けの美貌になるかもしれない。

「お母さん、今日も遅くなる？」

「どうかなぁ。今日は早番だけど、最近買いだめの客が多くて、在庫出し、大変なんだよね」

二人の会話から、美優が学校の近くのスーパーで働いていることを思い出す。そういえば、自宅のティッシュが残りわずかになっていた。

「今、ティッシュって、本当に品薄ですか」

「ティッシュやトイレットペーパーは、結構出てきてますよ。マスクは全滅ですけど」

ボードの四隅を紐でくくり、その上からガムテープを何重にも貼って補強する。これで、相当強い風にも耐えられるはずだ。

「岡野先生、正面から見て曲がってない？」

結奈たちが確認しに鉄扉の向こうに出ていくと、文乃と美優だけが、ボードの裏側に残された。

「あの、すみませんでした」

唐突に美優から謝られ、文乃は一瞬きょとんとする。

「ええと、なんでしたっけ」

「臨時休校の保護者会のとき、私、まぜっかえしちゃったでしょう？」

美優が、少し意地悪そうに片眉を上げた。

「なんか、〝国際情報に強いアテクシ〟みたいな奥様にむかついちゃって」

「ああ……」

文乃は曖昧に頷く。

「でも、このままだとあの奥様が言った通りになりそうですよね。オリンピックも延期だし」

ひときわ強い風が吹き、美優は片手で長い髪を押さえた。

「ただ、パートとはいえ、スーパーで働いている身から言わせてもらうと、ああいうのって煽りになるから怖いんですよ。オリンピックが延期になった途端、米が秒で売り切れましたからね」

スーパーの空っぽの棚を見て、文乃も荒れた気分になったことを思い返す。

「あの奥様の言ってることは全部事実でしょうけど、今のところ日本は流通が死んでるわけじゃないから、食料品を買いあさる必要はないんですよ」

軽く鼻を鳴らし、美優が腕を組んだ。

「仮に緊急事態宣言が出たところで、スーパー勤めの私たちは、休むわけにはいかないでしょうしね。ＳＮＳの情報とかもそうだけど、〝心配エゴ〟って結構厄介ですよ」

心配エゴ――。

美優の言葉が、文乃の心の奥底で木霊（こだま）した。

「西原先生、設置、うまくいきました。ありがとうございます」

そこへ尚子が、結奈や千佳たちと一緒にやってくる。

「じゃあ、私、出勤しまーす」

美優がおどけた調子で敬礼した。

「結奈もさっさと帰りなよ。途中まで一緒にいくからさ。今日は先生たちも忙しいんだから、千佳ちゃんたちも、気をつけて帰んなね。なんか、いろいろ落ち着かないし」

「でも、お父さんが、来月には金星とプレアデス星団の接近があるから、それまでには落ち着かないと困るって言ってたよ」

「それはまじにどうでもいい」

「もう、お母さんはさぁ……」

美優と結奈の言い合いに、千佳も穂乃花も真理恵も楽しそうに笑っている。

結奈たち児童を伴い、さっさと歩いていく美優の後ろ姿を、文乃は尚子と並んで見送った。

少々蓮（はす）っ葉（ぱ）なところのある〝ヤンママ〟だが、美優は案外しっかりした女性だ。

それに、今まではもちろん、これから一層、食料品や日用品を扱うスーパーで働く人たちに、誰もが頼っていくことになる。この非常事態は、当たり前すぎて気にも留めていなかった事実を、如実に可視化してもいた。

美優たちがいなければ、日常は回っていかない。

「……西原先生、それ、どうされたんですか」

ふいに声をかけられ、ハッとする。

尚子が心配そうに、横から自分の頬を見ていた。やはり、小さな布マスクではうまく隠せていなかったらしい。

「ああ、これ」

文乃は慌てて布マスクをかけ直す。

「昨日、母にやられちゃって」

頭の中であれこれと言い訳を考えていたはずなのに、なぜか文乃は本当のことを口にしていた。マスクをしていても、尚子の顔色が変わるのが分かる。

「うちの母、認知症になって結構経つのね。いつもは私も我慢してるんだけど、昨夜はちょっといろいろあって、母に暴れられちゃって……」

こんな話、聞かされるほうも困るだろう。なにより、文乃自身、学校でそれほど深刻な母の話をしたことがない。

それなのに、どうしてだろう。話し始めたら、言葉がとまらなかった。

「母の心には、もう私は残っていないみたいなの」

言いながら、文乃は本当は誰かにちゃんと聞いてほしかったのだと悟る。

相手は誰でもよかった。ただ、本音を吐き出してしまいたかった。

「母は、多分私を憎んでるんだと思う」

ケアマネージャーにも、こんなことを話したことはない。

「私が、母を強引に病院やデイサービスにいかせたから……」

稲子をデイサービスに通わせ始めた頃の様子が脳裏に浮かぶ。

〝どうしてお母さんが、あんなところにいかなきゃいけないの〟

重度の認知症患者もいるデイサービスは、稲子にとっては屈辱的な場所でもあるようだった。なにもできない子どものように扱われるのが嫌だと、泣いて訴えてくることもあった。

それでも、無理やり通わせた。そうしなければ、自分の生活を守ることはできなかった。

結局、自分も母から逃げていたのかもしれない。

先手先手を打つことで、見たくない母の姿から眼をそらし続けた。

やがて稲子は段々あきらめたようになり、文乃の前ではほとんど笑わなくなっていった。

〝邪魔ばっかりしてるのは、そっちでしょっ！〟

切り裂くような声が、耳朶を打つ。

きっと随分早いうちに、母の心から、娘である自分の姿は消えていたのだ。

「そうでしょうか」

静かな声が響く。

「え？」

顔を上げると、尚子が穏やかな眼差しでこちらを見ていた。

「私には、お母様が西原先生を憎んでるなんて思えません」

なぜ、そんなことが分かるのか。

文乃の心にじわりと不快感が湧く。

「もちろん、私は西原先生のおうちのこと、なんにも知りませんけど」

文乃の表情を読んだように、尚子が微笑(ほほえ)んだ。

「だって、西原先生って、なんていうか〝人間力〟がありますもの」

「人間力？」

「はい」

マスクの上の尚子の眼が、柔らかくしなう。

「嘘よ」

文乃は首を横に振った。

〝明るくて、積極的〟な「文乃先生」は偽者(にせもの)だ。文乃はそういう母の真似をしてきただけだ。

「いいえ、私、分かるんです。西原先生は、私のことも気遣って、いろいろと話しかけてください ましたよね。私、職員会議とかでも上の空だったから。そういう視野の広い人って、ちゃんと愛されて育ってきた方だと思うんです」

視野が広い——？

そんなことない。

自分はいつだって、眼の前のことで精一杯だ。

「それに……」

尚子が少しだけ言いよどむ。

「私の母は、私の知らないところで一人で死んだので、もう喧嘩もできません」

さらりと打ち明けられて、文乃は返す言葉を失った。

「だから、ちょっとだけ羨ましいです」

そう言うと、尚子はそっと笑みを浮かべた。強い風が吹き、柔らかな髪が宙を舞う。

尚子の笑顔は風に溶けてしまいそうに透明で、これまでに見たことがないほど美しかった。

「卒業おめでとう」——。

華やかな折り紙や切り紙の花々で飾られたボードの前で、文乃は尚子と向き合ったまま、無言で立ち尽くしていた。


四月に入ると、暖かな日が多かった三月とは打って変わり、雨や気温の低い日が続いた。

週末、文乃は誕生日を迎えたが、今年はそれどころではない事態が起きている。

都立高校は新型コロナウイルスの感染拡大を受けて、ゴールデンウイーク最終日の五月六日まで休校が延長されることになった。小中学校に関しても、同じ取り組みを強く要請されている。

この件で、徹は朝から会合に出かけていた。

文乃の学校からはまだなんの連絡もない。このままいけば、入学式は通常通りに行われるのだろう。時折、スマートフォンでメールをチェックしながら、文乃はぼんやりとしていた。

SNSでは、「まだ持ち堪えている」「緊急事態宣言だ」と、口角泡を飛ばす議論があふれ、どちらを信じていいのか分からない。

テレビをつければ、スーパーの食料品棚が空っぽになる映像が何度も流れ、文乃は慌ててスイッチを切った。これ以上不穏な情報は知りたくなかった。

スーパーで働く美優は、恐らく毎日大変な対応を強いられているのだろう。

窓の外の空はどんよりと曇っている。

ふいに、扉の向こうで音がした。稲子が自分の部屋から出てきたらしい。

この日、稲子はデイサービスを休んでいた。いくらノックをしても部屋から出てこないので、文乃も無理強いはしなかった。

玄関へ向かう足音に、文乃はソファから立ち上がる。

「お母さん、どこいくの」

引き留めようとした手を、途中で下ろした。代わりに、後を追うことにする。

稲子は自分で靴を履くと、玄関の扉をあけて、意外にしっかりとした足取りで表へ出ていった。少し離れて、文乃は後をついていく。

稲子は家の前の商店街をどんどん歩き、やがて入り組んだ裏路地へと入っていった。一体どこへいくつもりなのか、稲子は細い路地をぐるぐると歩き回っている。

父と暮らしていた実家か、昭夫の家を探しているつもりなのだろうか。

ここは自分のうちではないと言われたことを思い出し、文乃の心は重くふさいだ。けれど今は、母の気が済むまで好きにさせるしかないのかもしれない。外出の自粛要請は出ているが、人気(ひとけ)のない道を歩くくらいなら、問題はないだろう。

喧嘩ができるだけ、羨ましい。

卒業式の朝の尚子の寂しげな眼差しが頭の片隅をよぎり、文乃は自分でもどうしてよいのか分からなくなる。

頬の蚯蚓腫れはやっと消えた。けれど、あの日の出来事は〝喧嘩〟だろうか。母の心には、娘の自分の姿は既に残っていないというのに。

うつむいて歩く文乃の足元に、いつしか薄桃色の花びらが舞った。

顔を上げ、ハッと息を呑む。

眼の前に、まだ爛漫(らんまん)と花を咲かせた大きな桜の木が立っていた。

区画整理から取り残されたような小さな公園。商店街の奥の路地裏にこんな場所があるなんて、今の今まで知らなかった。母はもともとこの場所を知っていたのだろうか。それとも偶然たどり着いたのだろうか。

はらはらと花びらを散らせる桜の木は、以前、実家の庭にあった老木を思わせる。ヒヨドリたちがギィーギィーと甲高い声をあげながら、咲き誇る花をついばんでいた。

地面に落ちた花びらを、稲子が無心に拾っている。既に満開の盛りを過ぎているので、風が吹くたびに、大量の花吹雪が舞った。

文乃は稲子と並んで、一緒に花びらを拾い始めた。落ちているものを拾うのは、認知症の症状の一つだと言われている。

しばらくは、母につき合うつもりだった。

やがて、文乃は、稲子が小さくなにかを呟いていることに気がついた。

「……ーキ、ふみちゃんのケーキ……桜のケーキ……」

その瞬間、文乃の鼓動が大きくなる。

「お母さん」

文乃の唇が震えた。

もしかして、あの晩、母が作ろうとしていたのは――。

文乃の脳裏に、荒れ果てたキッチンの様子がまったく別のものとして甦る。

あのとき、床に撒き散らされていたのは、小麦粉だった。そして、床でつぶれていた生卵。母が最後まで手放そうとしなかったボウル。

あの晩、稲子が作ろうとしていたのは、文乃の「お誕生会」の定番だった、桜のショートケーキだったのだろうか。

「お母さん、ケーキ、作ってくれるの？」

文乃が問いかけると、稲子が顔を上げてこちらを見た。

「だって、今日、ふみちゃんのお誕生日でしょう」

当たり前のように返されて、文乃は胸を衝かれる。

覚えていてくれたのか。

「悪かったねぇ。いっつも昭夫の誕生日と一緒にして……」

申し訳なさそうに告げられ、文乃は激しく動揺した。墓参りのときの自分の言動を母が理解していたとは、今の今まで思ってもみなかったのだ。

そのとき、垂れ込めていた雲が割れ、一条の光が頭上に差し込んできた。春の暖かな日差しの中、ヒヨドリがついばんだ花が、くるくると回転しながら落ちてくる。

思わず文乃は身を乗り出して、それを両手で受けとめた。

「ふみちゃん、上手だねぇ」

稲子が柔らかな笑みを浮かべる。

陽光の中で母の頰が薔薇色に輝くのを見ながら、文乃の中に熱いものがあふれてきた。

〝心配エゴ〟で、母の心から娘である自分を追い出したのは、文乃自身だ。

母の代わりを完璧に務めようとして、却って、母の居場所を奪ってしまっていたことに、初めて気づかされた。

甘えていいんだ。

文乃の瞳に、ずっとこらえてきた涙が込み上げる。

たとえ認知症になっても、人の心根までが奪われるわけではない。母の心の奥底に、娘の自分はこんなにもちゃんと生きていた。

鼻の奥が痛くなり、視界が一気にぼやけていく。

「お母さん……！」

文乃は子どものように、ぼろぼろと涙をこぼしていた。

「お母さん、私怖いよ。この先どうしたらいいのか、全然分からないよ」

桜の花をつかんだ文乃の手を、稲子が両の掌で包み込んで微笑む。

「怖がらなくて大丈夫。ふみちゃんは、なんでも上手。それに、今日は、ふみちゃんのお誕生日だから」

母に手を包まれたまま、文乃は肩を震わせて泣きじゃくった。

「泣かないの。お誕生日はおめでたいものなのよ」

稲子が優しく文乃の手をさする。

この先、世界がどうなるのか分からない。母が、いつまで自分を覚えていてくれるのかも分からない。

それでもこのひとときを、自分は心に刻んでいよう。

誕生日——。それはきっと、誰もが自分自身と向き合う日だ。

ひいては、一番大事な人たちと向き合う日。

子ども時代は友達と、若い時代は恋人と、結婚して母になってからは子どもや夫と、そして中年になった今は、老いた母と。

そこには常に、自分にとって一番近くにいる人との関係が現れる。

かつて、年明けとともに一斉に歳を取っていた「お誕生会」ビギナーの私たちは、つい見栄を張ってしまったり、期待しすぎてしまったり、空回りしてしまったりすることもあるけれど、それも含めてすべてが大切な記念日だ。

風が吹き、桜の花びらがひらひらと舞い踊る。

不穏で不安な毎日は変わらない。けれどこの眼に映る世界は、こんなにも美しく、母と生きる一瞬が愛おしい。

「お母さん、帰ろうか」

涙をふいて、文乃は稲子の手を取り直す。

今度は母と一緒にキッチンに入ろう。すぐ傍で手順を見守って、所々で助言をしたり手伝ったりすれば、母はまだまだ得意だった料理の腕を振るえるのかも分からない。

〝ふみちゃん、上手だねぇ〟

先刻の稲子の言葉が、文乃の胸を熱く照らす。

明るくて積極的な母に褒められながら育ってきた自分は、この先もきっとなんとかやっていけるはずだ。

おめでとう、私。

一片の花びらを握りしめ、文乃は母とともに歩き出す。

自分に人間力があると言ってくれた尚子。

〝心配エゴ〟に気づかせてくれた美優。

おめでとう。この世界に生まれたすべての私たち。

今日だけは、先を恐れるよりも、ただこのひとときを祝福しよう。

ハッピーバースデー。

大切な人たちと出会えて、おめでとう。

謝辞

本作の準備に当たり、たくさんの方に「お誕生会」に関するアンケート、並びにインタビューにご協力をいただきました。

この場をお借りして、心より御礼を申し上げます。

主要参考文献

『手作り万華鏡入門　はじめてでも美しい模様が楽しめる！　身近な材料で作れる、不思議な世界』山見浩司　誠文堂新光社

『万華鏡大全　基本のしくみから映像、ミラーシステム、作り方まで　万華鏡のすべてを網羅した決定版』山見浩司　誠文堂新光社

『隕石の見かた・調べかたがわかる本　藤井旭の天体観測入門』藤井旭　誠文堂新光社

『多国籍化する日本の学校　教育グローバル化の衝撃』佐久間孝正　勁草書房

『〈超・多国籍学校〉は今日もにぎやか！　多文化共生って何だろう』菊池聡　岩波書店

『家族が認知症になったときに読む本　こころの名医が教える「がんばらない」接し方』吉田勝明（監修）　コスミック出版

『認知症介護と仕事の両立ハンドブック』角田とよ子（著）須貝佑一（医事鑑定）　経団連出版

解説

杉江松恋（書評家）

そこに命があることの驚きと喜びをしみじみと味わう。

驚き、があるのだと思う。あまりにも当たり前すぎて、普段はそのありがたさを忘れている。自分の大事な人が、そこにいてくれた。奇跡に驚き、こみあげてくる喜びを嚙みしめる。

古内一絵『お誕生会クロニクル』を再読し終えて、本をいったん横に置いた。しっかりしたものを読んだという感触と、作品から受け取ったほのかな温もりがある。命の小説だったのだな、と改めて思っている。

『お誕生会クロニクル』の単行本を見ると、二〇二〇年九月三十日初版一刷発行となっている。新型コロナウイルス流行によって社会が大混乱に陥った年である。収録作は七篇、すべて初出は「小説宝石」誌であり、最初の「万華鏡」は二〇一九年九月号に掲載された。

語り手が交代しながら続いていくオムニバス形式の作品で、一冊にまとまると連載時とはまた違った読み心地がある。誰の身にも起こりうる日常の出来事を描いた小説だが、読者を飽きさせないように、語り口が少しずつ変えられているのだ。たとえば五篇目の「ドールハウス」（「小説宝石」二〇二〇年三月号）は、いわゆるデジタル・デバイド、つまり情報技術の高度化に追いつけなくなった中年男性の悲哀を描いた作品で、共感したくなるようなペーソスが漂っている。周囲に急き立てられてスマートフォンを購入した主人公は、音声ＡＩに翻弄される。そしてつい、「あなたをどう使うのが正解ですか」と質問してしまうのだ。音声ＡＩが導いた検索画面を見て、彼は脱力する。

――そこには、小坂明子が歌った一昔前の流行歌「あなた」の歌詞がずらずらと表示されていた。

作中人物じゃないが「これじゃなぁああい」と呻いてしまいたくなるではないか。こういう、ほんのりとした笑いがあるかと思えば、あちこちにちりばめられた、やるせない人生の真実を見せられて背筋の伸びる話もある。第一作である前出の「万華鏡」を「小説宝石」掲載時に読んだとき、見事な短篇だな、と私は感心した覚えがある。

これは、東京都内にある小学校四年生の学級で、お誕生会にまつわるトラブルが発生したことから始まる物語だ。同級生を呼んで盛大に催されるお誕生会は本来ならめでたく、楽しい会であるはずだ。それがなぜか揉め事を引き起こしてしまう。子育てをした経験のある読者なら、大きく頷かれるのではないだろうか。だれそれは招かれたのに自分には声がかからなかったという人間関係の軋轢が生まれ、プレゼントが何だったかというようなことも児童を傷つける原因になっている。だからお誕生会開催はしばらく控えてもらおう、ということが話し合われている職員会議の模様を、図工専科の教員である岡野尚子は醒めた目で見ている。

教員になって六年が経つ岡野だが、それほど熱意があって選んだ職業ではないのだ。だから他の教員に対する引け目があり、それが見えないよう粉飾することに日々腐心している。そういう自分に対する嫌悪感もある。他の収録作にも共通することだが、こうした周囲との関係性に気を配った人物造形がまず絶妙である。描かれるのは、日常に満足している主人公ではないのだ。自分が今いる位置や立場に居心地の悪さや疲労感、時には憤懣や怨嗟を抱えている人物が物語の中心に置かれる。その違和の正体は何かということが、各話で明かされていくのだ。

題名の「万華鏡」は、岡野尚子が長く続けている趣味の対象である。万華鏡は、尚子がこよなく愛しているものであるが、同時に痛みを感じる記憶とも分かちがたく結びついている。毎年の授業で彼女が児童たちに与える課題の一つが万華鏡作りであり、意欲の薄い尚子が仕事と折り合いをつけるための手段にもなっている。自分が大事にしたいものであるはずの対象物を、そうやって便利に使い回してしまうことに躊躇を覚えないはずはない。なのにそうしてしまうのが、人生を上手く送れていない者の不器用なところだ。この万華鏡作りを通じて佐藤結奈という生徒に着目したことから、尚子が自身の過去と対面する契機が生まれる。職員会議で話し合われていたお誕生会トラブルを引き起こしたのは、実は結奈の母親である佐藤美優だった。そして尚子の心にある傷も、母にまつわるものだった。

　少しいびつなところのある人物造形、万華鏡の持つ意味を明らかにしていくことで主人公の肖像を複数の角度から描くという技巧、現在の出来事が過去の記憶を呼び起こすという語り、この三つで話が組み立てられている。尚子の心に棘が刺さったのは、自分の誕生日に起きた出来事で、母親がある一言を口にしたためだ。そのときの母親の思いがどうであったかが、岡野にとっては人生の謎だった。ミステリーの要素も、物語に奥行を与えている。

　感心するのは、万華鏡という小道具が小説の雰囲気を醸成する役割も担っている点で、それ自体は単純な構造であるのに鏡像が無限に生み出されるということが尚子の空虚さと重なり合うのである。「どんなに元の素材がいびつでも、三角形の辺に反復される映像は、どこまでも整然と並んで隔絶を覆い隠す」。だが「すべては単なる虚像」で「実像は、もうこの世のどこにも存在しない」。主人公の心象風景を代弁する物や事象が各話に配置されている点にも注目したい。そこが物語の中心なのだ。

　続く「サプライズパーティー」（「小説宝石」二〇一九年十月号）では、中堅広告代理店に就職して四年が経ち、系列の印刷会社に出向した宇津木湊という青年が主役を務める。親会社で出世コースに乗っている自負のある湊は、それが他者への態度へも現れてしまう。驕りたかぶっているという事実に、本人よりも読者が先に気づいてしまうのがこの短篇の妙味で、湊の危なっかしい言動にはらはらしていると案の定問題が起きるのである。「万華鏡」とは語り手が違うのだが、湊の姪が通う小学校でお誕生会禁止令が出たことが明かされるので、つながった話なのだとわかる。その姪のためにサプライズパーティーを開いてやろうとすることから、湊自身のお誕生会に関わる記憶と、家族に対する思いが蘇ってくるのである。なるほど、そういう趣向の連作か、と読者は腑に落ちるだろう。以降もこうした感じでゆるやかに作品はつながれていく。

次の「月の石」(「小説宝石」二〇一九年十一月号)の主役は、「万華鏡」でトラブルの元凶として名前が挙がった、佐藤美優だ。高校生で妊娠して結奈を出産した美優は「ずっと、お姫様になりたかった」女性で、スーパーマーケットでパートをして生計を立てている現状は不本意極まりないものだ。夫・信夫とは別居中。原因の一つは、美優の誕生日に信夫が準備したプレゼントなのである。

やはり誕生日をめぐる物語だが、人生の選択肢が男性と比べて乏しいという、女性にとっての厳しい現実が背景に描かれていることがわかる。このへんから『お誕生会クロニクル』は、個に向けられていた視線を少しずつ広げ始め、社会全体を描く物語へと変貌し始める。

「ビジネスライク」(「小説宝石」二〇二〇年一月号)の主人公・広崎健吾はファッション誌「メイリー」の編集部で働いている。狭き門の出版社に就職したのはいいものの、現在の職場に対しては不満しか感じていない。「メイリー」が女性読者に対して、異性の視線を気にして外見を装い立てることばかりを煽る雑誌だからだ。そこに空虚さを感じてしまう健吾は一九八九年生まれ、東日本大震災が起こった直後に社会に出た、縮小傾向のある社会において自身の未来を見限ってしまったような傾向があることから〈さとり〉と呼ばれる世代だ。雑誌の編集方針を含めて、周囲に向ける視線が冷やかであるのは、そうした体験が影響しているのかもしれない。

「月の石」に登場した佐藤美優は一九九二年生まれ、小中学校の週五日制が始まり、教育内容への不安から〈ゆとり〉と言われることになった世代だ。美優の〈ゆとり〉と健吾の〈さとり〉が対比されていることがわかる。さらに第五話「ドールハウス」の主人公は、健吾の会社で人事部長を務める市山孝雄で、前出したようにデジタル・デバイドで取り残される方の世代である。この作品では、笑っているうちにふと、いつの間にか後戻りができないところまで社会が変化してしまったことへの戸惑いが湧き起こってきて、読者は孝雄と共に悄然と佇むことになるだろう。彼を語り手に加えたことで、『お誕生会クロニクル』の物語は社会全体を視野に収めたのである。

そして第六話「あの日から、この日から」（「小説宝石」二〇二〇年四月号）だ。本書の中で最も重要な作品で、視点人物は幼稚園に通う桐人と桂人の双子を育てながら、マーケティング会社で働く遠野多香美である。産休の間に、後輩だった男性社員が主任となって自分よりも上の立場になるなど、女性ゆえにこうむる不利益を描くという点は「月の石」と共通している。「夫の昭夫(あきお)は当たり前のように同じ仕事を続けているのに、どうして自分だけがキャリアを手放さなければならなかったのだろう」という一文は、多香美の気持ちを端的に記したものだ。

本篇の雑誌掲載月にも注目いただきたい。二〇二〇年は新型コロナウイルスの爆発的流行によって社会が機能を停止し、学校さえも長期に休まざるをえなくなるという事態が出来した。ただでさえ手の離せない育児に忙殺されている多香美を、この悲劇が襲うのである。これから読む方のために詳細は書かないが、平成の時代を左右したある大事件が物語の背景に書きこまれており、コロナ禍の閉塞感が過去の事態と思いがけない形で呼応していくことになる。

思えば平成の後半は、見通しが急激に悪くなり、社会が分断されていく中でとげとげしい言葉が世界に充満していった、暗い期間であった。その時代感覚を、本篇を読んだ者は改めて思い出すことになるだろう。ここに至るまでの各話で、さまざまな世代の語り手たちを登場させてきたことが効を奏している。万華鏡の筒に封入されたものが作り出す鏡像のように、異なる世代感覚を持つ人々のそれぞれの思い、価値観、社会を捉える各自の見方が「反復される映像」のように読者の脳内で再現され、この時代の総体を浮かび上がらせていくことになるのだ。多香美の人生がその中心に置かれる。これもまた、親子の物語であることにご注意されたい。「あの日から、この日から」という題名が、未来へと向けられた作者の願いのようにも見えてくる。

この連作を開始した時点では新型コロナウイルス流行の予想は作者はおろか世界の誰にもできなかったことである。その要素は文字通り天災として作中に入り込んできたのであり、おそらくは当初の構想を大きく変えることにもなったのだろう。だが、それを作者は受け止め、柄の大きな物語として結実させた。古内一絵が懐の大きな書き手だったからこそなしえた業で、コロナの時代を語るとき『お誕生会クロニクル』は欠くことのできないピースになった。連作が視界不良になった時代の空気を描いているという、これは稀有な作品だ。まさにあの時、人々はこの小説のように突然の災いに悩まされ、絶望し、そして生きることを諦めずに立ち続けたのである。

最後の「刻の花びら」（「小説宝石」二〇二〇年五月号）については、「万華鏡」で始まった物語の円環が美しく閉じられていると記すに留めて、読者の楽しみを奪わないことにしよう。構造は「万華鏡」と呼応しており、生命の誕生を祝う誰かの声が物語の向こうから聞こえてくる。古内一絵だから書ける、優しい小説だ。そして人の可能性を信じ、人を愛していたいと願う人のための小説である。

作者の経歴などに触れる余裕がなくなってしまった。本文庫カバーの作者紹介などを参照いただきたいが、夜食カフェを舞台に繰り広げられる人生模様を描いた〈マカン・マラン〉

シリーズ（中央公論新社）などを代表作とする作者は、誰もが心の中に抱いているその人だけの思い、忘れがたい記憶について書く名手であり、決して声を荒らげることのない筆致は信頼に値する。本作に代表される連作短篇が私のお気に入りで、作者が父の記憶を題材とし、戦争の時代を描いた昭和史の小説である『星影さやかに』（二〇二一年。文藝春秋）、宮沢賢治を思わせる不思議な物語が静謐な筆致で綴られる『山亭ミアキス』（二〇二一年。現・角川文庫）などの進境著しい近作はぜひお手にとっていただきたい。

まるで生命をそのままてのひらに載せているような暖かさを古内作品を読むときにはいつも感じる。読みながら、生きている、と思うのだ。

◎二〇二〇年九月　光文社刊

◎初出
万華鏡　「小説宝石」２０１９年９月号
サプライズパーティー　「小説宝石」２０１９年10月号
月の石　「小説宝石」２０１９年11月号
ビジネスライク　「小説宝石」２０２０年１月号
ドールハウス　「小説宝石」２０２０年３月号
あの日から、この日から　「小説宝石」２０２０年４月号
刻（とき）の花びら　「小説宝石」２０２０年５月号

光文社文庫

お誕生会クロニクル

著　者　古内一絵

2024年3月20日　初版1刷発行

発行者　三宅貴久
印　刷　新藤慶昌堂
製　本　ナショナル製本

発行所　株式会社 光文社
〒112-8011　東京都文京区音羽1-16-6
電話（03）5395-8147　編集部
8116　書籍販売部
8125　業務部

© Kazue Furuuchi 2024
落丁本・乱丁本は業務部にご連絡くだされば、お取替えいたします。
ISBN978-4-334-10243-2　Printed in Japan

R ＜日本複製権センター委託出版物＞
本書の無断複写複製（コピー）は著作権法上での例外を除き禁じられています。本書をコピーされる場合は、そのつど事前に、日本複製権センター（☎03-6809-1281、e-mail : jrrc_info@jrrc.or.jp）の許諾を得てください。

組版　萩原印刷

本書の電子化は私的使用に限り、著作権法上認められています。ただし代行業者等の第三者による電子データ化及び電子書籍化は、いかなる場合も認められておりません。

光文社文庫　好評既刊

いえない時間　夏樹静子
雨に消えて　夏樹静子
東京すみっこごはん　成田名璃子
東京すみっこごはん　雷親父とオムライス　成田名璃子
東京すみっこごはん　親子丼に愛を込めて　成田名璃子
東京すみっこごはん　楓の味噌汁　成田名璃子
東京すみっこごはん　レシピノートは永遠に　成田名璃子
ベンチウォーマーズ　成田名璃子
体制の犬たち　鳴海章
不可触領域　鳴海章
彼女たちの事情　決定版　新津きよみ
ただいまつもとの事件簿　新津きよみ
死の花の咲く家　仁木悦子
しずく　西加奈子
寝台特急殺人事件　西村京太郎
終着駅殺人事件　西村京太郎
夜間飛行殺人事件　西村京太郎

日本一周「旅号」殺人事件　西村京太郎
京都感情旅行殺人事件　西村京太郎
つばさ111号の殺人　西村京太郎
富士急行の女性客　西村京太郎
京都嵐電殺人事件　西村京太郎
十津川警部　帰郷・会津若松　西村京太郎
祭りの果て、郡上八幡　西村京太郎
十津川警部　姫路・千姫殺人事件　西村京太郎
風の殺意・おわら風の盆　西村京太郎
十津川警部「荒城の月」殺人事件　西村京太郎
新・東京駅殺人事件　西村京太郎
祭ジャック・京都祇園祭　西村京太郎
消えた乗組員　新装版　西村京太郎
十津川警部「悪夢」通勤快速の罠　西村京太郎
「なつ星」一〇〇五番目の乗客　西村京太郎
消えたタンカー　新装版　西村京太郎
十津川警部　幻想の信州上田　西村京太郎

光文社文庫　好評既刊

十津川警部　金沢・絢爛たる殺人　西村京太郎
飛鳥II　SOS　西村京太郎
十津川警部　トリアージ　生死を分けた石見銀山　西村京太郎
リゾートしらかみの犯罪　西村京太郎
十津川警部　西伊豆変死事件　西村京太郎
十津川警部　君は、あのSLを見たか　西村京太郎
能登花嫁列車殺人事件　西村京太郎
十津川警部　箱根バイパスの罠　西村京太郎
十津川警部　猫と死体はタンゴ鉄道に乗って　西村京太郎
飯田線・愛と殺人と　西村京太郎
魔界京都放浪記　西村京太郎
十津川警部　長野新幹線の奇妙な犯罪　西村京太郎
レジまでの推理　似鳥鶏
100億人のヨリコさん　似鳥鶏
難事件カフェ　似鳥鶏
難事件カフェ2　似鳥鶏
雪の炎　新田次郎

殺意の隘路（上・下）　日本推理作家協会編
沈黙の狂詩曲　精華編Vol.1・2　日本推理作家協会編
喧騒の夜想曲　白眉編Vol.1・2　日本推理作家協会編
デッド・オア・アライブ　楡周平
競歩王　額賀澪
痺れる　沼田まほかる
アミダサマ　沼田まほかる
師弟　棋士たち　魂の伝承　野澤亘伸
宇宙でいちばんあかるい屋根　野中ともそ
洗濯屋三十次郎　野中ともそ
襷を、君に。　蓮見恭子
輝け！浪華女子大駅伝部　蓮見恭子
蒼き山嶺　馳星周
シネマコンプレックス　畑野智美
心中旅行　花村萬月
ヒカリ　花村萬月
スクール・ウォーズ　馬場信浩

光文社文庫 好評既刊

CIRO 浜田文人
機密 浜田文人
利権 浜田文人
叛乱 浜田文人
ロスト・ケア 葉真中顕
絶叫 葉真中顕
コクーン 葉真中顕
Blue 葉真中顕
アリス・ザ・ワンダーキラー 早坂吝
殺人犯 対 殺人鬼 早坂吝
不可視の網 林譲治
「綺麗な人」と言われるようになったのは、四十歳を過ぎてからでした 林真理子
私のこと、好きだった? 林真理子
出好き、ネコ好き、私好き 林真理子
女はいつも四十雀 林真理子
母親ウエスタン 原田ひ香
彼女の家計簿 原田ひ香

彼女たちが眠る家 原田ひ香
DRY 原田ひ香
密室の鍵貸します 東川篤哉
密室に向かって撃て! 東川篤哉
完全犯罪に猫は何匹必要か? 東川篤哉
学ばない探偵たちの学園 東川篤哉
交換殺人には向かない夜 東川篤哉
中途半端な密室 東川篤哉
ここに死体を捨てないでください! 東川篤哉
殺意は必ず三度ある 東川篤哉
はやく名探偵になりたい 東川篤哉
私の嫌いな探偵 東川篤哉
探偵さえいなければ 東川篤哉
犯人のいない殺人の夜 新装版 東野圭吾
怪しい人びと 新装版 東野圭吾
白馬山荘殺人事件 新装版 東野圭吾
11文字の殺人 新装版 東野圭吾

光文社文庫　好評既刊

殺人現場は雲の上　新装版　東野圭吾
ブルータスの心臓　新装版　東野圭吾
回廊亭殺人事件　新装版　東野圭吾
美しき凶器　新装版　東野圭吾
ゲームの名は誘拐　東野圭吾
ダイイング・アイ　東野圭吾
あの頃の誰か　東野圭吾
カッコウの卵は誰のもの　東野圭吾
虚ろな十字架　東野圭吾
素敵な日本人　東野圭吾
ブラック・ショーマンと名もなき町の殺人　東野圭吾
夢はトリノをかけめぐる　東野圭吾
許されざるもの　樋口明雄
サイレント・ブルー　樋口明雄
黒い手帳　久生十蘭
肌色の月　久生十蘭
リアル・シンデレラ　姫野カオルコ

整形美女　姫野カオルコ
ケーキ嫌い　姫野カオルコ
サロメの夢は血の夢　平石貴樹
潮首岬に郭公の鳴く　平石貴樹
スノーバウンド@札幌連続殺人　平石貴樹
立待岬の鷗が見ていた　平石貴樹
独白するユニバーサル横メルカトル　平山夢明
ミサイルマン　平山夢明
探偵は女手ひとつ　深町秋生
第四の暴力　深水黎一郎
灰色の犬　福澤徹三
白日の鴉　福澤徹三
晩夏の向日葵　福澤徹三
群青の魚　福澤徹三
そのひと皿にめぐりあうとき　福澤徹三
侵略者　福田和代
いつまでも白い羽根　藤岡陽子

トライアウト　藤岡陽子
ホイッスル　藤岡陽子
晴れたらいいね　藤岡陽子
波風　藤岡陽子
この世界で君に逢いたい　藤岡陽子
オレンジ・アンド・タール　藤沢周
ショコラティエ　藤野恵美
はい、総務部クリニック課です。　藤山素心
はい、総務部クリニック課です。私は私でいいですか？　藤山素心
はい、総務部クリニック課です。この凸凹な日常で　藤山素心
現実入門　穂村弘
ストロベリーナイト　誉田哲也
ソウルケイジ　誉田哲也
シンメトリー　誉田哲也
インビジブルレイン　誉田哲也
感染遊戯　誉田哲也
ブルーマーダー　誉田哲也

インデックス　誉田哲也
ルージュ　誉田哲也
ノーマンズランド　誉田哲也
ドルチェ　誉田哲也
ドンナビアンカ　誉田哲也
疾風ガール　誉田哲也
春を嫌いになった理由　新装版　誉田哲也
ガール・ミーツ・ガール　誉田哲也
世界でいちばん長い写真　誉田哲也
黒い羽　誉田哲也
ボーダレス　誉田哲也
Qrosの女　誉田哲也
オムニバス　誉田哲也
クリーピー　前川裕
クリーピー スクリーチ　前川裕
クリーピー クリミナルズ　前川裕
クリーピー ラバーズ　前川裕

光文社文庫　好評既刊

クリーピー　ゲイズ　前川　裕
いちばん悲しい　まさきとしか
屑の結晶　まさきとしか
ナルちゃん憲法　松崎敏彌
網　松本清張
花実のない森　松本清張
梅雨と西洋風呂　松本清張
混声の森（上・下）　松本清張
風の視線（上・下）　松本清張
弱気の蟲　松本清張
鴎外の婢　松本清張
象の白い脚　松本清張
地の指（上・下）　松本清張
風紋　松本清張
影の車　松本清張
殺人行おくのほそ道（上・下）　松本清張
花氷　松本清張

湖底の光芒　松本清張
数の風景　松本清張
中央流沙　松本清張
高台の家　松本清張
翳った旋舞　松本清張
霧の会議（上・下）　松本清張
馬を売る女　松本清張
鬼火の町　松本清張
紅刷り江戸噂　松本清張
ペット可。ただし、魔物に限る　松本みさを
ペット可。ただし、魔物に限る　ふたたび　松本みさを
恋の蛍　松本侑子
島燃ゆ　隠岐騒動　松本侑子
世話を焼かない四人の女　麻宮ゆり子
バラ色の未来　真山　仁
当確師　真山　仁
当確師　十二歳の革命　真山　仁

光文社文庫　好評既刊

向こう側の、ヨーコ　真梨幸子
新約聖書入門　三浦綾子
旧約聖書入門　三浦綾子
色即ぜねれいしょん　みうらじゅん
極め道　三浦しをん
舟を編む　三浦しをん
江ノ島西浦写真館　三上延
消えた断章　深木章子
少女ノイズ　三雲岳斗
なぜ、そのウイスキーが死を招いたのか　三沢陽一
なぜ、そのウイスキーが謎を招いたのか　三沢陽一
冷たい手　水生大海
だからあなたは殺される　水生大海
宝の山　水生大海
プラットホームの彼女　水沢秋生
俺たちはそれを奇跡と呼ぶのかもしれない　水沢秋生
ラットマン　道尾秀介

カササギたちの四季　道尾秀介
光　道尾秀介
満月の泥枕　道尾秀介
サーモン・キャッチャー　the Novel　道尾秀介
赫眼　三津田信三
海賊女王（上・下）　皆川博子
ポイズンドーター・ホーリーマザー　湊かなえ
ブラックウェルに憧れて　南杏子
拷問　南英男
黒幕　南英男
掠奪　南英男
反骨魂　南英男
悪報　南英男
謀略　南英男
破滅　南英男
刑事失格　南英男
女殺し屋　南英男

光文社文庫　好評既刊

復讐捜査　南英男
毒蜜　快楽殺人　決定版　南英男
毒蜜　謎の女　決定版　南英男
毒蜜　闇死闘　決定版　南英男
毒蜜　裏始末　決定版　南英男
毒蜜　七人の女　決定版　南英男
毒蜜　首都封鎖　南英男
月と太陽の盤　宮内悠介
野良女　宮木あや子
スコーレNo.4　宮下奈都
神さまたちの遊ぶ庭　宮下奈都
つぼみ　宮下奈都
クロスファイア（上・下）　宮部みゆき
スナーク狩り　宮部みゆき
チヨ子　宮部みゆき
長い長い殺人　宮部みゆき
鳩笛草　燔祭／朽ちてゆくまで　宮部みゆき

刑事の子　宮部みゆき
贈る物語　Terror　宮部みゆき編
森のなかの海（上・下）　宮本輝
三千枚の金貨（上・下）　宮本輝
ウェンディのあやまち　美輪和音
フェルメールの憂鬱　望月諒子
美女と竹林　森見登美彦
奇想と微笑　太宰治傑作選　森見登美彦編
美女と竹林のアンソロジー　森見登美彦リクエスト！
棟居刑事の代行人　森村誠一
棟居刑事の砂漠の喫茶店　森村誠一
春や春　森谷明子
南風吹く　森谷明子
遠野物語　森山大道
友が消えた夏　門前典之
神の子（上・下）　薬丸岳
ぶたぶた日記　矢崎存美